Lotti Ullmann

Der Pool

Lektorat: Hugo Ramseyer
Satz und Gestaltung: Zytglogge Verlag Bern
Druck: Freiburger Graphische Betriebe, Freiburg i. Br.
ISBN 3-7296-0588-7

Zytglogge Verlag Bern, Eigerweg 16, CH-3073 Gümligen

Lotti
Ullmann

Der Pool

Psychothriller

Zytglogge

1

Es ist kurz nach Mittag und sehr heiss. Die Sonne brennt senkrecht auf die Farm.

Ich eile, mit meinen Gedanken beschäftigt, aus dem Haus und fahre zusammen, weil plötzlich jemand wie ein dunkler Schatten vor mir steht.

Ich bin erleichtert, als ich Janet erkenne. Wir umarmen uns lachend. Dann hält sie mich an beiden Armen fest und blickt mir aufmerksam ins Gesicht.

«Du siehst gut aus, Cora!»

«So ? Ach, das ist die Arbeit», meine ich leichthin und wende mich ab.

«Nein, nein – das Verheiratetsein!»

Janet schaut mich immer noch neugierig an.

«Es bekommt dir offensichtlich.»

«Kaum verheiratet, ist man wieder interessant», lache ich und lege meinen Arm um ihre Schultern.

«Und du? – Wie bist du gekommen, mit einem Taxi?»

«Nein, ein Kollege hat mich mitgenommen – er fährt ans Meer.»

Erst jetzt bemerke ich ihre Badetasche.

«Wolltest du nicht mit?»

«Nein – ich wollte dich sehen – komme ich ungelegen?»

«Aber nein – es ist nur so schrecklich heiss ...»

«Dann lass uns schwimmen gehen», unterbricht mich Janet.

«Übrigens hübsch dein Schwimmanzug». Sie zupft an meinem Badkleid und geht ins Haus, um sich umzuziehen.

Ich rufe ihr hinterher:

«Ich bin am Pool unten!»
Erstaunlich, dass Janet meinen alten Badeanzug chic findet. Seit es so unerträglich heiss geworden ist, ziehe ich nichts anderes mehr an, um jederzeit ins Wasser springen zu können.

Das Schwimmbad befindet sich in einiger Entfernung vom Haus und grenzt auf zwei Seiten an die Sojafelder, die parallel zum Wald verlaufen. Es ist heisser hier unten als oben beim Haus. Das Wasser liegt still und glasklar in dem grossen Rechteck.
Langsam lasse ich mich in das Nass gleiten und blicke, auf dem Rücken schwimmend, den Wolken nach und den Schmetterlingen, die von einem Buddlejabusch zum nächsten schweben. Hinter der Scheune gackern die Hühner, weit entfernt tuckert ein Traktor, und über den Ahornbäumen oben beim Haus kreist lautlos ein Milan.
Sommerliche Idylle.
Ich lege meine Arme auf den Rand des Pools. Wie wenig idyllisch das alles ist. Wie bösartig die Hühner sind, wenn sie ein anderes Huhn verstossen, mit Schnabelhieben traktieren und schliesslich zu Tode hacken.
Und der Traktor des Nachbarn – neu gekauft und schon zu Schrott gefahren, weil der junge Bauer den Hof verkommen lässt, damit er das Land schneller verkaufen kann ...
Aber wie sollte ich meiner Freundin aus der Stadt die Wirklichkeit des Lebens auf einer Farm verständlich machen?

Genussvoll hat sich Janet auf ihrem Liegestuhl ausgestreckt und hebt jetzt, wie wenn sie meinen Blick gespürt hätte, den Kopf.
«Möchtest du eine junge Katze?», frage ich.

«Hast du wieder zu viele Katzen?» Sie blinzelt mich an.
«Ich habe wahrscheinlich nicht alle Neugeborenen gesehen – soviel ich weiss, sind es im Moment sechzehn.»
«Sechzehn Katzen! Du spinnst!»
«Ach, das gleicht sich schnell wieder aus; die wilden Tiere erwischen einige, und unsere Hunde jagen ein paar.»
«Scheusslich!»
«Aber nein.»
In ihrem roten Badeanzug und mit ihrem schwarzen Haar wirkt sie recht exotisch in all dem Grün.
«Willst du nicht schwimmen?», frage ich. Sie blickt mich an und betrachtet dann das glitzernde Wasser.
«Komm doch!»
Janet erhebt sich und bewegt sich langsam bis an den Rand des Pools, um das Wasser mit ihren Zehen zu prüfen.
«Das ist mir zu kalt», sagt sie nur und wendet sich ab. Ich fahre mit beiden Armen durchs Wasser und spritze sie an. Sie kräht ärgerlich und stürzt sich dann kurz entschlossen in den Pool, so dass das Wasser nach allen Seiten spritzt und Tausende von Tröpfchen in der Sonne glitzern.
Ich lache und stemme mich auf den Rand des Pools – Janet krault wie ein wendiger Fisch durchs Wasser –, wickle mir das Badtuch um und setze mich in den Schatten des Sonnenschirms, der in der leichten Brise flattert. Ich schliesse die Augen – die Weichheit des Tuchs ist warm auf meiner kühlen Haut – und döse beim rhythmischen Plätschern von Janet ein.
«Wo ist er eigentlich?»
Die Frage reisst mich mit unangenehmer Schärfe aus meinem Halbschlaf. Ich fahre auf und versuche mich zurechtzufinden, ohne die wohlige Schwere zu verlieren.

«Was?», sage ich.
«Dein Mann, wo ist er im Moment?», wiederholt Janet ihre Frage. Sie sitzt am Poolrand und betrachtet ihre Füsse.
«Oh, du meinst Cyril! Ja, sein letzter Brief kam aus Nicaragua, wo er zur Zeit Englisch unterrichtet.»
Ich blinzle und schliesse die Augen wieder, da mir das gleissende Wasser zu hell ist.
«Er schätzt das Landleben nicht besonders, scheint mir», meint Janet.
«Nein, es sagt ihm nichts», sage ich ruhig.
«Er ist sicher die ganze Zeit beim Surfen», sagt sie, mit solcher Trockenheit, dass ich lachen muss.
«Er kann arbeiten, wenn es sein muss», verteidige ich ihn.
«Aber nicht unter der Führung einer Frau, der blöde Kerl!»
Erstaunt über die Gereiztheit ihrer Stimme, öffne ich die Augen und setze mich auf. Ein heikles Thema. Janet mag Cyril nicht, weil sie ihn faul und eingebildet findet, viel zu wenig gut für mich. Das war von Anfang an so, während all der Jahre, die Cyril und ich unverheiratet zusammen lebten. Janet und ich blicken einander an und sagen nichts. Sie weiss, dass ich nicht darüber sprechen will.
Nach einer Weile fragt sie:
»Wie geht es deinen Hunden?»
«Gut», sage ich und stehe auf.
Ich hänge das Tuch über die Bank und berühre Janet, die immer noch ihre Beine über den Poolrand hängen hat, leicht mit meinem Fuss.
«Komm», fordere ich sie auf, «gehen wir zu ihnen.»
Wir lassen unsere Schuhe beim Pool liegen und gehen barfuss durch das trocken-stachelige Gras die Wiese hinauf.
«Und du willst nicht mit?», fragt Janet nach einer Weile.

«Nach Nicaragua?», ich runzle die Stirn, «was soll ich da?»
Janet bleibt stehen.
«Also weisst du!», ruft sie, «schliesslich bist du eine verheiratete Frau!»
«Ich bin gerne hier», sage ich und bücke mich, um das dürre Gras, das mir zwischen den Zehen stecken geblieben ist, zu entfernen.
«Meine Arbeit ist hier.»
Ich blicke Janet an, dann gehe ich weiter, «und ich spreche kein Spanisch.»
Damit ist das Thema für mich abgeschlossen.
Schweigsam stapfen wir über die heisse Wiese.
Wie wir den Obstgarten erreichen, entdecken uns die Hunde und fangen an zu bellen. Der grosse Rüde stemmt seine Vorderpfoten gegen das Gitter. Er wedelt und schaut uns unverwandt an. Die eine Hündin trippelt eilig hin und her, während die andere in die Hundehütte rast und im nächsten Moment wieder herausflitzt.
Beim Zwinger angekommen, strecke ich die Hand durchs Gitter. Puma, der Rüde, lehnt seitlich am Zaun, aufrechtstehend, die grösstmögliche Fläche bietend zum Gekraultwerden. Mona, seine Schwester, versucht meine Hand zu lecken und ihren Bruder von mir wegzudrängen. Molly, die kleine weisse Hündin, ist so aufgeregt, dass sie kopflos ins Leere beisst und den Wasserbehälter umkippt. Ich greife nach den Leinen, die am Zaun hängen.
«Du nimmst sie doch nicht heraus!», ruft Janet erschrocken.
Ich blicke sie erstaunt an.
«Nein?»
«Nein, sie sind so heftig ...»
«Schade.»

Wenn ich sie schon nicht auf einen Spaziergang mitnehme, will ich mich wenigstens etwas mit ihnen abgeben. Ich spreche leise mit ihnen, bevor ich die Tür öffne. Im Zwinger drin überfallen sie mich voller Übermut. Ich warte, bis sich ihre Lust soweit beruhigt, dass ich mich zu ihnen hinunterkauern kann, ohne dass sie mir mit Schnauze und Pfoten ins Gesicht fahren und mich mit ihrem Ungestüm umwerfen. Sie knurren leise und ihre Körper drängen sich an mich.
Janet hat ihre Finger im Drahtgitter hängen und sagt: «Siehst du, was ich meine ...?»
Im Kauern blicke ich zu ihr hoch.
«Ja, es sind Wildlinge – keine Haustiere. Nicht einmal als Hofhunde kann ich sie gebrauchen. Freigelassen jagen sie sofort alles, was sie vom Zwinger aus beobachtet haben. Erst kürzlich habe ich so meine drei Graugänse verloren. Und sie sind schlau, sie jagen im Rudel und treiben die Tiere in die Enge. Wie oft habe ich sie schon in wütender Verzweiflung angebrüllt – aber ich kann sie nicht strafen, sie verstehen es nicht. Es sind keine Haustiere.»
Ich blicke in ihre glänzenden Augen, spüre ihren Atem, wenn sie mir ins Gesicht schnaufen: Was für gute Kumpel – obwohl sie es mir oft schwer machen.
«Hatte nicht eine der Hündinnen erst kürzlich einen Wurf?», fragt Janet.
«Ja, sechs Junge», antworte ich und schaue nicht auf.
Als das Schweigen zu lang wird, fahre ich fort:
«Man kann Bastarde nicht einmal verschenken – niemand will sie.»
«Und?»
«Ich musste sie ertränken.»
«Im Pool?»

«Ja – in einem Futtersack», sage ich und stehe auf.
Ich verlasse den Zwinger und lehne mich mit dem Rücken gegen das Gitter. Es ist nicht leicht, Leben zu ertränken, denke ich, und schaue über das Feld zum Wald hinüber. Auch kleine Welpen nicht, die gerade eben geboren worden sind.
«Das hast du über dich gebracht?» Janet blickt mich entsetzt an.
Ich nicke und erzähle ihr von dem Nachbarn, der mir geraten hatte, den Sack mit den Neugeborenen an einen Auspuff zu binden, bei laufendem Motor.
«Das wäre wahrscheinlich einfacher gewesen, weil man nicht zusehen muss», sage ich und erinnere mich, wie grausam lange es gedauert hat, bis die jungen Hunde ertrunken waren. Wie sich das Leben im Sack bewegte – verlangsamt und mühsam, und wie sich die Schnur wie in Zeitlupe löste und ein weisses, rundliches Tier mir entgegenschwebte ... Ein Alptraum.
Ich schüttle mich wie ein nasser Hund. Janet beobachtet mich.
«Wollen wir etwas essen?», sage ich und hänge mich bei ihr ein.
Ich habe einen munteren Ton angeschlagen. Janet jedoch reagiert mit Skepsis.
«Pasta mit Tomatensauce?», fragt sie kühl.
«Ja, wieso nicht», lache ich, «die magst du doch!»
Plötzlich blitzen mich Janets Augen an – jetzt kommt etwas Provozierendes, denke ich, aber als sie sagt:
«Ich weiss, wo dein Mann geblieben ist – du hast ihn im Pool ertränkt!», zucke ich unwillkürlich zusammen. Das habe ich nicht erwartet.

«Genau», sage ich und gehe im schwülen Schatten der Obstbäume in Richtung Haus. Janet folgt mir.
Oben beim Haus weht eine leichte Brise, ich atme auf: Endlich wieder Luft. Der Schatten unter den grossen, alten Bäumen ist eine Wohltat.
«Ich habe keinen Spass mehr, weisst du, keine Lust», fängt Janet plötzlich an zu klagen – «so habe ich mir das Leben nicht vorgestellt!»
«Keine Männerfreunde?», erkundige ich mich vorsichtig.
«Nein! Gar nichts ...!», ruft sie ungehalten. «Und überhaupt: die Menschen – ich komme immer weniger mit ihnen aus. Es ist alles so mühsam und unbefriedigend, verstehst du?»
Sie schaut mich mit ihren dunklen Augen ernsthaft an.
«Da sind mir Tiere lieber», sagt sie und ich lache.
«Nein, wirklich! Du hast es gut. Ich möchte auch so wie du einmal nur mit Tieren zusammenleben ...»
Ich versuche mir Janet auf der Farm vorzustellen – allein, ohne Publikum. Sie, die Performerin, die als Tänzerin und Choreografin extrem auf andere Menschen angewiesen ist, sie, die als Frau immer die Bewunderung von Männern sucht ..., sie als Farmerin, einsam und bescheiden, nur mit ein paar Tieren, die ihr eigenes, anspruchsloses Leben leben ...
Ich kann sie mir nicht vorstellen – aber vielleicht tue ich ihr Unrecht. Vielleicht ist es nicht nur eine Laune. Meine weltlich berechnende und in mancher Hinsicht so naive Janet! Damals, als wir zusammen arbeiteten, als ich die Kostüme für ihre Tanzaufführungen entwarf – wie hat sie es verstanden auf Premierenfeiern und Parties wie ein Paradiesvogel zu leuchten –, oder täusche ich mich, war sie im Gegenteil verschreckt und angewidert von dem oberflächlichen Getue der Leute, die sie wieder einmal toll fanden?

Sie spricht immer noch. Eifrig versucht sie mich für ihren Vorschlag zu gewinnen, dass sie wenigstens für zwei Wochen die Farm hüten will, damit ich nach Nicaragua reisen und mit Cyril zusammen sein kann ...
Wir haben das Haus betreten, und erst jetzt, in der relativen Kühle im Innern des verdunkelten Hauses merke ich, wie heiss es draussen war.
In der Küche hantiere ich etwas kopflos mit Glas und Krug und starre lange in den Kühlschrank, weil ich mit halbem Ohr auf Janet höre und vergessen habe, was ich eigentlich suche. Janet trinkt ein Bier, ich mache mir ein Frappee aus Milch und Erdbeeren. Dann setzen wir uns beide an den Tisch. Ich schneide die faulen Stellen aus den Tomaten, Janet hackt Knoblauch und Petersilie.

Da klopft es an die vordere Haustüre. Erschreckt starre ich Janet an und spüre, wie mein Herz schnell und laut schlägt. Wer ist das? Ich habe nicht einmal ein Auto gehört.
Ich stehe auf und sehe alles wie durch einen Nebel, mein Kopf scheint mit Watte gefüllt zu sein. Dann bewege ich mich auf die Türe zu und versuche dabei, meiner Panik Herr zu werden. Erst als ich mich soweit gefasst habe, greife ich nach dem runden Türknauf, der metallisch-kühl in meiner Hand liegt, und mache die Türe weit auf. Ich blicke dem Polizisten, der im Schatten der Veranda steht, ins Gesicht und sage ruhig «Hallo».
Er grüsst, nennt meinen Namen und fragt, ob ich das sei. Ich bejahe und streiche mir das Haar aus dem Gesicht, wie wenn ich so meinen Angreifer besser ins Auge fassen könnte.
«Kommen Sie herein», sage ich freundlich und trete beiseite, um ihm Platz zu machen. Ich kenne ihn nicht. Ich weiss

nicht einmal, ob er von der Staatspolizei kommt oder einer unserer Dorfpolizisten ist.
Er dankt, nimmt Haltung an, nennt Grad und Namen und tritt bedächtig aus der Hitze in das kühlere Haus.
Ich gehe ihm voran in die Küche zurück.
«Um was handelt es sich? Bitte setzten Sie sich doch. Darf ich Ihnen etwas anbieten, ein Bier vielleicht?», frage ich ihn.
«Danke nein», lehnt er etwas steif ab und nickt Janet zu.
«Eine Freundin von mir – auf Besuch», sage ich, worauf er mir versichert, dass es nicht lange dauern wird und sich beinahe verlegen Janet gegenüber an den Küchentisch setzt.
«Wir haben gestern ein Schreiben von der französischen Polizei erhalten ...», beginnt er. Sein blaues Hemd spannt sich um seinen kräftigen Oberkörper, während er seine Hemdbrusttaschen abtastet. Nachdem er das Papier, das er gesucht hat, findet, legt er es vor sich auf den Tisch und streicht es glatt.
«Also», meint er bedächtig und fängt an, den Text zu übersetzen, «die Eltern Ihres Mannes ...»
«Entschuldigen Sie – darf ich?», unterbreche ich ihn und greife nach dem amtlichen Schreiben auf dem Tisch.
«Ich verstehe etwas Französisch», erkläre ich höflich aber bestimmt. Er blickt erstaunt auf und entschliesst sich dann, mich gewähren zu lassen, da er selber kein Französisch spricht.
Auf dem Papier lese ich die Namen meiner Schwiegereltern: Marian und Bartholomew Mehta. Weiter steht in dem Protokoll, dass die Eltern nichts von ihrem Sohn gehört und auf Anfrage weder von der Universität noch von den Leuten, bei denen er als Untermieter wohne, mehr erfahren hätten, als dass er verreist sei. Darüber hinaus sei er als Lehrer, ohne

sich abgemeldet zu haben, schon seit einer Woche nicht zum Unterricht erschienen ...

Mir ist bewusst, wie ich beim Lesen beobachtet werde, und blicke auf.

«Ich verstehe», sage ich und schiebe das Papier wieder meinem Besucher zu. «Mein Mann ist in Nicaragua.»

«Wissen Sie das mit Sicherheit?», meint er und runzelt die Stirn.

«Er hätte es mir mitgeteilt, wenn er verreist wäre», sage ich.

«Dann haben Sie also erst kürzlich mit ihm gesprochen ...»

«Nein, gesprochen habe ich ihn nicht ... Aber ich habe einen Brief erhalten ...»

«Könnte ich den Brief sehen?», unterbricht er mich und faltet die Vermisstenanzeige zusammen.

«Ja, natürlich», sage ich und erhebe mich, um das Gewünschte zu holen.

Als ich wieder in der Küche bin, ziehe ich den Brief aus dem Couvert und lege ihn vor den Polizisten auf den Tisch. Er schaut sich die beidseitig beschriebenen Seiten etwas verlegen an – wahrscheinlich kann er Cyrils Handschrift nicht lesen – aber als ich vorschlage, ihm den Brief wegen der schwer leserlichen Schrift vorzulesen, nimmt er ihn an sich und steckt ihn weg.

«Nein, ich nehme ihn lieber mit», sagt er.

Dann fährt er fort: »Und seit diesem Brief haben Sie von Ihrem Mann nichts mehr gehört?»

«Nein», erwidere ich.

«Hmmm», meint er nur und blickt mich an.

Er zieht einen kleinen Block aus seiner hinteren Hosentasche, einen Kugelschreiber aus seiner Hemdtasche, und ich schaue ihm zu, wie er etwas in sein Notizbuch schreibt.

«Haben Sie diesen Brief beantwortet?»
«Ja.»
«Wann?»
Ich überlege.
«Zwei Tage, nachdem ich seinen Brief erhalten habe.»
«Und keine Antwort darauf erhalten?»
Ich schüttle den Kopf.
«Aber Sie haben sicher miteinander telefoniert.»
Ich schüttle wieder den Kopf.
«Nein», meint er erstaunt, «wieso nicht?»
«Mein Mann hat dort, wo er wohnt, kein Telefon – ich kann ihn nur in der Universität erreichen, und das ist umständlich.»
Er blickt mich an und notiert sich etwas.
«Er hätte doch Sie anrufen können», meint er lächelnd.
Als ich nichts sage, sucht er wieder nach dem Brief.
«Haben Sie sonst irgendeine Nachricht von Ihrem Mann erhalten, vielleicht ein Telegramm, oder ein Fax?», fragt er, und als ich verneine, blickt er auf den Poststempel auf dem Couvert.
«Hier steht 5. Juli – das wären schon über vier Wochen ...»
Er blickt mich an.
«Die Post dauert lange», versuche ich zu erklären.
«Gibt es noch andere Briefe von Ihrem Mann?»
«Nein.»
«Aber Sie haben sich doch geschrieben?»
«Ja, natürlich.»
«... wie oft?»
Seine Fragen werden jetzt knapper.
«Alle ein, zwei Wochen.»
«Wo sind diese Briefe?»

«Ich habe sie weggeworfen.»
Er schweigt.
Janet hackt immer noch Petersilie. Und ich schneide weiter an meinen Tomaten. Ich darf mich bei weiteren Fragen nicht verwirren lassen, denke ich, als ich sehe, wie der Polizist den Brief wieder aus dem Couvert zieht.
«Wieso haben Sie gerade diesen Brief aufgehoben?»
Ich hole Atem – es geht weiter.
«Wieso? Ich behalte den letzten Brief, bis ich den nächsten bekomme.»
Das stimmt nicht. Das ist nicht der letzte Brief. Den letzten Brief habe ich verbrannt, weil Cyril darin sein Kommen angekündigt hat.
Der Polizist notiert sich etwas und fährt dann fort: «Wann haben Sie Ihren Mann in Nicaragua besucht, in ...», er versucht die Buchstaben auf dem Poststempel zu entziffern.
«In Managua?», helfe ich ihm. «Ich habe ihn nicht besucht.»
«Nie?»
«Nein – ich kann hier nicht weg.»
«Nicht einmal im Winter?»
Ich schüttle den Kopf.
«Nein – ich habe Tiere, die versorgt werden müssen.»
Wieder notiert er sich etwas.
«Aber Ihr Mann hat Sie hier besucht?»
«Ja, natürlich.»
«Wann?»
«Er war oft hier ...»
«... vor einer Woche?»
«Nein! Das letzte Mal vor zwei Monaten», entgegne ich unnötig scharf. Oh Gott, ich habe zu heftig reagiert, denke ich. Das Blut rauscht mir in den Ohren.

In meiner Verwirrung nehme ich schnell eine Pfanne aus dem Gestell und schaufle die Zwiebeln und Tomaten hinein. Ich hantiere energisch mit Messer und Schneidebrett und merke, dass ich in der Aufregung vergessen habe, zuerst das Öl in die Pfanne zu geben, um das Gemüse darin zu dünsten. Janet wird es nicht auffallen, sie weiss nur, wie man Espresso macht und Take-away-Essen aufwärmt. Hoffentlich versteht der Polizist ebenso wenig vom Kochen.
Während meines eifrigen Hantierens ist er aufgestanden und sieht sich jetzt den Kamin an.
«Ein toller Kamin. Sicher gross genug, um Sie im Winter warm zu halten.»
Ich nicke und sehe, wie er verstohlen mit dem Finger durch den Russ auf der hinteren Wand fährt, während er von seinem eigenen Haus spricht und mir erzählt, wie er es umgebaut hat.
Ich füge die Petersilie und den Knoblauch, die Janet gehackt hat, zu den Tomaten und leere einen Sack Teigwaren in das kochende Wasser.
Janet sitzt still am Küchentisch, sie wirft mir hin und wieder einen langen Blick zu, und ich frage mich, was sie sich bei all dem denkt, als mir plötzlich auffällt, dass der Polizist aufgehört hat zu erzählen, und wie still es geworden ist. Mir schiesst das Wasser in die Augen, aus verwirrter Hilflosigkeit, weil ich merke, dass ich einen Fehler gemacht habe: In keiner Art und Weise habe ich Sorge oder Beunruhigung über das Verschwinden meines Mannes gezeigt ...
Ich stehe beim Fenster und schaue durch die Spalten der geschlossenen Fensterläden nach draussen und versuche mir über die Situation klar zu werden.
Dann drehe ich mich um:

«Diese wochenlange Ungewissheit ist nicht leicht auszuhalten, wissen Sie», sage ich, »aber es ist nicht das erste Mal ... Ich habe mir leider oft Sorgen um meinen Mann machen müssen. Dass ich wochenlang nicht weiss, wo er ist, ist nichts Neues für mich, und ich wäre auch diesmal nicht zur Polizei gegangen – weil er das als Belästigung empfindet, verstehen Sie? Seine Freiheit ist ihm sehr wichtig, und das respektiere ich.»
Janet blickt mich an, wie wenn ich einen Witz gemacht hätte, und dem Polizisten scheine ich leid zu tun. Er räuspert sich und steht auf.
«Ich muss jetzt weiter», meint er und schiebt seinen Stuhl an den Tisch zurück.
Ich begleite ihn hinaus. Er bleibt in der offenen Tür stehen und dreht sich nach mir um. Die flimmernde Hitze strömt von der Veranda ins dunkle Haus.
«Machen Sie sich keine Sorgen –, wir finden Ihren Mann», versichert er mir.
Ich lächle ihn an und nicke. Nachdem ich die Türe hinter ihm geschlossen habe, lehne ich mich einen Moment aufatmend dagegen und schliesse die Augen. Dann gehe ich zurück in die Küche.
Janet steht am Herd und probiert die Tomatensauce, die sie umrührt.
«Wundervoll», sagt sie und leckt ihren Finger.
Ich nehme die Pfanne mit den Teigwaren vom Herd und schütte sie in das Abtropfsieb, während Janet den Tisch deckt.
Dann setzen wir uns hin. Ich merke, dass mir der Appetit vergangen ist. Nur Janet schmeckt es. Sie sitzt da, tief über ihr Essen gebeugt, und blickt mich von unten her mit undurchschaubaren, glänzendschwarzen Augen an.

«Was ist denn nun eigentlich mit deinem Mann passiert?», fragt sie.
Ich bin nahe daran, mich ihr anzuvertrauen. Was für eine Wohltat, mit jemandem darüber sprechen zu können, was für eine Erleichterung ... aber ich kann es nicht, es ist zu gefährlich.
Ich lächle sie an und schüttle den Kopf.
«Nichts», sage ich.

2

Nachdem ich den Entschluss gefasst hatte, Cyril zu töten, war alles sehr schnell gegangen. Ich befand mich in einem Zustand der nervösen Hochspannung, da ich einerseits auf den richtigen Moment wartete, andererseits in der ständigen Angst lebte, dass ich mich irgendwie verraten könnte ..., dass Cyril meine Absicht spüren und im letzten Augenblick meinen Schlag abwenden, oder dass ich selber nicht genügend brutal zuschlagen würde.

Es war ein sonniger, heisser Tag.
Ich weckte Cyril frühmorgens und bat ihn, mir bei der Neuverlegung der Bewässerungsanlage zu helfen, weil ich das nicht allein tun konnte. Da Cyril es hasste, früh aufzustehen, war er wortkarg und schlechter Laune. Die wenigen Worte, die wir wechselten, hatten mit der Arbeit zu tun – sonst sprachen wir nichts miteinander und blickten uns kaum an.
Ich atmete schnell, nicht nur wegen der körperlichen Anstrengung, sondern hauptsächlich vor Aufregung: ich musste alles bis um neun Uhr zu Ende bringen und durfte mir gleichzeitig meine Hast nicht anmerken lassen.
Nach der Arbeit schlug ich Cyril vor, sich am Pool unten auszuruhen. Ich begleitete ihn und wartete, bis er es sich in seinem Liegestuhl bequem gemacht und sich in die Zeitung vertieft hatte, bevor ich ins Haus zurückkehrte, um ihm seinen geliebten Espresso zu machen. Mit dem fertigen Kaffee kehrte ich zu Cyril zurück, stellte Kännchen und Mokka-

tasse auf einen kleinen Hocker neben ihn, goss den Kaffee ein und rührte, bis der Zucker sich aufgelöst hatte.
Während Cyril seinen Mokka schlürfte, schwamm ich plätschernd im Pool. Der Kaffee machte ihn, wie immer, schnell schläfrig.
Als er fest eingeschlafen war, mit offenem Mund, stieg ich aus dem Pool. Ich trocknete mich mit einem Tuch, wickelte es um den Ziegelstein, den ich bereitgelegt hatte, näherte mich, mit dem eingewickelten Stein in der Hand, dem Liegestuhl und betrachtete den schlafenden Cyril, wie er mit dem Kopf zur Seite gedreht leicht schnarchte. Ich hob den Stein, übte die Schlagrichtung ein paar Mal – mein Kopf war völlig leer, ein eigentümliches Gefühl, wie ein mit Helium gefüllter Luftballon – und schlug zu, hart und mit aller Kraft.
Als der Mensch unter mir plötzlich nachgab, wie ein Gummiball, aus dem die Luft entweicht, taumelte ich. Ich zerrte das nun sehr schwere Ding aus dem Liegestuhl, wobei sich der träge Körper im Gestänge verfing, den Stuhl mitzog und ich ihn auf die Seite legen musste, um den Körper daraus zu befreien, bevor ich ihn, unendlich mühsam, ins Wasser rollen konnte.
Dann lag ich da, schwer schnaufend und zog ihn am Handgelenk, an das ich mich geklammert hatte, langsam näher. Er lag mit dem Gesicht nach unten im Wasser. Ich hatte keine Ahnung, wie schwer ihn der Schlag betäubt hatte. Ich spürte die Hitze, auf dem Beton liegend, und das flimmernde Licht des Wassers in den Augen, bis ich, halbblind, nur noch Schatten wahrnahm. Ich flüsterte, er solle doch bitte ertrinken, bevor er wieder zu sich kommt und beruhigte mich erst nach langen Minuten, als der Wunsch, dass

er unwiederbringlich ertrunken sei, zur Gewissheit wurde. Die ganze Anspannung der letzten Tage war plötzlich dahin – ich legte mein Gesicht auf den Poolrand und genoss ein süsses Gefühl der Befreiung nach der vollbrachten Tat. Ich war beinahe glücklich – im Frieden mit mir selbst –, ich hätte weinen mögen aus Dankbarkeit und Erleichterung.

Dann fiel mir ein, wie gefährlich meine Situation war. Nach zehn Uhr könnten Leute auftauchen, Händler oder Bauern, die kaufen oder verkaufen wollen – Leute, die mich mit dem Toten sehen würden, den ich immer noch an seinem Handgelenk festhielt.

Ich liess mich neben Cyril ins Wasser gleiten und versuchte ihn, im Wasser stehend, auf den Rücken zu drehen. Als ich unter ihn tauchte, um ihn hochzustemmen, befürchtete ich einen schlimmen Augenblick lang, dass Cyril zu schwer geworden war. Erst als ich mit meinen Beinen zu rudern und gehen anfing, brachte ich den Körper in Bewegung und hievte ihn mit so viel Schwung, wie mir möglich war, über den Poolrand.

Später lag Cyril auf seiner Liege, auf dem roten Ziegelboden neben dem Pool – lang ausgestreckt, die Beine etwas auseinander, einen Arm runterhängend –, im Schatten des Sonnenschirms. Aber obwohl es so natürlich aussah, dass man ihn aus der Entfernung für einen sonnenbadenden Gast gehalten hätte, war ich froh, dass an jenem Tag ausser einem Händler niemand auftauchte, weder Freunde noch Bekannte, die Fragen gestellt oder sich an etwas erinnert hätten.

Ich schaue Janet zu, wie sie geniesserisch die letzten Bissen auf ihre Gabel schiebt. Nein! Ich kann ihr nichts sagen.

Wenn ich mir ihr Entsetzen vorstelle, das Befremden, den Ekel und die Angst vor mir – schrecklich ...
«Du möchtest sicher hier übernachten», nehme ich das Gespräch wieder auf, «und ich freue mich natürlich, wenn du bleibst ...»
«Nein», unterbricht mich Janet, «ich kann nicht bleiben. Ich unterrichte morgen früh, und heute Abend treffe ich die Choreografin, die sich für meine letzte Arbeit interessiert hat ...»
«Ohhh!», rufe ich erleichtert, «das ist ja wunderbar!»
«Ja, wunderbar», meint Janet trocken, «ich weiss, dass du mich loswerden willst. Du bist überhaupt komisch – irgendetwas stimmt nicht.»
Und als ich nichts erwidere, fragt sie:
«Kannst du mich zur Bushaltestelle fahren?»
Sie merkt, dass ich zögere, und zieht einen kleinen Fahrplan hervor, den sie studiert.
«Den 5.30 Uhr-Bus.»
Ich blicke auf die Uhr: «Dann müssen wir uns beeilen.»
Mit Hin- und Rückfahrt dauert das eine gute Stunde – der Gedanke, die Farm so lange allein zu lassen, ist mir unangenehm –, aber wenn ich ein Taxi rufe, dauert es noch länger, bis ich wieder allein bin. Die Polizei war hier – ich werde nicht mehr viel Zeit haben ...
Janet packt ihre Badesachen, ich laufe zum Pool hinunter, um ihre Schuhe zu holen, wir setzen uns in den Jeep und fahren los.
Ohne zu sprechen, fahren wir eine Weile über Land, ich konzentriere mich auf die Strasse, ich kenne alle Abkürzungen, die wertvolle Zeit sparen, und Janet schweigt, um mich nicht zu stören.

Ich hatte den steifen, sperrigen Körper in jener Nacht zerlegt.
Zuerst musste ich die Leiche vom Pool zur Scheune hinaufschaffen, ohne Spuren zu hinterlassen. Ich holte die Mistschubkarre aus dem Stall, die grosse mit den Doppelrädern, lud den schweren Körper, der sich wie Eis anfühlte, mit Hilfe eines Seils und eines alten Leintuchs darauf und schob die Last mühselig zur Scheune hinauf. Oben angekommen, legte ich den Toten hinter das Holz, das ich mit dem Traktor im Wald unten geholt und hier abgeladen hatte. Ich stopfte Leintuch und Seil in einen Abfallsack und fuhr die Schubkarre zum Stall zurück. Dann erst holte ich die Motorsäge aus dem Werkzeugschuppen.
Ich hasse die Säge. Ihre harte Unberechenbarkeit flösst mir Angst ein, und ihr aggressiver Lärm macht mich nervös.
Ich stand da und wusste, dass ich den Toten mit ihr zerlegen musste. Ich schloss die Augen ...
Wie der Autopilot einer Maschine beim Ausfall des Menschen übernahm etwas in mir die Führung: Ich setzte die Säge an und zerlegte den Körper so, wie ich ein Tier zerlegt hätte.

Nachdem ich alles zu Ende gebracht hatte, wickelte ich die Körperteile in eine rote Pferdedecke, nahm die Werkzeuge mit mir ins Haus, um sie gründlich zu säubern, und kehrte mit ihnen zur Scheune zurück. Dort legte ich Motorsäge und Beil zu den Holzstämmen, die ich zu Brennholz zerlegen wollte, und suchte den Boden sorgfältig nach Spuren ab. Ich leerte von der Säure, die ich bereitgestellt hatte, um später die Knochen darin zu säubern, über die Stelle, um eventuelle Spuren zu tilgen ... Aber das war noch nicht alles –

ich musste die Teile beiseite schaffen: Ich ging zurück ins Haus und holte einen Kessel.
Es war Nacht, als ich mit dem vollen Kessel über die Wiese zum Hundezwinger hinunter ging – er war schwer, und ich musste ihn mehrmals hinstellen, um auszuruhen. Beim Zwinger angelangt, kamen mir die Hunde schnuppernd entgegen und standen wedelnd am Zaun ...

Mit dem fatalistischen Humor eines Desperado lache ich mit Janet und fahre den wackligen Wagen zu schnell auf schlecht gebauten Strassen voller Löcher, kleinen Nebenstrassen, die das flache Land mit einem weitmaschigen Netz überziehen. Janet sitzt neben mir im Jeep und versucht mir ein Kleid zu erklären, das aus lauter Trägern und Löchern zu bestehen scheint.
Janet spricht hauptsächlich von Männern oder Kleidern. Aber so wie sie darüber spricht, sind es in leuchtend-farbiges Cellophan verpackte Frivolitäten. Und sobald sie mit flinken Fingern die letzte Masche darum gebunden hat, wirft sie das Ganze nonchalant weg. Janet ist sehr unterhaltend und bringt mich mit ihrem Witz immer wieder zum Lachen. Ihre leichtfüssige Art und ihr Spott lassen mich meine Unruhe beinahe vergessen.
Aber ich war beunruhigt: wegen der Spuren, die man auf der Farm immer noch hätte finden können. Erst gestern Morgen hatte ich die letzten Knochen weggebracht ... Ebenfalls beunruhigend war die Tatsache, dass die Polizei jeden Moment herausfinden konnte, dass Cyril erst vor einer Woche noch in den USA gewesen war. Das machte mich zur Hauptverdächtigen. Ich konnte nur hoffen, dass die Polizei nicht kam, bevor ich die letzten Spuren beseitigt hatte.

Mein ganzes Leben schien in den vergangenen Tagen nur noch aus einer möglichst gründlichen Spurenbeseitigung bestanden zu haben. Heute würde ich endlich alle, auch die winzigsten, unbedeutendsten Spuren beseitigen und wieder Ruhe finden und ohne ständige Angst und Nervosität einschlafen.

Ich bin mit Janet an der Bushaltestelle angekommen. Eine Bank unter einem Baum. Kein Schild und keine Tafel weisen darauf hin, dass hier ein Bus vorbeikommt. Entweder man weiss es, oder man sieht durch Zufall einen Bus an dieser Stelle halten. Wie einfach – eine Bank unter einem Baum. Und wie einfach wäre es, einen dieser Busse zu besteigen und alles hinter sich zu lassen – losfahren und verschwinden ...
Ein sentimentales Wunschbild, eine romantische Vorstellung – die Wirklichkeit ist weniger angenehm. Janet und ich küssen uns, und ich verabschiede mich schnell.

Wie ich zurückkomme, ist alles ruhig auf der Farm. Niemand scheint hier gewesen zu sein.
Ich gehe zum Zwinger hinunter, um den letzten Hundekot zu beseitigen, den ich mit einem Stück Holz auf die Schaufel schiebe und mit mir ins Haus nehme. Da die Hunde alles Fressbare verschlingen – sowohl Federn, wie auch Haare und Fell – habe ich in der letzten Zeit alles, was ihre Körper als unverdaulich wieder ausgeschieden haben, sorgfältig beseitigt. Ich spüle den Dreck die Toilette hinunter, wasche alles und versorge die Dinge da, wo sie hingehören.

Als es dunkelt, gehe ich zum Pool hinunter. Nichts erinnert an die blendende Helligkeit und flimmernde Hitze des Tages. Nur der Betonrand, die Einfassung des Wassers, fühlt sich noch warm an. Der Mond ist voll und steht rund und gross am Himmel, halb verdeckt vom Hickory, einem hohen Baum mit langen Blättern und verschlungenen Zweigen. Eine Eule sitzt oben. Ich sehe sie nicht, aber ich höre ihren unkenartigen Ruf und stelle mir vor, wie sie da zwischen den dunklen Blättern sitzt und ihre hellen Augen mich beobachten. Vor mir liegt der Pool, das sich leicht bewegende Wasser, und dahinter, im dunstigen Mondlicht, der Wald.

Ich lasse mich ins warme Wasser gleiten – mein Plätschern ist so plötzlich und störend, dass Frösche und Zikaden in ihrem Singen innehalten – und schwimme langsam hin und her, in langen, ruhigen Zügen, vom einen Ende zum anderen. Die schwere Ruhe der Nacht in dem opalisierenden, ungenauen Licht des Mondes beunruhigt mich – ich gleite durchs seidig-dunkle Wasser und weiss, irgendetwas, das ich nicht erkennen kann, wird passieren.

3

Die nächsten Tage lebte ich in einer Art Vakuum. Ich war weder ängstlich noch zuversichtlich. Es war ein Zustand des Wartens – unangenehm, weil es eigentlich gar kein Zustand war ... eher ein Schweben, eine Art Betäubtsein.
Und dann kam die Polizei – ich hätte beinahe «endlich» gesagt und «Gottseidank», weil das Warten so unerträglich geworden war.

Ich bin beim Ausmisten der Pferdeställe, versunken in die Arbeit. Das verstaubte Transistorradio spielt eine Melodie, die ich selbstvergessen mitsumme.
Plötzlich nehme ich in der Helle der Stalltüre einen Schatten wahr. Erschreckt fahre ich herum und blicke dem Mann hinter mir ins Gesicht. Es ist Dan, unser Sheriff.
Ich kenne ihn – wir sind alte Bekannte. Ich sah ihn das erste Mal kurz nachdem ich die Farm gekauft hatte und hierher gezogen war und Schwierigkeiten mit den Kids der Nachbarn hatte. Von da an trafen wir uns jeweils an Dorfanlässen. Er kam auch öfter mal vorbei, um zu fragen, ob alles in Ordnung sei, und blieb dann gerne in meiner Küche sitzen, um bei einer Tasse Kaffee zu tratschen.
«Ich wollte dich nicht erschrecken, tut mir leid», sagt er lächelnd.
«Es ist die leide Geschichte mit deinem Mann: Du hast uns angelogen.»
Ich reisse die Augen auf.
«Ich?», rufe ich, «wie meinst du gelogen?»

Er lacht.
«Tu nicht so unschuldig – dein Mann hat dich vor zwei Wochen hier besucht.»
Mir wird unangenehm heiss an diesem angenehm kühlen Septembermorgen. Ich sperre meine Augen immer noch weit auf und fühle mich eingeschüchtert und verwirrt, weil ich keine Ahnung habe, wie ich mich verhalten soll. Solange ich nicht sicher bin, wieviel die Polizei wirklich weiss, werde ich weiter bluffen.
«Wieso sollte ich lügen?», frage ich und lehne die Mistgabel gegen die Stallwand. Dann drehe ich mich um und schaue Dan offen ins Gesicht.
«Was soll das Ganze? Ich verstehe überhaupt nicht, von was du sprichst.»
«Dein Mann – er war hier vor 14 Tagen.»
«Nein, das war er nicht», sage ich und schüttle den Kopf.
Dan fixiert mich einen Moment, und als ich nichts mehr sage, wendet er sich ab und nimmt einen Pferdehalfter von der Wand.
«Wie steht es mit euch zwei?», fragt er und prüft die feinen Lederriemen auf ihre Festigkeit.
Ich lache. «Wir werden uns nicht scheiden lassen – wenn es das ist, worauf du hinaus willst ...»
Er gibt mir einen raschen Blick.
«Obwohl ihr lebt wie Katz und Hund ...»
«Du bist gerade der Richtige, um mir Moral predigen zu wollen!», unterbreche ich ihn.
Dan hatte sich vor einem halben Jahr in eine verheiratete Frau verliebt und sich nach 15-jähriger Ehe von seiner Familie trennen und mit der anderen Frau zusammenziehen wollen.

Er sieht mich kalt an.
«Ich glaube, du hast mich nicht recht verstanden: Ich bin hier, um einen Mord aufzuklären.»
«Mord!», rufe ich, «was für ein Mord? Von was sprichst du eigentlich!»
«Dein Mann ist ermordet worden, Cora», erwidert er ebenso laut.
«Ermordet? Er wird in Südamerika vermisst ...»
«Nein, er wird nicht in Südamerika vermisst. Er ist vor 16 Tagen in die USA eingereist und zwar auf unserem Flughafen; nach der Landung verliert sich jede Spur: kein Taxi, kein Limousinenservice – niemand kann sich an ihn erinnern ...»
Er ist mir näher gekommen.
«Du hast ihn abgeholt, etwas Schreckliches ist passiert – ein Streit, und du hast ihn im Affekt ermordet.»
«Ach was!», ich drehe mich um und gehe nach hinten, um Heu zu holen. «Ein Streit – so ein Blödsinn!»
«Ich kenne dein Temperament, Cora». Er hat mich in die Ecke gedrängt, «du bist impulsiv und lässt dich zu Taten hinreissen, die du später bereust ...»
Seine Augen glänzen mich im Halbdunkel an, ich spüre seinen Atem.
«Nein, Dan – wir haben uns nicht gestritten ...», wiederhole ich.
«Aber man hat ihn doch gesehen!»
Oh Gott, nein!, denke ich und spüre, wie ich ohnmächtig werde: Meine Beine sind ohne Knochen, und Dans Stimme ist weit weg ...
«Das ist nicht möglich», hauche ich.
Dan hat meine Schwäche bemerkt und lässt mich nicht aus den Augen.

Plötzlich verstehe ich, was er gesagt hat.
«Wer hat ihn gesehen?», frage ich.
«Der Smiley und der Hopkins.»
«Du meinst die Händler?»
Dan nickt, und ich zermartere mir das Gehirn und versuche mich zu erinnern, ob die beiden Cyril überhaupt kennen.
«Ach Dan, ich habe so viele Gäste, die mich besuchen kommen – es war nicht Cyril, den sie gesehen haben», sage ich und wende mich ab, um die Krippen mit Heu zu füllen. Dan blickt mich an, und ich weiss, dass ich ihn nicht überzeugt habe. Er kennt mich zu gut. Aber solange man mir nichts nachweisen kann, spielt es keine Rolle, ob er mir glaubt.
Ich klopfe mir die Halme von den Kleidern und blicke ihn an.
«Okay, das war's», sage ich, und gemeinsam verlassen wir den Stall.
Draussen streicht mir ein anhänglicher Kater mauzend um die Beine. Ich bleibe stehen und bücke mich, um ihn zu streicheln. Er ist unser Ältester, keine sehr ansehnliche Katze, dünn und nach dem langen, heissen Sommer von Krankheiten und Parasiten und immer wiederkehrenden Kämpfen gezeichnet – fast jede Nacht höre ich den Lärm seiner Schlachten – aber er besitzt die ruhige Gelassenheit des souveränen Herrschers.
Ich nehme ihn auf meine Schulter und als sich das Tier geniesserisch an mich schmiegt und schnurrt, streicht ihm Dan über seinen runden Kopf.
«Ich liebe Tiere», murmelt er. Die Katze macht ein paar harte, gereizte Schläge mit ihrem Schwanz bei seiner Berührung: Dan und Tiere harmonisieren nicht. Obwohl er sich für einen grossen Tierfreund hält, weil er ein glühender Geg-

ner der Jagd ist, kann er mit Tieren nichts anfangen. Vor den Pferden fürchtet er sich und meine Hunde sind ihm ausgesprochen unheimlich.
«Pass auf – gleich kratzt er dich», warne ich ihn und Dan zieht seine Hand zurück.
«Ich liebe Tiere», insistiert er, als er sieht, wie ich spöttisch lächle.
Wir kommen zum asphaltierten Platz beim Haus oben, wo sein Wagen steht, und er meint beiläufig:
«Jetzt werden wir uns ja öfter sehen ...»
Es tönt wie eine Drohung. Da ich nichts erwidere, schiebt er sich hinter das Lenkrad seines Streifenwagens. Er wendet den Wagen und hält im Vorbeirollen nochmals an.
«Sind deine Hunde wieder einmal ausgebrochen, letzte Woche?»
«Nein – wieso?»
«Auf dem Staatsgrundstück sind wildernde Hunde gesehen worden.»
Dan hatte mich verschiedentlich gewarnt, dass man meine Hunde erschiessen werde, sollte man sie nochmals beim Wildern ertappen.
«Das waren nicht meine Hunde», sage ich.
«Hmmm», meint Dan und fährt die Auffahrt hinunter. Ich schaue ihm nach: schon wieder eine Drohung. Er wird mir keine Ruhe mehr lassen, jetzt, wo die Jagd auf mich eröffnet worden ist. Ich habe kein Privatleben mehr und muss trotzdem mein eigenes Leben so konsequent wie möglich weiter führen ...

Ich stehe unter der Dusche, als ich meine, ein Klopfen zu hören. Hastig drehe ich das Wasser ab, packe ein Tuch, um mich damit zu bedecken, und lausche: Nichts – niemand ist gekommen. Nicht einmal in meiner Intimsphäre fühle ich mich mehr sicher – ich ziehe mich rasch an und gehe hinunter, um meine Buchhaltung zu machen. Aber kaum habe ich mich an meinen Schreibtisch gesetzt, sehe ich durch das offene Fenster ein Auto, das am Haus vorbei nach hinten zu den Wirtschaftsgebäuden fährt. Ich stehe auf und gehe durch die Küche zum hinteren Ausgang, um zu sehen, wer es ist. Es ist die Polizei. Peter, der Polizist, der mich damals, als Janet auf Besuch war, befragt hatte, und hinter ihm ein zweiter, jüngerer Polizist. Ich öffne ihnen die Tür.

«Es tut mir leid, dass wir schon wieder stören müssen – aber wir haben einen Durchsuchungsbefehl ...», fängt Peter an. Als er an seinen Hemdbrusttaschen herumfingert, winke ich ab.

«Lassen Sie nur, ich verstehe – kommen Sie.»

Ich war auf eine Hausdurchsuchung vorbereitet und bin auch ziemlich sicher, dass sie nichts Verfängliches finden werden – trotzdem macht mich die Anwesenheit der zwei Polizisten unruhig, und da ich denke, dass es besser ist, wenn ich sie in Ruhe lasse, setze ich mich wieder an den Schreibtisch, um mit meiner Arbeit fortzufahren. Aber ich kann mich nicht konzentrieren und lausche beunruhigt auf Schritte und Möbelrücken im oberen Stock.

Als ich es nicht mehr aushalte, verlasse ich das Haus – irgendetwas gibt es ja draussen immer zu tun. Ich werde den Gemüsegarten jäten, dann bin ich in der Nähe.

Durch die offenen Fenster höre ich ihre Stimmen, kann aber nichts verstehen.

Wonach suchen sie bloss? Cyrils Briefe an mich hatte ich alle verbrannt –, auch alle Briefe an ihn von Eltern, Geschwistern, Freunden ... Habe ich zuviel verbrannt?

Da mich auch das Jäten nicht befriedigt, kehre ich ins Haus zurück, wo ich mir die Hände wasche und dann zu ihnen hinaufgehe.
Ich räuspere mich.
«Nach was suchen Sie denn?»
«Dan ist überzeugt, dass wir Fingerabdrücke von Ihrem Mann finden.»
«Die finden Sie sicher», lache ich.
«Hmmm.»
Diese enervierende Art der Amerikaner, statt «Ja», «Nein» oder «Danke», einfach «Hmmm» zu sagen!
Etwas gereizt meine ich: «Und was verspricht er sich davon?»
«Wenn es frische Abdrücke sind, wissen wir, dass Ihr Mann erst kürzlich hier war.»
«So», sage ich, wie wenn mich das nichts anginge – aber mein Puls ist schneller geworden. Fingerabdrücke! Daran habe ich wirklich nicht gedacht. Ich habe zwar, als ich die letzten Spuren beseitigte, auch alles abgestaubt – aber vielleicht nicht gründlich genug ...
Ich will keine weiteren Fragen stellen, um sie nicht merken zu lassen, dass ich beunruhigt bin, und wechsle das Thema.
«Kann ich Ihnen etwas zu trinken holen?»
In der Küche stelle ich fest, dass ich mehr Coca-Cola und Bier einkaufen muss. Ich gehe wieder nach oben und stelle den beiden ihre Colas hin.
«Vielen Dank.»
Sie gehen schweigsam ihrer Arbeit nach, aufreizend gewissenhaft, und nehmen nur hin und wieder einen Schluck.
Nachdem ich ihnen eine Weile zugeschaut habe, wird mir klar, dass das noch lange dauern kann, und frage die beiden Männer:

«Wie lange, glauben Sie, wird es noch dauern?»
«Etwa eine Stunde», antwortet der jüngere der beiden und sieht Peter fragend an:
«Was meinst du?»
Als Peter nickt, erkläre ich:
«Ich muss jetzt aber weg.»
Da Peter wieder nur nickt und ohne von seiner Arbeit aufzublicken murmelt, dass das in Ordnung sei, frage ich, etwas irritiert, ob man mich nicht mehr brauche, und da Peter abwesend den Kopf schüttelt, gehe ich zur Treppe, wo ich unentschlossen stehen bleibe und mich nochmals umdrehe:
«Würden Sie bitte die Tür hinter sich schliessen, wenn Sie das Haus verlassen ...»
«Ja, ja – wir ziehen sie einfach zu.»

In der Scheune lade ich die Kübel mit Schnittblumen in meinen Lieferwagen – lustlos, wie wenn ich mit dem allem nichts mehr zu tun hätte. Die Anwesenheit der Polizei sitzt wie ein Stachel in meinem Fleisch. Eine andere Welt umgibt mich plötzlich, mir feindlich gesinnt, weil ich im Unrecht bin. Mir gegenüber indifferent, nur noch an der Erklärung des Mordes interessiert.
Sie will nicht wissen, wie es zu dem Mord kam, sie will nur beweisen, dass ich es getan habe.

Als ich von meiner Lieferung zurückkomme, ist niemand mehr zu sehen. Ich gehe durch das ganze Haus und berühre Dinge, die mir lieb sind, rücke sie zurecht oder lege sie zurück an ihren richtigen Platz. Die Polizisten haben kein Chaos hinterlassen, und doch ist mir mein Haus entfremdet – sie haben respektlos darin herumgewühlt.

Ein Schwindel bemächtigt sich meiner, und ich schlucke ein paar Mal, als ob ich mich erbrechen müsste – das war ja erst der Anfang ... Trotzdem versuche ich zu arbeiten und verbringe den ganzen Nachmittag in den Feldern.

Gegen Abend will ich mit den Hunden in den Wald, bevor es zu dunkel ist.
Müde von der körperlichen Arbeit atme ich auf, als ich endlich zum Hundezwinger hinuntergehe. Die Hunde begrüssen mich voller Freude, und es fällt ihnen schwer, stillzuhalten beim Anleinen.
Es ist ein schöner, stiller Abend.
Als wir den Pferdeweiden entlang auf den Wald zugehen, steht im Sojafeld draussen ein Rudel Rehe – bewegungslos, mit gespitzten Ohren im rötlichen Abendlicht, alle Augen uns zugewandt – aber die Hunde ziehen eilig dem Wald entgegen und bemerken die reglosen Tiere nicht.
Im Wald gehen wir nur bis zum Bach, der durch den Sumpf fliesst, und kehren dann um. Es dunkelt schnell, ich kann die Bäume kaum noch erkennen, und als wir den Wald verlassen, hat sich die Dämmerung schon über das Land gelegt. Der Himmel, nachtblau, leuchtet nur dort, wo die Sonne untergegangen ist, noch blutrot.
Während ich die Hunde in den Zwinger zurückbringe und mich von ihnen verabschiede, beginnt der monotone Gesang der Zikaden in den Bäumen und der Frösche und Kröten im Gras und Gebüsch. Die Abendluft weht plötzlich feucht und kühl nach dem sonnigen Tag. Im Westen verglühen die letzten Schlieren von Rotviolett an einem weiten Himmel – ein Gefühl der Verlorenheit, aber auch von Frieden – ich liebe diese Stimmung, bevor die Nacht hereinbricht.

Als die Hunde zu bellen anfangen, blicke ich mich überrascht um und sehe, wie eine dunkle Gestalt durch den Obstgarten kommt. Es ist Dan.
«Ich habe noch ein paar Fragen ...», fängt er freundlich an. Wieder das Gefühl, angegriffen zu werden, in einem Moment, wo ich am wenigsten darauf vorbereitet bin.
«Ich habe mir überlegt», fährt Dan unverfänglich weiter, «wie das alles passiert sein könnte ...»
«Ich beantworte heute Abend keine Fragen mehr», unterbreche ich ihn unfreundlich. Dan blickt auf die Hunde, die immer noch bellen, und entgegnet nichts.
«Du kannst reinkommen auf einen Kaffee ...», lenke ich ein, aber Dan schüttelt nur den Kopf.
«Was machst du eigentlich mit dem Hundekot», fragt er unvermittelt.
«Mit dem Hundekot?», wundere ich mich, «wieso?»
Dan zuckt nur mit den Schultern.
«Ich werfe ihn auf den Misthaufen ...»
«... zusammen mit dem Pferdemist?», unterbricht mich Dan.
«Ja.»
Er blickt sich um.
«Und wie transportierst du ihn?»
Er hat mich gegen meinen Willen dazu gebracht, seine Fragen zu beantworten, denke ich und blicke ihn an. Ich weiss, welche Spur er verfolgt, und hoffe, dass ich den Zwinger gründlich genug gereinigt habe.
«Ich entferne den Kot täglich mit dieser Schaufel hier», erkläre ich und greife nach der Schaufel, die am Zaun lehnt. «Dann werfe ich ihn auf den Schubkarren da drüben und fahre damit zum Misthaufen.»

Ich zeige zum Pferdestall hinüber, hinter dem der Misthaufen liegt. Dan nickt – er merkt, dass ich ihn mit meiner Ausführlichkeit provozieren will.
«Wir werden das genau untersuchen ...», murmelt er.
Er fühlt wie ich, dass sich unser Verhältnis geändert hat, dass es keine freundschaftlichen Plaudereien mehr gibt. Eine feindselige Gereiztheit ist zwischen uns aufgekommen ... Ich muss mich vor ihm in Acht nehmen und vorsichtig sein mit allem, was ich sage. Ich muss an meiner Version festhalten und mich nicht davon abbringen lassen: Cyril und ich sind unglücklich verheiratet, Cyril hat sich irgendwo abgesetzt, weil er mich los sein wollte, und dort ist er in gefährliche Geschäfte verwickelt worden, hat sich mit extremen politischen Gruppen eingelassen oder hat die Frau gefunden, die zu ihm passt ...
Dan wendet sich zum Gehen.
«Sobald wir den Befund der Fingerabdrücke haben, werden wir zu graben anfangen.»
«Graben?», frage ich erschrocken und gehe ihm nach.
«Wieso graben?»
Dan bleibt widerwillig stehen.
«Vergiss nicht – wir suchen eine Leiche.»
«Wie meinst du das?», frage ich verwirrt, «du weisst doch gar nicht, wo du suchen musst – ich meine, du weisst ja gar nicht, ob es eine Leiche gibt!»
«Cyril ist gesehen worden – auch wenn du es abstreitest. Die Leiche befindet sich auf diesem Grundstück – es sei denn, du sagst uns, wo du sie hingebracht hast.»
Ich versuche mir vorzustellen, wie sie mein Land umgraben – mit Bulldozern! All die Büsche und Bäume, all die vielen sorgfältig ausgewählten und liebevoll gesetzten und gepfleg-

ten, in jahrelangem Bemühen in Dürre und Kälte am Leben erhaltenen Pflanzen ... Und nicht nur, dass mein Herz daran hängt: Die Blumenfelder sind mein Erwerb, damit verdiene ich meinen Lebensunterhalt!
«Dan! Du kannst mir doch wegen einer blossen Vermutung nicht meinen ganzen Erwerb zerstören!», sage ich eindringlich und fasse nach seinem Arm.
Er ist stehen geblieben und blickt mich an.
«Cora, ich tue nur meinen Job ...»
«... aber es gibt doch gar keinen Grund, hier nach einer Leiche zu suchen!»
«Wenn die Fingerabdrücke frisch sind, müssen wir hier suchen – aber wir werden ja nicht alles umgraben, nur dort, wo wir vermuten müssen ...»
«Kannst du dir vorstellen, wieviel Arbeit das bedeutet!», unterbreche ich ihn. Er wendet sich ab und geht weiter.
«Ich habe Ähnliches auch schon gemacht – es ist reine Routine.»
«Und dann kommt ihr mit Maschinen ...»
«Ja, Cora, wir kommen mit Baggern und Hunden – es wird ein Riesenbetrieb und Aufwand!»
«Ihr werdet mir alles zerstören ...!»
Er bleibt stehen und wendet sich abrupt an mich:
«Wenn du mir die Wahrheit sagst, wenn du mir sagst, was wirklich passiert ist, könnten wir uns das alles ersparen! Dir und mir!»
Er blickt mich wütend an.
Ich wende mich ab und murmle: «Du glaubst mir ja sowieso nicht.»
Worauf Dan nur die Lippen zusammenpresst und weitergeht.
Es bleibt nichts mehr zu sagen – jeder tut, was er zu tun hat.

Wir gehen nebeneinander zum Haus hinauf, wo ich ihn nochmals zu einem Kaffee einlade. Er schüttelt den Kopf und geht zu seinem Wagen.

Als ich die Haustür öffne, höre ich ihn rufen und drehe mich um. Ich sehe, wie er auf mich zukommt, und warte, bis er bei mir ist.

«Beinahe hätte ich es vergessen: Ich brauche einen Hausschlüssel.»

«Einen Hausschlüssel?», frage ich, und als er nickt, verstehe ich, dass ich nichts dagegen einwenden kann.

Ich überreiche ihm wortlos einen der Schlüssel, den ich von meinem Schlüsselbund gelöst habe, und warte nicht, bis er wegfährt, sondern gehe abwesend, mit gesenktem Kopf ins Haus.

Dort setze ich mich an meinen Schreibtisch, weil ich mich eine Weile mit etwas Sachlichem befassen und ein wenig arbeiten muss, um auf andere Gedanken zu kommen, bevor ich zu Bett gehe. Ich versuche mir einen Arbeitsplan für morgen zusammenzustellen und merke, dass das gar nicht möglich ist, da ich nicht weiss, wann die Polizei morgen kommt und was sie unternehmen wird.

Entmutigt stütze ich den Kopf in meine Hände – mein Leben hat sich so verändert, dass ich nicht weiss, wie ich es bewältigen werde.

4

Die nächsten Tage blieb kein Stein auf dem anderen. Auf dem Estrich, im Keller, im Geräteschuppen – die Scheune, die Garagen, alle Abstellräume, alles wurde durchsucht. Sogar der Pferdemist und der Hundekot. Ich musste die Tiere vorübergehend in einem anderen Gehege notdürftig unterbringen, bis sie die Ställe und die Weide umgegraben hatten. Dann wurde der ganze Heuvorrat nass, weil sie, um im Futterraum graben zu können, alles Heu ausserhalb der Stallungen gestapelt hatten und es ausgerechnet in dieser Nacht regnen musste.

Ich fühlte mich der Verzweiflung nahe, weil ich spürte, wie ich aufgerieben wurde.

Abgesehen davon machte mir auch meine finanzielle Lage Angst. Niemand würde mir eine Entschädigung für die Verluste zahlen. Nicht zu sprechen von der Zeit, die ich durch die vielen Unterbrechungen verlor, und die Kraft, die es mich kostete, überhaupt weiterzumachen.

Das Schlimmste aber war die veränderte Haltung der Dorfbevölkerung mir gegenüber. Man sprach nicht mehr mit mir, man grüsste mich kaum; Leute, mit denen ich ein freundschaftliches Verhältnis gehabt hatte, kannten mich plötzlich nicht mehr – und mir fehlte die Kaltschnäuzigkeit, die scheelen Blicke und das Tuscheln gelassen hinzunehmen. Es war wie ein böser Traum, aus dem man vergeblich versucht, aufzuwachen.

Seit man von mir als der Mörderin meines Mannes sprach, gab es nur noch wenig Hemmungen meiner Person und mei-

nem Eigentum gegenüber. Ich konnte nicht viel tun, wenn meine Geräte und Werkzeuge verschwanden, mein Futter böswillig ausgeleert und mein Saatgut zerstört wurde.
Wenn ich Dan von meinen Schwierigkeiten berichtete, machte er ein missmutiges Gesicht und meinte nur, dass ich das alles mir selber zu verdanken habe und er nichts dagegen tun könne.
Dan war permanent schlechter Laune: Seine Nachforschungen blieben erfolglos, und sein Groll darüber richtete sich gegen mich.

Eines Morgens stand er früh vor meiner Haustüre. Ich hatte gerade Kaffee gemacht, hörte das Klopfen, ging hin, um die Tür zu öffnen, und sah Dan, der auf der kleinen Veranda im sonnigen Morgen stand und mich ruhig und entschlossen anblickte.
Er tat mir beinahe leid.
«Komm herein und trink Kaffee mit mir», meinte ich und fasste ihn kameradschaftlich beim Arm.
Er zuckte leicht, als ich ihn berührte, und ich merkte, dass ich für ihn abstossend geworden war, als Mörderin. Das traf mich. Aber ich liess mir nichts anmerken.
Ich schenkte uns beiden Kaffee ein, stellte Milch und Zucker auf den Tisch und setzte mich zu ihm.
«Wie du ihn getötet hast, weiss ich nicht», fing Dan an, «wahrscheinlich hast du ihn vergiftet», sein Blick ruhte auf mir, «irgendein Ratten- oder Insektengift – davon gibt es ja genug in deinem Geräteschuppen. Dass du zu einer Waffe greifst, kann ich mir nicht vorstellen», fuhr er nachdenklich fort, «das ist auch nicht Frauenart.»
Dann wurde sein Blick hart.

«Aber ich bin ganz sicher, dass der Tote bei deinen Hunden gelandet ist», sagte er, und ich spürte seine Abscheu.
Ich blickte ihn an und sagte nichts. Ja natürlich, Gift. Das ist Frauenart. Dass ich meinen Hunden kein vergiftetes Fleisch füttern würde, daran schien er nicht einmal zu denken. Der Tierfreund.
Ich hielt seinem Blick stand, als er weiterfuhr.
«Du hast den toten Körper zum Zwinger geschleift – und dann? Hast du die Hunde, die ganz wild wurden, angebunden, als du den Toten durch die Tür in den Zwinger schlepptest, oder hast du ihn über den Hag gezerrt? Hat er sich verfangen und aufgekratzt? Wie immer du es angestellt hast – es muss scheusslich gewesen sein ...»
Ich wusste jetzt, dass Dan mich zu erschüttern versuchte, und verschloss mich weiteren Angriffen, indem ich an anderes dachte, das für mich wichtig werden könnte.
Ich dachte an die Müllabfuhr – an den wahrscheinlich einzigen schwachen Punkt, wo man mir auf die Spur kommen könnte.
Dort in Trenton hatte ich unerklärlicherweise selber eine Spur gelegt, die zu mir führte.
Ich hatte Cyrils Oberschenkel- und Beckenknochen auf einer Müllabfuhr und erst noch im Beisein von zwei Zeugen weggeworfen. Anstatt sie wie die übrigen Knochen in einen der vielen Sümpfe zu werfen, hatte ich sie in einen Abfallsack gesteckt und mit mir ins Auto genommen.
Auf der Fahrt durch einen der verkommenen Vororte von Trenton fuhr der alte Lastwagen einer privaten Müllabfuhr vor mir, und ich entschloss mich, ihm zu folgen.
Als er anhielt, parkierte ich auf der gegenüberliegenden Strassenseite und beobachtete den schwarzen Fahrer, wie er

ausstieg und vorne, neben dem laufenden Motor, mit einer Frau sprach, die ihren zerschlissenen Sessel loswerden wollte. Da der Fahrer durch die Auseinandersetzung mit der alten Frau völlig absorbiert schien, packte ich meinen Sack und überquerte rasch die Strasse. Aber da verwarf der Schwarze seine Hände, schüttelte den Kopf und ging um den Motor herum, um die Führerkabine zu besteigen. Als wir uns plötzlich und für ihn so unerwartet gegenüberstanden, lachte er, und da er den Sack in meiner Hand sah, sagte er, es sei okay, ich könne ihn hineinwerfen, was ich auch sofort tat. Die alte Frau kam zu mir herüber – der Fahrer hatte inzwischen die Führerkabine bestiegen – und bat mich, ihr zu helfen, den Sessel loszuwerden. Sie merkte, dass ich ihr nicht zuhörte, und zupfte mich am Ärmel. – Cyrils Knochen, dachte ich, als der Lastwagen losfuhr, und blickte ihm nach, bis er verschwand ...

Der Fahrer der Müllabfuhr und die Frau mit dem Sessel. Wenn sie gefunden werden sollten, waren das zwei Zeugen, die sich an mich erinnern würden.

Vielleicht ist der Sack ja inzwischen gefunden worden, überlegte ich, und man ist bereits daran, die Spur zurückzuverfolgen.

Ich kann mir durchaus vorstellen, dass man auf einer dieser Mülldeponien, wo sich alte Männer herumtreiben, sich mit einem Stuhl in die Sonne setzen und dösen, bis die nächste Ladung ausgekippt wird, und dann wie friedliche Aasgeier nach allerlei Brauchbarem suchen, dass bei diesem Suchen auch mein Sack gefunden und geöffnet wurde und man die Knochen gefunden hat. Es ist ebenso möglich, dass man den seltsamen Fund genauer untersucht und festgestellt hat, dass es sich dabei um menschliche Knochen handelt.

Dan hatte seine Stimme erhoben, da er merkte, dass ich ihm nicht mehr zuhörte.
«... es müssen Spuren zu finden sein, da die Leiche mit Sicherheit irgendwo hängen geblieben ist und Widerstand geleistet hat. Auch in der Erde innerhalb des Zwingers werden Blut- und Gewebespuren zu finden sein ...»
Während Dan weitersprach, versuchte ich mir vorzustellen, wie man überhaupt eine Verbindung von den Knochen zu mir herstellen könnte. Ich konnte es mir nicht vorstellen.

Der andere schwache Punkt war, dass sich doch noch jemand finden würde, der Cyril entweder auf dem Flughafen oder hier unten gesehen hatte. Nach so langer Zeit schien das beinahe ausgeschlossen. Und die zwei Tage, die Cyril damals auf der Farm verbracht hatte, waren mit Lesen und Schlafen vergangen – er hatte die Farm kein einziges Mal verlassen. Niemand konnte ihn gesehen haben.

Und wieder drang Dans Stimme zu mir durch.
«Da du Cyril den Hunden vorgeworfen hast, suche ich jetzt eigentlich nicht seine Leiche, sondern vielmehr seine Knochen, die du irgendwo vergraben hast ...»
Seine breitspurige, wichtige und gleichzeitig naive Art ging mir plötzlich auf die Nerven.
«Ach lass mich doch in Ruhe!», rief ich. Dan blickte verwundert auf.
«Du sitzt da und trinkst Kaffee und redest und redest – ich will nichts mehr davon hören!»
Dan war verstummt.
«Deine fixe Idee von vergrabenen Knochen! Du hast doch schon alles umgegraben und nichts gefunden!»

«Ich tue nur meine Arbeit ...»
«Ja, du tust deine Arbeit! Aber vielleicht nicht richtig. Ich bin doch gar nicht die Mörderin!»
Ich blickte ihn kühn an.
«Sag mir: Bin ich ein grausamer, brutaler Mensch, der über Leichen geht? Schau mich an! Bin ich gefühllos und blutrünstig?»
Dan murmelte etwas wie, dass man es einem Mörder nicht immer ansehe ...
«Bin ich wirklich der einzige Mensch, der diesen Mord hätte begehen können? Nein, natürlich nicht! Du kommst nicht weiter, weil du dich in diese Vorstellung verbissen hast. Auch in die Vorstellung, dass Cyril hier umgebracht wurde. Dabei ist es durchaus möglich, dass jemand Unbekannter ihn am Flughafen abgeholt hat oder dass er ein anderes Flugzeug bestieg und weitergeflogen ist nach – ich weiss nicht, Frankreich oder Südamerika ...»
«Wir haben alle Flüge überprüft ...»
«Ja, auf seinen Namen. Aber angenommen, Cyril war in dubiose Geschäfte verwickelt oder in gefährliche politische Machenschaften – in Nicaragua wäre das ohne weiteres möglich, und Cyril ist auch der Typ dazu –, dann wäre er doch sicher unter falschem Namen weitergereist, um seine Spur zu verwischen.»
«Hmmm.»
«Vielleicht solltest du die Polizeiakte, die in den 70-er Jahren über ihn angelegt worden ist, studieren.»
Dan schaute mich misstrauisch an.
«Eine Polizeiakte?»
«Ja, in Frankreich.»
«Bist du sicher, dass eine besteht?»

«Nein. Cyril hat zwar davon gesprochen, aber ich weiss nicht, ob es bloss eines seiner Märchen war.»
Dan sagte nichts mehr. Vielleicht überlegte er sich, was diese Polizeiakte für ihn bedeuten könnte. Die Untersuchung liefe in eine andere Richtung. Er müsste weder nach einer unauffindbaren Leiche graben noch nach nicht existierenden Spuren suchen. Aber er müsste mit einer fremdsprachigen Polizei verhandeln – Dan wird Unbekanntes, Unamerikanisches zu vermeiden suchen.
Als er immer noch nichts sagte, fuhr ich weiter: «Tut dir der Steuerzahler, der für diese sinnlosen Nachforschungen zahlt, eigentlich nicht leid? Das Gescheiteste wäre doch, wenn man Cyril als Vermissten ...»
«Seine Familie hat die Vermisstenanzeige nicht zurückgezogen ...»
Ja, seine Familie, denke ich, eine Familie, die das Kind Angestellten überlässt und es mit sechs Jahren nach England in ein Internat abschiebt.
Dan hatte weitergesprochen und ich nicht mehr zugehört, er musste seine Frage wiederholen.
«Die Hunde – ja natürlich kann ich sie entfernen.»
«Für die Spurensicherung brauche ich mindestens einen Tag.»
«Gut. Über Nacht müssen sie aber wieder in den Zwinger.»
Dan schüttelte den Kopf.
«Wieso behältst du bloss alle diese Hunde?»
«Ich mag sie.»
«Aber in einem Zwinger – das ist doch Tierquälerei!»
Dan stand auf und griff nach seinem Hut.
«Im Zwinger sind sie wenigstens im Freien», erklärte ich, «und unabhängig vom Menschen – am glücklichsten sind

sie selbstverständlich, wenn sie draussen herumtreiben und jagen ...»

Aber das war Dan zu freiheitlich, er unterbrach mich.

«Wenn ich irgendwelche Spuren finden sollte, muss einer der Hunde seziert werden.»

Seine Feststellung versetzte mir einen Stich – aber ich entgegnete nichts und schloss die Türe hinter ihm.

5

Zwei Tage später – Dan suchte immer noch nach Spuren, er wollte nicht zugeben, dass er nichts finden konnte – geschah etwas, was der Untersuchung eine völlig neue Richtung gab.
Es war bereits dunkel, als ich mit den Hunden aus dem Wald kam. Sie waren wachsam und irgendwie beunruhigt. Ich beobachtete sie, weil ich gelernt hatte, ihre Signale ernst zu nehmen. Sie schnupperten vorsichtig und waren sehr still.
Wir gingen im Dunkeln durch den Obstgarten zum Parkplatz hinauf. Die Polizei war schon gegangen, es standen keine Autos mehr da. Kein Mensch war zu sehen. Ich konnte mir die Unruhe der Hunde nicht erklären. Seltsam. Vielleicht war es eben doch nur ein Tier ...
Ein Fuchs, oder ein Coyote.
Ich wollte die Hunde zum Zwinger bringen und musste dabei aus dem Licht der Laterne auf dem Platz oben wieder ins Dunkel tauchen, welches hinter der Garage begann.
Bis sich meine Augen an die Dunkelheit gewöhnt hatten, tappte ich durch pechschwarze Nacht. Ein Gefühl, das ich hasse, besonders jetzt, wo ich nicht wusste, was los war.
Ich brachte Mona und Molly in den Zwinger zurück und nahm Puma, den Rüden, mit mir zum Haus hinauf.
Die hintere Türe war offen. Seltsam. Die Polizei hatte das Haus sonst immer zuverlässig abgeschlossen.
Nun war auch ich beunruhigt. Vorsichtig betrat ich das Haus. Der Hund zog, mit der Nase am Boden, war aber ruhig und zeigte keinerlei Angst. Ich folgte ihm von der Küche

durch das Esszimmer und durch die Eingangshalle ins Wohnzimmer, zurück in die Halle und dann die Treppe hinauf durch alle Schlafzimmer. Ich hatte nur Puma als Schutz, wenn ich plötzlich angegriffen werden sollte, aber ich fühlte mich sicher, sicherer als mit einer Waffe, weil ich wusste, wie schnell und gezielt der Hund reagieren würde.
Unser Rundgang durch das Haus hatte im Dunkeln stattgefunden. Ich hatte kein Licht machen wollen und nur eine Taschenlampe dabei.
Als Puma unschlüssig und witternd unter der Falltür zum Estrich stehen blieb, war ich plötzlich sicher, dass sich da oben jemand versteckt hatte. Der massige und angespannte Körper des Tieres stand bewegungslos neben mir. Mit klopfendem Herzen zog ich die Treppe herunter, stemmte den schweren Hund so weit hinauf, dass er auf den Boden klettern konnte, und leuchtete mit meiner Taschenlampe ... aber da die Polizei hier oben schon alles durchsucht und verstellt hatte, konnte ich nicht sicher sein, ob noch jemand anders hier oben nach etwas gesucht hatte.
Offensichtlich war, wer immer es gewesen sein könnte, jetzt nicht mehr hier – der Estrich war leer.
Der Hund klettert hinter mir die Treppe herunter, ich schloss die Falltüre ab, machte überall Licht und rief Dan an.
«Jemand ist in mein Haus eingebrochen und hat nach etwas gesucht!»
Was für eine Erleichterung, nach der langen Suche im Dunkeln, Licht machen und mit jemandem reden zu können!
«Eingebrochen?» Dan tönte ungläubig.
«Ja, die hintere Tür war offen ...»
«Wer war es?»
«Ich habe niemanden gefunden – sie waren schon weg.»

«Hmmm.»
«Ich habe Angst, ich bin in Gefahr!»
«In Gefahr?»
«Der Mörder hat nach etwas gesucht ...»
«Der Mörder?»
«Ja, wer sollte sonst etwas im Haus suchen.»
«Was hat er gesucht?»
«Ich weiss es doch nicht!», rief ich.
Dan räusperte sich.
«Ist er noch im Haus?»
«Nein.»
«Bist du sicher?»
«Ja, ich habe den Hund bei mir ..., er ist bestimmt nicht mehr im Haus. Du musst ihn fassen! Komm bitte sofort!», rief ich aufgeregt.
«Ich komme morgen früh, Cora. Schlaf dich zuerst einmal aus.»
«Du musst ihn jetzt finden, er treibt sich hier herum ...»
«Nein, der ist längst über alle Berge. Wenn er heute nicht gefunden hat, was er suchte, wird er erst wiederkommen, wenn er weiss, dass du aus dem Haus bist.»
«Du kommst nicht?»
«Nein, erst morgen.»
«Ich habe aber Angst!»
«Behalt den Hund bei dir.»
«Der Hund ist kein Schutz. Ich sitze wie ein hypnotisiertes Kaninchen hier und warte auf den Mörder ...»
«Er kommt nicht, solange du da bist.»
«Wie weisst du, was der Mörder will?»
Da Dan nichts mehr zu sagen wusste, versuchte ich es nochmals:

«Du setzt mich einer Gefahr aus!»
«Gut. Ich schicke jemanden.»
«Der hier bleibt ...»
«Das ist nicht nötig, glaub mir, du bist nicht in Gefahr.»
«Das sagst du, weil du glaubst, ich sei die Mörderin!»
«Hmmm. Also gut.»
Ich richtete eines der Zimmer für den Polizisten her.
Puma war vor meinem Schlafzimmer am Treppengeländer angebunden.

Ich wartete eine Stunde, bevor ich den Wagen hörte, und als ich zur Hintertür rannte, um mich zu vergewissern, dass es die Polizei war, sah ich, wie eine Polizistin aus dem Streifenwagen stieg, eine junge, blonde Frau.
Ich öffnete ihr die Tür, und als sie mich erblickte, lächelten wir einander zu.
«Ich bin Maggy Giberson.» Sie reichte mir die Hand.
«Sie hatten Angst, Ihnen einen Mann zu schicken», lachte sie und schaute mich forschend, aber freundlich an, als ich sagte, wie froh ich über ihr Kommen sei.
Wir gingen zusammen ins Haus, und ich zeigte Maggy ihr Zimmer.
«Nehmen Sie sich, was Sie brauchen – ich bringe nur den Hund zurück in den Zwinger und gehe dann schlafen.»
Mein Gott, war ich froh, nicht mehr allein zu sein!

Am nächsten Morgen um sieben Uhr klopfte Dan an die Tür. Ich sass mit Maggy beim Frühstück – sie hatte sich Eier mit Speck gemacht.
Ich ging mit Dan durchs Haus und führte ihn zu den Stellen, wo der Hund ausführlich geschnuppert hatte. Dann

stieg er in den Estrich hinauf, um nach eventuellen Spuren zu suchen. Ich kehrte in die Küche zurück, wo Maggy sich nochmals Spiegeleier machte.

Nach einer Weile hörten wir Dan die Treppe herunterkommen, hörten, wie er das, was er zur Spurensicherung mitgebracht hatte, auf die Veranda hinausstellte und endlich seinen schweren Tritt durch die Eingangshalle auf die Küche zu.

Als er in der Tür erschien und unsere erwartungsvollen Blicke sah, schüttelte er den Kopf.

«Nichts», sagte er.

«Nichts? Aber da war jemand!»

Dan blickte mich an und sagte nichts.

«Du glaubst nicht, dass jemand gestern Nacht in mein Haus eingebrochen ist?»

«Es gibt keinerlei Spuren, die auf einen Einbruch schliessen lassen ...»

«Er hat zwar keine Scheiben eingeschlagen und kein Schloss aufgebrochen – aber wie kommt es, dass das Haus offen stand? Habt ihr vergessen, die Türe zu schliessen?»

«Nein. Wir schliessen immer ab.»

«Und wie kommt es, dass mein Hausschlüssel verschwunden ist?»

«Dein Hausschlüssel?»

«Ja, der Reserveschlüssel, den ich hier auf dem Küchensims liegen hatte. Ich habe es erst heute Morgen bemerkt und Maggy sofort mitgeteilt.»

Maggy nickte, während sie mit Brot das verlaufene Eigelb auf ihrem Teller zusammenstrich.

«Bist du sicher, dass du ihn nicht selber genommen hast? Schau besser nochmals genau nach. Vielleicht im Auto, oder an einem anderen Ort im Haus.»

Dan hatte sich zu uns an den Tisch gesetzt und ich schenkte ihm Kaffee ein. Ich überlegte einen Moment. Dann blickte ich Dan an und schüttelte den Kopf.
«Nein, ich habe ihn nach dem Einkaufen gestern Nachmittag hier hingelegt, wie immer, wenn ich den Zweitschlüssel brauche, weil ich meinen Schlüsselbund nicht zur Hand habe.»
«Wo ist dein Schlüsselbund jetzt?»
«Hier», ich zog ihn aus meiner Hosentasche.
Dan nahm den Schlüsselbund in die Hand und schaute sich die verschiedenen Schlüssel an.
Die zwei Hausschlüssel für die vordere und hintere Tür, drei kleinere Schlüssel für die Vorlegeschlösser an Garagen und Geräteschuppen, die Schlüssel für den Jeep, den Lieferwagen und den Traktor.
«Welche Schlüssel hast du am Reserveschlüsselbund?»
«Alle, ausser die für die Vorlegeschlösser ... nein, ich habe noch einen, den ich an diesem Schlüsselbund nicht habe, weil ich ihn nie brauche: den Schlüssel für die Kellertür.»
Dan seufzte und wandte sich an Maggy:
«Maggy, ich möchte, dass Sie nach dem Reserveschlüssel suchen.»
Dann drehte er sich nach mir um:
«Ich habe gestern Nacht deinem Drängen nachgegeben und Maggy geschickt – völlig unnötigerweise. Du hast masslos übertrieben, Cora, du brauchst keinen Schutz.»
Ich wusste im Moment nichts auf diese Unfreundlichkeit zu entgegnen. Dan stand auf und ging zur Hintertür.
«Da ist jemand für dich.»
Ich schob meinen Stuhl zur Seite und durchquerte die Küche, um zu sehen, wer es war.

Als ich den Mann vor der Türe stehen sah, erinnerte ich mich: natürlich, der Schlosser, den ich bestellt hatte, um die Schlösser auszuwechseln.
Ich lachte erleichtert:
«Ach, der Schlosser!»
«Wozu brauchst du den Schlosser?»
Überrascht blickte ich Dan an und merkte, wie mir das Blut in den Kopf stieg. Meine Stimme zitterte, als ich antwortete:
«Ja, Dan, der Schlosser. Ich habe Angst und will mich schützen. Ich bin Maggy dankbar, dass sie letzte Nacht hier war, und ich brauche auch heute Nacht Schutz, den du mir nicht geben willst ...»
Als Dan etwas erwidern wollte, blickte ich ihn wütend an – mir kam plötzlich alles hoch, meine ganze schwierige, demütigende Situation.
«... und in meinem Haus brauche ich dir keine Rechenschaft darüber abzulegen, welche Schlösser und wieviele Riegel ich anbringen lasse.»
Ich war ausser Atem vor wütender Aufregung. Wie blind und stur man sich mir gegenüber doch verhielt! Mein Stolz bäumte sich auf nach all den vielen kleinen Beleidigungen und Ungerechtigkeiten. Gut, ich war die Mörderin, deshalb aber noch lange nicht unmenschlich.
«Wieso behandelt ihr mich so? Weil ich anders bin? Weil man es so macht?», rief ich ausser mir.
«Ihr äfft nach wie die Affen! Ihr tut nur das, was man euch sagt und seid damit zufrieden! Stellt ihr keine Fragen? Sucht ihr selber nicht nach Antworten? Denkt ihr überhaupt?»
Ich blickte sie herausfordernd an.
«Bin ich vielleicht weniger Mensch als ihr, weil ich des Mordes verdächtigt werde? Und wenn ich sogar die Mörderin

wäre – ich sage ausdrücklich wenn –, auch dann wäre ich noch Mensch! Oder etwa nicht?»
Niemand sagte etwas. Es war ganz still in der Küche – nur das langsame Tropfen des Wasserhahns und nochmals ein Pochen, zaghaft, an der hinteren Tür – der wartende Schlosser. Dan hatte sich abgewandt und schaute zum Fenster auf die Felder hinaus, beide Fäuste tief in den Hosentaschen. Maggy schaute vor sich auf den Boden.
Wahrscheinlich dachten beide, dass ich unter der Belastung durchgedreht hatte. Jetzt war ich nicht nur eine Mörderin, sondern auch noch verrückt ...
Dan drehte sich um.
«Der Schlosser steht immer noch vor der Tür.»
«Ja, ich komme.»

Nachdem ich dem Schlosser alles gezeigt und erklärt hatte, kehrte ich in die Küche zurück.
Dan wandte sich an mich.
«Ich habe mit Maggy gesprochen – sie bleibt heute Nacht nochmals bei dir – obwohl ich überzeugt bin, dass keine Gefahr besteht. Ja, ich weiss: die offene Tür – ich werde das abklären», und mit einem Blick auf seine Uhr: «Ich muss jetzt weiter – ich melde mich, sobald ich mehr weiss.»
Maggy hatte das Geschirr zuammengeräumt und in das Abwaschbecken gestellt, und ich hatte mich wieder an den Tisch gesetzt – etwas konfus und immer noch aufgewühlt. Während Maggy das Frühstücksgeschirr wusch, schaute ich hinaus und sah den Wolken nach. Maggy trocknete sich die Hände und schaute dabei ebenfalls durch das Fenster über dem Abwaschbecken hinaus. Blickte auch sie den Wolken nach?

«Ich sollte wohl den Schlüssel suchen», seufzte sie.
Ich zuckte die Schultern und sagte nichts. Maggy ging in ihr Zimmer hinauf. Ich blieb sitzen und staunte in den Himmel und fühlte mich müde und leer.
Unerklärlicherweise stieg plötzlich die Erinnerung an eine Begebenheit, die weit zurücklag, in mir auf.

Ich musste damals sieben oder acht Jahre alt gewesen sein. Vor einer Bäckerei drehte sich meine Mutter nach mir um, weil ich stehen geblieben war – ich hatte auf der gegenüberliegenden Strassenseite etwas erblickt, das mich gefangen nahm. Zuerst hatte ich nur das etwas gepresste Kichern wahrgenommen, und dann sah ich die zwei Burschen mit dem Pferd, das vor einen Wagen gespannt war. Als meine Mutter mich fragte, ob ich nicht mit in die Bäckerei kommen wolle, sagte ich nein, gebannt durch das, was sich gegenüber abspielte. Ich sah an der Haltung des Tieres, dass es litt, auch dass es gedemütigt wurde und sich schämte.
Die Burschen versuchten, langsam ein Gummiband, in dem sich die feinen Härchen verfingen und rissen, auf den empfindlichen Pferdenüstern auf- und abzurollen. Um dem Schmerz auszuweichen, verlagerte das Pferd sein Gewicht und versuchte seinen Kopf den quälenden Fingern zu entziehen. Nach hinten stiess es dabei gegen den Wagen, der sich nicht bewegen liess, auf beiden Seiten war es an die Wagendeichseln gebunden, und vorne hingen die beiden Kerle an seinem Halfter. Ich war wie gelähmt und stolperte doch willenlos mit, als meine Mutter aus der Bäckerei trat und mich aufforderte, mit ihr zu kommen.
Staunend sah ich durchs Fenster den langsam ziehenden Wolken nach und blickte erschrocken auf, als plötzlich je-

mand gegen den Tisch stiess. Maggy hatte sich zu mir gesetzt, mit einem Ordner voll Schreibarbeit.

«Der Schlüssel ist nirgends zu finden», sagte sie. «Wer immer gestern in Ihrem Haus war, wird ihn mitgenommen haben.»

«Sie denken also, dass jemand da war?»

Maggy nickte.

«Haben Sie eine Ahnung, wer es sein könnte?», fragte sie ruhig.

«Nein.»

«Sie wollen nicht darüber sprechen.»

«Nein.»

«Aber Sie haben Angst.»

Ich nickte.

«Wie kann man Ihnen am besten helfen?»

«Ich möchte nicht allein im Hause sein.»

«Befürchten Sie, dass man Sie körperlich angreift?»

«Es ist alles möglich – ich kann mir auch vorstellen, dass man mir das Haus anzündet, oder dass man mich verschleppt und foltert.»

«Und dass man Sie umbringt?»

«Ich weiss es nicht. Ganz sicher wird es einen Kampf geben – ich fürchte mich vor allem vor dem Kampf.»

«Eine Art Racheakt, meinen Sie.»

Ich blickte auf meine Hände, die vor mir auf dem Küchentisch lagen.

Maggy legte ihre feste kleine Hand auf mein Handgelenk.

«Was Sie vorhin gesagt haben – dass ich nur das mache, was man mir sagt, und nicht selber entscheide ...»

Ich sah überrascht auf.

«... Sie haben recht», fuhr Maggy fort.

Sie liess meine Hand los und lehnte sich zurück.
«Ich bin viel zu nüchtern, um die Welt verbessern zu wollen – und als Polizistin bewerte ich die Menschen weniger, als dass ich sie dem Gesetz entsprechend behandeln muss. In Trenton, wo ich lebe und arbeite, ist die Kriminalität hoch – aber Sie haben recht: Ich sollte besser zuhören und genauer hinschauen. Und das tun, was ich für richtig halte.»
Ich stand auf und ging ans Fenster.
«Ich glaube Ihnen, dass Sie Angst haben», fuhr Maggy weiter, «und ich glaube, dass Sie bedroht sind.»
Es tat mir wohl, verstanden zu werden – aber ich wusste auch, dass Maggy Polizistin war, eine fähige, zielbewusste Frau, die gekommen war, um eine Mörderin zu überführen.
«Ich bin froh, dass Sie hier sind, Maggy, und noch eine Nacht bleiben werden ...», sagte ich und merkte, wie dankbar ich ihr war.
Da läutete das Telefon – unangenehm schrill.
Sicher ein Händler, dachte ich. Das hiess, dass ich mich mit Zahlen und Terminen würde herumschlagen müssen.
Ich nahm den Hörer ab und meldete mich mit dem Namen des Geschäfts.
Niemand antwortete.
«Hallo?», sagte ich und lauschte. Alles blieb still.
«Hallo», sagte ich nochmals, «hören Sie mich?»
Ich blickte zu Maggy hinüber, die aufmerksam geworden war.
«Wer ist am Apparat»?, fragte ich. «Wenn Sie sich nicht melden, werde ich aufhängen ...»
Maggy war aufgestanden und nahm mir den Hörer aus der Hand, um zu lauschen. Dann gab sie ihn mir zurück und machte ein Zeichen, ich solle weitersprechen.

«Wieso haben Sie Angst, sich zu melden? Was wollen Sie? Ich weiss, wer Sie sind!», rief ich.
Da knackte es – der Anrufer hatte aufgelegt.
«Ekelhafter Kerl!» Ich war jetzt richtig aggressiv.
«Ich werde versuchen, herauszufinden, von wo man angerufen hat», murmelte Maggy.
Ich schüttelte den Kopf.
«Nein, lassen Sie ...»
«Sie wissen, wer es ist, nicht wahr?»
«Ein Fanatiker, der mich hasst ...», rief ich.
«Aber nicht der Mörder Ihres Mannes», unterbrach mich Maggy.
Ich schaute sie einen Moment verwirrt an, dann rettete ich mich in die Realität hinüber.
«Ich muss jetzt etwas tun», sagte ich und blickte auf die Papiere, die vor ihr auf dem Tisch lagen. «Sie haben ja auch Arbeit, die getan werden muss.»
Rasch verliess ich das Haus, um draussen im strahlenden Herbstwetter meine Gedanken zu ordnen.
Diese Nerven, die einem immer wieder den Verstand einnebelten! Ich musste mich beruhigen, ich musste kühler und sachlicher sein, ich reagierte zu scharf und unwillkürlich, ich war zu reizbar und empfindlich!
Ich setzte mich in den Jeep, um Torfmull für den Pferdestall zu holen.
Im Auto fühlte ich mich sicher. Aber plötzlich durchfuhr mich ein Schreck, ich starrte in den Rückspiegel. War dieser Wagen nicht schon die ganze Zeit hinterher gefahren? Ich war nicht sicher, da ich nicht darauf geachtet hatte. Aber es war durchaus möglich, dass man mir gefolgt war, um mich auf einer verlassenen Strecke abzudrängen und zu über-

fallen ... Ich musste mir unbedingt eine Waffe kaufen, oder von der Polizei eine verlangen, oder wenigstens ein Funkgerät, um mit ihr in Verbindung zu bleiben, oder vielleicht einen der Hunde mit mir nehmen ...

Ich hielt an und stützte meine Stirn auf das Lenkrad vor mir – ich musste mich beruhigen! Ich durfte mich von der Angst, die mir im Nacken sass, nicht beherrschen lassen. Ich wusste, was auf mich zukam, und ich war allein damit.

Ja, ich hatte Angst vor Bartholomew. Von Anfang an hatte er mich nicht gemocht. Er verstand nicht, dass ich Cyril gewählt hatte, weil ich ihn liebte, und nicht, weil ich ein Teil seiner Familie werden wollte.

Ich war nicht manipulierbar. Ich gab mich so, wie ich war, und brauchte nichts, um mich dahinter zu verstecken. Das hasste er. Und jetzt hatte er das Recht, mich zu hassen – sogar zu töten ... Ich war in Gefahr, aber ich wollte alleine damit zurecht kommen. Es war wichtig, dass ich bei einer Auseinandersetzung mit Cyrils Vater nicht gestört wurde. Deshalb musste ich Dan von dieser Spur ablenken. Er durfte durch Maggys Bericht nicht auf den Gedanken kommen, dass Bartholomew eine Bedrohung für mich darstellte.

Als ich zuhause ankam, war Maggy schon weg.

Ich rief Dan an, konnte ihn aber nicht erreichen, sondern nur eine Nachricht auf seinem Band hinterlassen.

Dann fuhr ich mit dem Jeep zum Stall hinunter und verteilte den neu gekauften Torfmull in den Pferdeboxen.

Torfmull ist weich, federnd, geruchlos und saugfähig, man sagt, dass die Fliegen darin keine Eier legen – ein angenehmes Material. Sein einziger Nachteil ist der Staub. Nach der Arbeit war ich mit einer dünnen Schicht braunen Staubs

bedeckt, der mich zum Husten brachte. Ich strich mir flüchtig über Gesicht und Arme und fuhr mir durchs Haar.
Dann holte ich eine Eierschachtel und suchte im Heu und Stroh die Eier zusammen. Ich habe kleinwüchsiges, goldbraunes Federvieh, mit robusten, legefreudigen Hennen und kampflustigen Hähnen, und Perlhühner – unerschrocken und wachsam wie die schweren, fetten Gänse, aber elegant und schnell –, die ein ohrenbetäubendes Gezeter vollführen, wenn sie in Gefahr sind oder sich streiten. Ihre Eier sind rund und klein und bestehen fast nur aus Eidotter.
Als ich mich dem Hause näherte, hörte ich das Telefon, schleuderte die schmutzigen Stallschuhe von den Füssen und rannte mit den Eiern in der Hand zum Apparat.
Es war Dan.
«Ich habe deine Nachricht erhalten – was ist los?»
«Ich glaube, es war Cyril.»
«Was?»
«Cyril war im Haus und hat nach etwas gesucht.»
Dan sagte nichts.
«Bist du noch da?»
«Cora, das ist völlig absurd ...»
«... deshalb waren auch die Fingerabdrücke frisch: er war hier.»
«Hör mal, Cora, ich weiss nicht, was du damit bezweckst, aber ich habe weder ...»
«... und die Hunde, sie haben ihn erkannt, deshalb waren sie so aufgeregt!»
«Cora!»
«Ich habe Angst, Dan – was hat Cyril vor, wenn er wiederkommt?»
Aber Dan hatte aufgelegt.

6

Ich weiss nicht, wann Maggy kommt. Ich hole mir Tomaten aus dem Garten und mache mir einen Salat an Öl und Essig mit frischem Basilikum.
Die Tomaten duften, als ich sie zerschneide. Die Frucht einer giftigen Pflanze – nicht süss, aber üppig-herb und fleischig. Ihre dünne, zähe Haut glänzt und das feste Fleisch mit dem schlabbrig-flüssigen Kern ist noch warm von der Sonne. Es steigt etwas in mir hoch und treibt mir die Tränen in die Augen – bitter und schmerzhaft.

Als Maggy kommt, bin ich im Garten unter dem alten Nussbaum. Ein schöner Septemberabend, die Vögel singen, die Erde ist leicht in meinen Händen und die Abendluft kühlt meinen Körper, der sich bei der Arbeit erwärmt.
Ich will den Boden unter dem alten Baum von dem Wurzelgeflecht befreien, um Pflanzen, die den Baumschatten brauchen und denen es nichts ausmacht, wenn es aus dem Baum auf sie heruntertropft, dorthin zu setzen.
Maggy schaut mir zu.
Das Wurzelgeflecht ist dicht und vielfältig, nicht nur von Geissblatt, auch von jungen Bäumchen des Ahorn, des Sumach, des Sassafras und der wilden Kirsche.
Ich habe die Spitzhacke und eine Stechschaufel dabei. Die zäheste Wurzel ist die der Poison Ivy, eine Pflanze, die ich als Europäerin nicht kannte. Sie wächst entweder dem Boden entlang, wo sie wie die Erdbeere lange Ableger bildet, oder sie klettert an Bäumen hoch. Ihre Ranken entwickeln sich

zu dicken, behaarten Stämmen, die sich um den Baum winden und ihn langsam erdrücken.
Ich erzähle Maggy, wie ich Poison Ivy im ersten Winter auf der Farm kennen lernte.

Wir haben drei alte Birnbäume, die mitten im Feld draussen stehen. Diese Bäume wurden von einer mir bis anhin unbekannten Kletterpflanze erdrückt. An einem kalten Januartag ging ich auf das Feld hinaus mit meiner Bogensäge, mit der ich dicke, alte Ahornäste und junges Grünholz ohne grosse Anstrengung zersäge.
Ich kam nur langsam voran, weil das Holz dieser mir unbekannten Pflanze ungemein zäh und widerspenstig war: die Rinde, dunkel und dicht behaart, und das helle Innere von einer unbegreiflichen Konsistenz. In meinem Eifer, die Bäume zu befreien, liess ich mich dadurch nicht beirren.
Da ich mit der Säge nicht weiterkam, versuchte ich es jetzt mit dem schweren Beil. Es war richtig mühsame Arbeit, die Pflanze schien mir Widerstand zu leisten. Und als ich die Arbeit, die länger gedauert hatte und anstrengender geworden war als erwartet, endlich beendet hatte, standen die drei Bäume mit seltsam dünnen, rindenlosen Stämmen in der grimmigen Kälte. Jetzt musste ich befürchten, dass die Bäume zu wenig eigenen Schutz und Halt hatten und den Winter nicht überleben würden. Im Anblick der geschwächten Bäume kamen mir zum ersten Mal Zweifel an dem, was ich getan hatte.
Zwei Tage später fingen meine Hände an zu jucken. Besonders zwischen den Fingern wurde der Reiz schamlos: ich konnte nur noch reiben und kratzen. Die Lust der Befriedigung des Juckreizes wechselte mit dem Schmerz der Über-

reizung. Ich war aber nicht weiter beunruhigt. Ich hatte noch nie auf etwas reagiert und dachte deshalb auch gar nicht an eine Allergie. Als sich eine pickelige Rötung auf Händen und Unterarmen und dann im Gesicht auszubreiten begann und sich kleine Blasen entwickelten, entschloss ich mich, ein Bad zu nehmen. Wasser würde den Juckreiz lindern. Am nächsten Tag hatte sich der unerklärliche Ausschlag über den ganzen Körper ausgebreitet.
Ausgerechnet an jenem Abend war ich Gast auf einem Galaempfang und trug eine Abendrobe. Ich versuchte, mich mit meiner Stola einerseits zu bedecken, andererseits zu kratzen, was besonders beim Essen hinderlich war.
Als ich nachhause kam, hatte ich Fieber: mein ganzer Körper war in Aufruhr. Ich befand mich in einer fiebrigen Juckekstase und schlief die zwei folgenden Nächte kaum noch.
Inzwischen hatte ich wenigstens erfahren, was es war. Ein Nachbar, der Sohn eines Bauern, sah mein rotgeschwollenes Gesicht und rief:
«Sie hat es aber erwischt!»
Ich streckte ihm meine pusteligen Hände entgegen und fragte:
«Was ist das bloss? Ich habe keine Ahnung, was mit mir los ist.»
Er schlug sich auf die Schenkel und lachte – er hätte es nicht für möglich gehalten, dass jemand nicht wusste, was Poison Ivy ist.
«Poison Ivy! Das ist Poison Ivy!»
Als ich ihm von dem Bad erzählte, hatte er nochmals einen Heiterkeitsausbruch.
«Das ist das Schlimmste, das Sie tun können. Das Wasser hat die Öle der Pflanze über den ganzen Körper verteilt.»

Und dann erfuhr ich, wie potent dieser Saft ist. Durch Berühren der Pflanze – Blatt, Wurzel, Holz, oder sogar Blütenstaub – kann eine allergische Reaktion auf der Haut, aber auch in den Augen und Atemwegen – z. B. durch den Rauch beim Verbrennen des Holzes – ausgelöst werden. Durch Berühren und Kratzen, oder durch Wasser breitet sich der Wirkstoff weiter aus, bis die Allergie nach etwa einer Woche langsam abklingt.

«Reiben Sie sich, nachdem Sie Poison Ivy berührt haben, mit Leinsamenöl ein, das stoppt den Ausschlag», riet mir der Sohn des Bauern wohlmeinend.

Ich befolgte diesen Rat und habe seither nie mehr etwas Ähnliches erlebt.

Die Sonne ist untergegangen und ich sehe zu wenig, um weiterarbeiten zu können. Ich lasse alles liegen, um morgen früh weiterzumachen und richte mich auf. Dann streiche ich mir mit dem Handgelenk das Haar aus dem Gesicht und blicke Maggy an.

«Die heimtückische Natur», lächelt sie und zeigt auf die Wurzeln, die ich herausgerissen habe.

«Haben Sie keine Angst mehr?», fragt sie dann.

«Vor einem Ausschlag?», ich schüttle den Kopf.

«Im Gegenteil, ich habe ein fast liebevolles Verständnis dafür, wenn ich, trotz des Öls, eine schwach allergische Reaktion entwickle. Wir sind alte Bekannte – und ein bisschen Jucken finde ich reizvoll.»

Es ist dunkel jetzt, nur der Himmel im Westen glüht noch in tiefem Rot. Das ist der seltsame Moment, wo der Tag in die Nacht übergeht. Ich stehe da – unbekümmert um Maggy

– und spüre das Sausen in der Luft, das man nicht hört, dieses seltsame Umkehren der ganzen Luftmasse, das Zurückfliessen – wie ein Innehalten und Ausatmen. Und dann – wie ein Atemhauch – berührt einen die Nacht.
Das ist der Moment, wo man die andere Seite ahnt, die Seite, wo man Angst hat, wo alle Form verloren geht, wo man allein und ausgeliefert ist, wo man fällt oder stürzt und das Leben nach einem greift ...

Der Moment ist vorbei, ich wende mich Maggy zu.
Wir gehen ins Haus, wo ich mir Hände und Arme wasche, nachdem ich Licht gemacht und Teewasser aufgesetzt habe. Ich nehme den Kanister mit Leinsamenöl aus dem Schrank und öffne mit einem Messer den Deckel des Metallbehälters. Zuerst lasse ich das zähflüssige Öl auf den Küchentisch tropfen, lange dann mit den Fingern hinein, verreibe das Öl auf Armen und Händen und reibe den Rest in das helle Ahornholz: die einzige Pflege, die der strapazierte Küchentisch kennt.
«Mögen Sie überhaupt Tee?»
«Ja, und ich nehme auch gerne etwas Rum dazu.»
Ich will meinen letzten Abend, an dem ich mich sicher fühlen kann, geniessen.
Eine grosszügige Wurstigkeit erfüllt mich, als ich uns beiden ein Glas vollschenke.
Dann schaue ich Maggy über den Rand meines Glases hinweg an und frage mich, ob sie wohl verheiratet ist.
«Mögen Sie Dan eigentlich?», frage ich.
«Ja. Er ist kratzbürstig, aber fair.»
Sie lacht plötzlich.
«Aber er ist ein Tolpatsch!»

«Haben Sie ihn abblitzen lassen?»
«Das ist schon eine Weile her. Er war ungeschickt – und es war ihm peinlich. Eine Zeitlang ist er sozusagen nur noch über seine eigenen Füsse gestolpert.»
Ich kann es mir vorstellen und muss lachen.
Dann stehe ich auf, versenke beide Hände langsam in den Hosentaschen und räuspere mich – ich schiebe das Kinn etwas vor, vermeide es, Maggy direkt anzublicken und gehe in der Küche umher. Ich bin jetzt Dan, der sich blamiert hat und versucht, so zu tun, als sei nichts geschehen, um sein Gesicht zu wahren.
Es gelingt mir gut, Maggy kugelt sich vor Lachen.
«Er ist wie ein Bär», kreischt sie.
«Teddybär oder gefährlicher Grizzly?»
«Beides», lacht Maggy immer noch.
«Seine Wutausbrüche sind gefürchtet, habe ich gehört – ich selber habe noch keinen erlebt», sage ich.
«Vor Ihnen hat er zu viel Respekt», Maggy trocknet sich die Augen.
«Respekt vor mir?», rufe ich.
«Ja, er ist ziemlich beeindruckt von Ihnen. Sie sind ihm ein Rätsel, aber er bewundert Sie.»
Ich bin so überrascht, dass ich lachen muss.
«Aber er setzt doch alles daran, mich des Mordes zu überführen!»
«Damit will er Ihnen vielleicht auch imponieren.»
Ich schaue Maggy etwas zweifelnd an.
«Maggy, ich weiss nichts über Ihr Privatleben, ich weiss nicht einmal, wie alt Sie sind», sage ich nach einer Weile.
Als sie antwortet, blickt sie weg, wie wenn ihr das Thema unangenehm wäre.

«Ich bin nicht verheiratet, aber ich habe eine kleine Tochter – vier Jahre alt.»
Sie hält inne, und ich sage nichts.
«Ich habe ein beschissenes Leben, ich hätte kein Kind haben sollen», sagt sie plötzlich impulsiv, «jetzt tue ich einfach meine Pflicht und bin nur noch für andere da.»
«Wie alt sind Sie, Maggy?», frage ich.
«Siebenundzwanzig.»
«In zehn, zwölf Jahren wird Ihr Kind erwachsen sein, und Sie können neu anfangen.»
«Ja, ich weiss. Ich liebe meine Tochter, aber sie ist auch eine Last. Ich bin zu jung, um Mutter zu sein. Ich habe mir immer ein abenteuerliches Leben gewünscht – und jetzt bin ich Mutter.»
«Aber Sie sitzen doch nicht, wie viele Frauen, einfach mit Ihren Kindern zu Hause, Sie haben einen anspruchsvollen, interessanten Job ...»
«Ach, so interessant ist der gar nicht. Das meiste ist Routine und langweilig – auch zu wenig selbständig.»
«Sie sollten Ihr eigenes Detektivbüro haben.»
«Ja, das habe ich mir auch schon überlegt. Aber dazu braucht es Kapital.»
«Finden Sie einen Scheich, der einen Bodyguard gut entlohnt.»
«Ha!», lacht Maggy und steht auf.
Ich stehe ebenfalls auf.
«Ich will noch nach den Tieren sehen – kommen Sie mit?», frage ich.
Maggy nickt und langt nach ihrem Pistolengurt, den sie abgelegt hat. Sie merkt, wie ich ihr zusehe, und meint:
«Solange ich im Dienst bin, muss ich ihn tragen.»

«Glauben Sie, dass ich in Gefahr bin?», frage ich.
«Das sollte ich Sie fragen, Sie haben doch ganz konkrete Befürchtungen», sagt Maggy ruhig, während sie den Gurt zurechtrückt.
«Ich habe wahrscheinlich etwas übertrieben reagiert. Aber die ständige Präsenz der Polizei – ich fühle mich immer beobachtet», versuche ich zu erklären.
«Wenn Sie unschuldig sind, braucht Sie das nicht nervös zu machen», meint Maggy.
Ich schaue sie etwas irritiert an.
«Was soll das – Sie wissen doch selbst, dass ich bedroht werde.»
Maggy blickt mich an.
«Vielleicht ist das alles Theater», meint sie ruhig. «Ich weiss ja nicht, warum Sie bedroht werden. Ich weiss nicht einmal vor wem oder was Sie Angst haben. Sie erwähnen etwas von einem Fanatiker – aber wer ist das?»
Sie hält einen Moment inne, und als ich nichts sage, fährt sie fort.
«Warum sagen Sie uns nichts? Ich weiss aus dem Protokoll, dass Sie Österreicherin sind, dass Sie seit 13 Jahren in den USA leben und arbeiten, ich weiss, dass Sie gelernte Damenschneiderin sind, dass Sie diese Farm vor fünf Jahren gekauft und sich erst kürzlich verheiratet haben – aber ich weiss nichts Persönliches von Ihnen! Ich weiss nichts über Sie ausser diesen wenigen Fakten. Das macht es mir schwer, Ihnen zu helfen.»
Sie blickt mich an und weiss nicht, wie sie weiterfahren soll.
«Sie wollen nicht über sich selbst sprechen», stellt sie schliesslich fest.
«Da gibt es nicht viel zu erzählen», sage ich.

Maggy schüttelt den Kopf und seufzt, verzweifelt über meine Passivität.

«Und der Mord», fährt Maggy plötzlich weiter, «ich weiss, dass der Mord mit Ihnen zu tun hat, ich bin überzeugt, dass er hier begangen wurde –, aber wie und warum ... Ich kenne das Motiv nicht.»

«Es gibt kein Motiv», sage ich.

«Ein Motiv muss es geben», sagt Maggy ruhig, «ohne Motiv wird kein Mord begangen.»

«Ich wollte sagen: für mich gibt es kein Motiv. Wenn ich meinen Mann nicht mehr ertragen hätte, hätte ich mich scheiden lassen.»

«Vielleicht wollte Ihr Mann keine Scheidung.»

«Dann wäre ich ihm davongelaufen», meine ich kurz entschlossen.

Maggy wirft den Kopf nach hinten und lacht laut.

«Sie und davonlaufen? Niemals! Sie lieben dieses Anwesen und haben sich hier Ihr eigenes Geschäft aufgebaut – niemals!»

Ich blicke Maggy schweigend an. Sie hat recht, das alles tönt wenig überzeugend.

«Was könnte es denn für Motive geben?», frage ich nach einer Weile.

«Erpressung? Vielleicht hat Ihr Mann Sie erpresst. Vielleicht hat er Sie finanziell ausgenutzt ...»

Ich kann mir gut vorstellen, dass man unsere Beziehung im Dorf so gesehen hat: ein verwöhnter, arbeitsscheuer Mann, der sich von seiner Frau aushalten lässt. Aber wieso sollte er auf einer einfachen Farm irgendwo in der Provinz, wo sich Füchse und Hasen gute Nacht sagen, leben wollen?

«Dafür bin ich doch viel zu wenig wohlhabend», sage ich und schiebe den Stuhl an den Tisch zurück.

Als ich zur Hintertür gehe und das Licht unter dem Vordach andrehe, sehe ich, dass es zu regnen angefangen hat. Gottseidank! Es hatte lange nicht mehr geregnet, der Boden war ausgetrocknet und das Wachstum der Pflanzen, trotz Bewässerung, verlangsamt.

Ich öffne die Tür. Die vom Staub gereinigte, erfrischte Luft strömt an mir vorbei ins Haus. Ich rieche den nassen Asphalt. Unter dem Licht der Laterne, oben am Telefonmast, sehe ich, wie die Blätter voller Tropfen hangen – das Gewicht der Feuchtigkeit zieht Büsche und Bäume schwer nach unten. Ich drehe mich nach Maggy um.

«Es regnet», sage ich, «da, nehmen Sie die Jacke und warten Sie hier, bis ich mein Werkzeug geholt habe.»

Man hört das sanfte Rauschen des Regens. Der Boden glänzt. Ich passe auf, dass ich in der Dunkelheit nicht auf eine der Kröten trete, die wie kleine Buddhas auf dem regennassen Asphalt sitzen. Unter dem Baum, im Dunkeln, finde ich die Schaufel und die Hacke und kehre damit zum Haus zurück, wo Maggy mir entgegenkommt.

Schweigsam gehen wir zuerst zur dunklen Scheune hinüber. Von hier oben sieht man die glänzende Wasserfläche des Pools. Ich stelle mir vor, wie prickelnd die kleinen Regentropfen die Wasseroberfläche aufreissen und unentwegt zurückspritzen – wie die Nadeln einer Nähmaschine.

Wir betreten die Scheune durch das offene Tor.

Sofort rieche ich das Heu, süss und feucht-modrig. Zwei Katzenschatten streichen mir um die Beine – die Nachtjäger bleiben zuhause, wenn es regnet.

«Warten Sie hier», flüstert Maggy. Sie leuchtet mit der Taschenlampe über Boden und Wände und in jede Ecke des stillen, grossen Gebäudes.

Dann steigt sie die Holztreppe in den oberen Stock hinauf. Ich lehne am Pfosten des offenen Tores und schaue in die feuchte Nacht hinaus. Es ist kühl und mir ist kalt in meiner Regenjacke. In einem Kälteschauer sträubt sich mir das Haar auf Armen und Nacken.
Nachdem wir in der Scheune nichts Verdächtiges gefunden haben, gehen wir zum Stall hinunter.
Auch hier machen wir kein Licht, und ich fülle die Krippen im Dunkeln mit Heu. Ich höre die Tiere, wie sie kauen und schnaufen, und das Rascheln, wenn sie sich bewegen – ihre Ausdünstung macht die feuchte Luft noch dumpfer ... Maggy leuchtet mit der Taschenlampe.
«Und jetzt?», frage ich, nachdem wir den Stall verlassen haben.
«Ich will bis zum Waldrand hinunter – kommen Sie mit?»
«Nein – ich warte bei den Hunden auf Sie», sage ich und halte sie dann an der Jacke fest.
«Nach was suchen Sie eigentlich?»
«Ich weiss nicht», meint sie vage und geht davon.
Ein Wind ist aufgekommen – ich friere. Als ich über die dunkle Wiese hinter dem Stall gehe, kühlt das nasse Gras so stark, dass meine Füsse in den Gummistiefeln vor Kälte klamm werden.
Beim Hundezwinger angekommen, öffne ich die Türe vorsichtig, um jeden Laut zu vermeiden. Die Hunde sind in ihren Hütten und schlafen. Es ist ganz still.
Da bewegt sich etwas – die eine Klappe hebt sich und der Rüde schaut mich an. Seine Haltung ist lauernd. Dann erkennt er mich, wedelt, erstaunt, mich um diese Nachtzeit hier zu sehen, und kommt rasch auf mich zu. Auch die zwei Hündinnen nähern sich wedelnd und beschnuppern mich –

aber die Freude ist gedämpft, weil ich sie aus dem Schlaf geholt habe.
«Was seid ihr bloss für Wachhunde – schlaft so tief, dass ihr mich nicht einmal hört!», flüstere ich.
Ich hocke bei meinen Hunden im Regen und komme mir grotesk vor in meiner gummierten Regenjacke, unter der grossen Kapuze, mit klobigen, dreckigen Gummistiefeln ... hässlich, monströs – die Mörderin ... Abwesend streichle ich den Tieren über ihre Rücken. Für mich gibt es keine Zukunft mehr, denke ich, und zittere in der nassen Kälte.
Eine dunkle Gestalt nähert sich dem Zwinger.
«Alles in Ordnung». Es ist Maggys Stimme. Ich bin froh sie zu hören. Aber ich stehe nicht auf, nicht bevor ich etwas mehr Kraft verspüre.
Sobald wir im Haus sind, werde ich zu Bett gehen: Maggy spürt, dass ich schwach und verunsichert bin, und wird daraus schliessen, dass sie mich in der jetzigen Verfassung in die Enge treiben kann.
Ich rapple mich auf, nass und dreckig. Auch Maggy ist nass, obwohl sie eine alte Regenjacke von mir trägt. Das Haar klebt ihr im Gesicht, weil sie die Kapuze nicht hochgezogen hat.
«Ist Ihnen nicht kalt?», frage ich.
«Nein.» Maggy schaut mich prüfend an, «Ihnen?»
«Doch», sage ich, «und ich bin müde.»
Oben beim Haus suche ich mit klammen Fingern nach dem Schlüssel und schliesse auf. Im Vorraum ziehe ich die nassen Sachen aus und hänge und stelle sie zum Trocknen hin. Maggy hantiert schon in der Küche.
«Gehen Sie sich umziehen, ich mach uns einen Tee», sagt sie aufgeräumt.

Kleinlaut murmle ich etwas und gehe nach oben – ich wäre jetzt lieber allein.
Ich stehe unter der Dusche. Das warme Wasser und der heisse Dampf, der sich entwickelt, wärmen meinen kalten Körper. Nachdem ich das Wasser abgedreht habe, wickle ich mich in meinen Frotteemantel.
Maggy wartet unten auf mich: Es ist mir klar, dass sie mir an diesem letzten Abend noch Fragen stellen muss, mich nicht einfach so zu Bett gehen lassen kann. Und wenn ich nicht hinunterkomme, wird sie mir den Tee ans Bett bringen wollen, da bin ich noch wehrloser ... Ich gehe also wieder hinunter.

Als ich in die Küche komme, sehe ich, dass der Eingang zum Keller offen steht, ebenso die Tür zur Rückseite des Hauses, wo ich mein Brennholz zu grossen Beigen geschichtet habe. Maggy kommt mit Baumstücken beladen die Treppe herauf. Sie lacht verlegen, als sie mich sieht.
«Ich konnte nicht widerstehen, ich musste ein Feuer machen. Gottseidank hatten Sie noch etwas trockenes Holz – mit dem nassen Holz wird es schwierig werden.»
Ich muss über ihren Eifer lächeln.
«Es gibt ein schwelendes Feuer mit viel Rauch. Aber das macht nichts. Der Kamin zieht hervorragend», sage ich und nehme ihr die ungespaltenen Holzstücke aus den Armen. Ich schichte sie auf der Feuerstelle so übereinander, dass dem Feuer genügend Zwischenraum zum Atmen bleibt. Ich werde das feuchte Holz mit Holzspänen und Zeitungspapier füttern müssen, bevor ein Feuer in Gang kommt, und es wird zischen und sausen, bis alle Feuchtigkeit ausgeschwitzt ist.

Maggy schaut mir zu.
«Ich werde von jetzt an jeden Abend ein Feuer machen müssen – die Nächte werden kühl», sage ich.
Das Holz fängt an einigen Stellen Feuer, widerwillig langsam und mit viel Rauch. Hin und wieder schlägt eine Flamme hoch. Seltsame Farben: grünlich-giftiges Gelb, Petrolblau, oder Lila. Es kracht und knallt – die Spannungen müssen unerträglich sein. Schaumartige Wasserbläschen erscheinen, und das Zischen hört nicht auf: die Hitze treibt das Leben aus dem Holz, bevor das Feuer es auffrisst.
Maggy hat uns beiden Tee eingeschenkt. Wir sitzen auf zwei Stühlen vor dem Kamin und strecken unsere Beine dem Feuer entgegen, um unsere Füsse zu wärmen. Schweigend starren wir in das schwelende Feuer.
«Das tut gut», sagt Maggy und seufzt.
«Wollen Sie sich nicht umziehen?», frage ich, «Sie sind doch ganz nass geworden.»
«Nein, es ist mir wohl so.»
Eine Weile sitzen wir im dunklen Raum vor dem Feuer, ohne zu sprechen, und trinken unseren Tee.
«Jetzt sollten wir uns gegenseitig unheimliche Geschichten erzählen», schlage ich vor.
«Davon lasse ich mich ziemlich beeindrucken», sagt Maggy.
«Fürchten Sie sich vor Geistern?», frage ich.
«Nein», beruhigt sie mich.
Ich habe die Feuerzange zur Hand genommen, um das Holz neu zu schichten.
«In diesem Raum hat vor zirka achtzig Jahren ein Mann seine Frau erschossen.»
«Wie?», Maggy blickt sich überrascht um.
«Hier? Woher wissen Sie das?»

«Ein Nachbar hat es mir erzählt. Sein Grossvater hat dieses Stück Land an einen reichen Mann aus dem Norden verkauft, der es als Sommerresidenz benutzte.»

«Und dieser Mann hat seine Frau erschossen?»

«Ja.»

«Und warum?»

«Das Motiv blieb unklar – sie schienen glücklich gewesen zu sein. Der Mann behauptete, der Schuss habe sich unbeabsichtigt gelöst.»

«Also ein Unfall.»

«Ja.»

«Wurde er verurteilt?»

«Nein. Die Gerichtsverhandlung sollte in seiner Heimatstadt im Norden stattfinden, wo er gegen Kaution freigesetzt wurde und verschwand. Man hat ihn nie wieder gesehen.»

«Eine seltsame Geschichte», meint Maggy nachdenklich.

«Ja. Der Mann, der mir das erzählt hat, betritt diesen Raum nicht. Für ihn ist es ein magischer Ort ... Und im Keller, neben dem Unterbau des Kamins, haben wir einen Grabstein gefunden. 140 Jahre alt. Ein Kindergrab von einem nur acht Monate alten Mädchen.»

«Wollen Sie mir Angst machen?»

«Nein.»

Maggy schüttelt den Kopf. Ein Grab im Keller ist keine sehr angenehme Vorstellung.

«Ich wusste von alledem nichts, als ich das Haus kaufte. Aber ich erinnere mich an die erste Nacht, die ich hier verbrachte. Das Haus war abweisend, unheimlich. Ich dachte, das sei wegen der Leute, die darin gewohnt hatten und mir unsympathisch waren. Aber vielleicht waren es Geister, vielleicht spürte ich, dass es in diesem Haus spukt.»

«Seltsam. Davon habe ich nichts gespürt – im Gegenteil: das Haus macht auf mich einen hellen und freundlichen Eindruck», meint Maggy und blickt sich etwas unruhig um.
«Vielleicht wurde der Spuk ja dadurch beseitigt, dass ich das Grab im Keller gefunden und die Trennwand in diesem Raum hier eingerissen habe.»
«Ja», Maggy tönt nicht sehr überzeugt.
«Und dann gab es noch einen Selbstmord.»
«Einen Selbstmord?»
«Ja. Der Sohn des Hauses.»
«Hier, in diesem Zimmer?», fragt Maggy unangenehm berührt.
«Nein, unten bei der Einfahrt. Die Eltern behaupteten, es sei ein Unfall gewesen, aber die Polizei stellte fest, dass er auf einem geraden Stück Strasse, ohne jede Bremsspur mit Höchstgeschwindigkeit gegen die alte Eiche auf der Strasse unten gerast ist.»
«Hätten Sie das Haus gekauft, wenn Sie das alles gewusst hätten?», fragt Maggy plötzlich.
Ich überlege.
«Ich hätte das Haus trotzdem gekauft. Das Grab stört mich nicht. Es ist doch so, dass wir auf den toten Generationen, die vor uns waren, weiterleben, und Selbstmord – gibt es.»
«Und der Mord?», unterbricht mich Maggy.
Ich drehe den Kopf und sehe, wie Maggy mich beobachtet.
«Was soll mit dem Mord sein?»
«Haben Sie nicht Angst vor dem Mord, der hier begangen wurde?»
«Angst?», sage ich und wundere mich über ihre Frage. Wie kann Sie mich fragen, ob ich Angst habe, nachdem ich ihr alles erzählt und solange schon in diesem Haus gelebt habe?

Ich blicke Maggy an. Ist sie so naiv, zu glauben, dass sie mich mit dieser Frage beunruhigt?
«Nein, ich habe keine Angst – unterdrückte Gefühle fürchte ich mehr.»
«Haben Sie deshalb Ihren Mann ermordet?»
«Ich habe meinen Mann nicht ermordet», erwidere ich mit Bestimmtheit, «und man hat hier, obwohl alles auf den Kopf gestellt wurde, keinerlei Anzeichen dafür gefunden, nichts, das auf einen Mord schliessen lässt.»
«Es ist aber eine Tatsache, dass Ihr Mann Nicaragua verlassen hat und hierher geflogen ist», unterbricht mich Maggy.
»Ja, gut», lenke ich ein, «aber es stimmt nicht, dass er auf der Farm war. Er war nicht hier. Oder haben Sie jemanden gefunden, der behauptet, Cyril hier auf der Farm gesehen zu haben?»
Maggy entgegnet nichts.
«Sehen Sie – niemand hat ihn gesehen», sage ich abschliessend.
Eine Weile sitzen wir stumm da und blicken ins Feuer.
«Die Polizei hat also noch nicht aufgegeben», fange ich wieder an. «Wonach suchen sie denn jetzt?»
«Was denken Sie, wonach sie suchen könnten?»
Ich blicke Maggy einigermassen überrascht an und begegne ihrem kühlen Blick.
Ihr angenehmes, blondes Äusseres täuscht. Unter dieser Oberfläche stösst man auf Granit.
«Ich habe keine Ahnung», murmle ich und blicke wieder ins Feuer.
«Man überprüft alle Abfalldeponien, und die Sümpfe in Ihrer Umgebung werden gründlichst untersucht.»
Ich bin aufgestanden, es wird mir zu heiss vor dem prasseln-

den Feuer. Die Tatsache, dass die Polizei auf Deponien und in Sümpfen sucht, beunruhigt mich mehr, als ich wahrhaben möchte.
Ich stehe am Abwaschbecken und wasche stillschweigend meine Teetasse.
«Ich geh jetzt schlafen, Maggy», sage ich und trockne mir die Hände.
«Sie sind beunruhigt. Haben Sie Angst, dass man doch noch etwas findet?»
Ich schüttle nur den Kopf. Maggy ist aufgestanden und steht vor mir.
«Hören Sie», sagt sie eindringlich und fasst mit beiden Händen nach meinen Schultern, «ich weiss aus Erfahrung, dass es nicht leicht ist, mit einem Mord zu leben.»
Als ich nichts sage, fährt sie weiter.
«Es ist sehr wichtig, dass man sich jemandem mitteilen kann – bei den Mordfällen, bei denen ich zugezogen wurde, war es paradoxerweise jedesmal der Mörder selbst, der die Polizei auf seine Spur setzte. Nur um die Last nicht mehr allein tragen zu müssen.»
Mein Herz klopft, ich finde nicht die Kraft, Maggy in die Augen zu blicken oder etwas zu sagen.
«Sprechen Sie! Es wird Ihnen gut tun. Von Frau zu Frau. Vertrauen Sie mir ...»
«Lassen Sie mich in Ruhe», sage ich plötzlich mit Schärfe und versuche mich ihr zu entziehen.
Sie lässt mich sofort los und will sich entschuldigen.
«Ich spüre doch, wie Sie leiden ...»
«Ich brauche Ihr Mitgefühl nicht – es ist aufdringlich. Sie wollen etwas von mir. Ich bin müde und schwach, und Sie nötigen mich.»

Ich spüre, wie Maggy hinter dem liebevollen Mitgefühl gereizt und verärgert versucht, ihre Schlappe einzustecken, ohne das Gesicht zu verlieren.
«Nein, ich will Sie zu nichts nötigen ...»
«Ich geh jetzt schlafen – gute Nacht», sage ich – etwas atemlos von der Aufregung.
Maggy merkt, dass nichts mehr zu machen ist.
«Gute Nacht», sagt sie.

Als ich im Bett liege, denke ich, wie hoffnungslos meine Lage ist. Maggy hat das sehr gut erfasst und ausgenutzt – meine Angst vor der Zukunft, meine Isoliertheit und mein Wunsch nach menschlicher Wärme. Aber Maggy ist Polizistin. Der Gedanke, dass ich in ihr eine Freundin gesucht habe, erfüllt mich mit Scham.
Ich lausche auf Maggy, zuerst im Badezimmer und dann im Zimmer nebenan. Es ist mir nicht wohl im Bett. Ich möchte aufstehen und mich für die nächsten ein, zwei Stunden an meinen Schreibtisch setzen, um auf andere Gedanken zu kommen. Aber solange Maggy auf ist, befürchte ich, dass sie mit mir sprechen wird, sobald ich aufstehe, also bleibe ich liegen und lausche weiter auf die Geräusche und versuche mir vorzustellen, wie Maggy im Bett liegt und in einem Buch liest.

Der Regen tropft unablässig vom überhängenden Dach des Hauses auf das Vordach der Veranda unter meinem Schlafzimmer. Das Tropfen ist beruhigend und vertraut.
Ein Geruch, der durchs offene Fenster weht, erinnert mich an Kindertage. Feuchte Nachtluft in den Bergen und das Geräusch des Regens – die Melancholie des abgelegenen, vergessenen Tales.

Durch das offene Fenster sehe ich den alten Hickory. Auch in der Dunkelheit und im Wind, der seine Umrisse hin und her bewegt, erkenne ich den Baum.
Im Lichtfeld der Verandalaterne verfolge ich die Regenfäden. Dahinter, dunkel, die Bäume, das Feld und am Horizont die Silhouette des Waldes, im Regen und der Nacht kaum wahrnehmbar. Ich lausche auf die Monotonie von Regen und Wind und schlafe endlich ein.

Am nächsten Morgen, kurz nach sieben Uhr, fährt Maggy weg. Der Abschied ist etwas frostig, weil wir beide nicht recht wissen, wie wir uns verhalten sollen.
Ich bleibe unter der Türe stehen, bis sie den Wagen gewendet hat. Als sie an mir vorbeifährt, hält sie an und bittet mich, heute Abend einen der Hunde zu mir ins Haus zu nehmen. Ich nicke, um sie zu beruhigen, und warte dann, bis sie um die Hausecke verschwunden ist, und ich höre, wie ihr Wagen an der Einfahrt unten kurz anhält, bevor er mit schnell beschleunigendem Motor auf der Landstrasse wegfährt.
Es ist leicht neblig – das Land dampft in der bleichen Morgensonne. Eine der Katzen, die mich von der Scheune aus beobachtet hat, kommt gedehnt-langsam auf mich zu. Auf halbem Weg zu mir hält sie plötzlich an, setzt sich hin und reinigt sich flink mit ihrer einen Pfote, die sie jedesmal kräftig leckt. Nach der Reinigung bleibt sie sitzen, aufrecht wie eine zierliche Pharaonenkatze, und blickt mich mit schmalen Augen unverwandt an.
Dann erhebt sie sich und schreitet weiter, kommt zur Treppe, wo ich mich hingesetzt habe, und schmiegt und reibt sich an den Stufen. Ihr schmaler Körper bewegt sich rhyth-

misch hin und her und ihr Schwanz zuckt und bäumt sich eigenwillig. Ich nehme die Katze zu mir auf den Schoss und streichle sie. Sie schnurrt. An was denkt sie wohl? An einen der vielen Kämpfe mit ihren Schwestern, an den Kater, der sie letzte Nacht besuchte, oder an das Spiel, das sie mit den Schmetterlingen treibt, denen sie unter dem Buddlejabusch auflauert?

Ich denke an die Polizistin, die gegangen ist. An die Momente, wo ich etwas wie Freundschaft spürte.

Die Sonne wird stärker – ich schliesse einen Moment die Augen und geniesse die Wärme. Dann stelle ich die Katze zurück auf den Boden und stehe auf, um ins Haus zu gehen.

7

Am Abend trage ich Holz. Ich muss genügend Holz im Haus haben, um die ganze Nacht ein Feuer in Gang halten zu können – es wird eine lange Nacht werden. Ich weiss nicht, was mich erwartet. Sicherlich wird es einen Kampf geben.
Ein seltsamer Tag, alles schien zweideutig und in einem diffusen Licht unwichtig. Ich war melancholisch und versank immer wieder in einem Zustand von lethargischem Nicht-Wollen und Nicht-Können.
Nur einmal riss mich etwas aus meiner willen- und tatenlosen Stimmung.

Kurz nach ein Uhr taucht überraschend und unerwünscht ein Händler auf, der bunte Astern für zirka fünfzig Sträusse will. Jetzt gleich.
Unfreundlich fummle ich herum, während er, wie gewohnt, Klatsch und Anekdoten erzählt. Plötzlich drehe ich mich nach ihm um.
«Heute geht es nicht – ich habe keine Zeit», sage ich.
Verwirrt hält er inne.
«Was? Wieso keine Zeit – müssen Sie weg?»
«Nein ... ich habe heute einfach keine Zeit. Sie müssen ein andermal wiederkommen.»
«Hören Sie – ich brauche diese Astern!», lacht er, etwas gereizt.
«Wenn Sie telefoniert hätten, hätten Sie auf dem Tonband gehört, dass es heute nicht geht», meine ich ungerührt.

«Ich habe sonst auch nie telefoniert ...»
«Von heute an sollten Sie aber telefonieren.»
Er starrt mich verständnislos an:
«Sie verstehen scheinbar nicht ...»
«Ich möchte, dass Sie jetzt gehen», unterbreche ich ihn.
Er ist sprachlos. Dann sagt er laut:
«Was fällt Ihnen ein – Sie sollten sich freuen, dass ich Ihre Blumen kaufe!»
«Ich freue mich, dass Sie meine Blumen kaufen – aber nicht heute!», sage ich, auch lauter geworden.
«Ich habe ein Geschäft, ich muss Löhne zahlen ...», ruft er.
«Zahlen Sie Ihre blöden Löhne – mein Geschäft ist und bleibt heute geschlossen!», schreie ich zurück.
Vor Wut rot im Gesicht starrt er mich an. Er verflucht mich plötzlich, wünscht mich zum Teufel und droht mir, dass dieser und jener Händler – Freunde von ihm – bei mir nicht mehr einkaufen werden. Ich wende mich ab und gehe davon, erbittert darüber, mit Leuten so verkehren zu müssen und über die Gewissheit, damit meinem Geschäft geschadet zu haben.

Das war die einzige Abwechslung an diesem melancholisch-langweiligen Tag. Ausser Holztragen und Tiere-Füttern habe ich nichts getan. Ich ging weder mit den Hunden spazieren, noch verliess ich die Farm, um Lebensmittel im Dorf zu kaufen. Ich rührte auch keinen Bissen Essen an. Fatalistisch wartete ich auf die Konfrontation und bereitete mich darauf vor.

Nachdem ich genügend Holz getragen habe, schliesse ich die hintere Tür und schiebe den Riegel vor. Dann gehe ich die Treppe hinunter in den Keller, um mich zu vergewissern, dass auch hier unten alles sicher verschlossen ist, steige wieder hinauf, drehe das Licht aus und schliesse die Türe hinter mir.

Langsam und nachdenklich gehe ich durchs Haus. Ich habe nochmals alle Fenster und Türen geprüft, weil ich nicht überrascht werden will. Jetzt muss ich den für mich besten und strategisch günstigsten Ort finden.

Die Küche ist mir vertraut – aber zu eng und auf drei Seiten offen. Der Wohnraum ist gross und nicht mit Möbeln verstellt – aber er hat nur einen Zugang.

Ich wähle die Treppe, die in den oberen Stock führt: Ich werde mich auf den untersten Treppenabsatz setzen, weil ich von hier aus die Räume zu beiden Seiten überblicke und die Haustüre vor mir habe.

Ich lösche das Licht im Haus und zünde das Licht auf der Veranda an, öffne die Haustüre einen Spalt und setze mich hin. Durch die schmalen Fenster auf beiden Seiten der Türe sehe ich hinaus und werde es bemerken, wenn sich jemand dem Haus nähert.

Das Holz knackt, das Feuer, das ich von hier aus nicht sehen kann, brennt gut, ich muss mich nicht mehr darum kümmern.

Jetzt, wo ich meinen Platz gefunden habe, bin ich eigentlich ganz ruhig. Von Zeit zu Zeit wechsle ich die Stellung – einmal lehne ich mich gegen die Wand, dann gegen das Geländer. Es kommt mir vor, wie wenn ich schon sehr lange so gewartet hätte, und der Wunsch, mich hinzulegen wird immer stärker. Da ich ausser dem Knacken des Holzes nichts höre, laufe ich die Treppe hinauf, zwei Tritte auf einmal nehmend, packe ein Kissen und eine Decke auf meinem Bett und renne damit die Treppe wieder hinunter. Unten angekommen, sehe ich, dass die Türe immer noch angelehnt ist wie zuvor, und lausche: nichts, es hat sich nichts verändert. Ich lege mich, leise seufzend, hin – es ist wunderbar, sich ausstrecken zu können – suche auf dem Kissen die beste Lage für meinen Kopf – die Tür kann ich auch im Liegen im Auge behalten – und wickle mich noch etwas besser in die Decke ein.

Ich bin fast eingeschlafen, als ich plötzlich Schritte höre – aber nicht, wie erwartet, auf der Veranda, sondern von oben, über mir. Ich höre, wie die Falltüre sich öffnet und jemand aus dem dunklen Estrich heruntersteigt. – Der Estrich! Es hat sich also doch jemand im Estrich versteckt! Ich nehme, vor Schreck wie gelähmt, wahr, wie ein Mann, den ich nicht erkennen kann, die Treppe herunterkommt, langsam, Tritt für Tritt ...
Gleichzeitig höre ich draussen ein Klirren, Glassplitter schlagen gegen Wand und Boden, das Licht geht aus, und ich höre Schritte, die sich über die Veranda dem Haus nähern. Die Haustüre wird aufgestossen – mein Herz setzt aus.
Da sagt eine mir bekannte Stimme: «Ich bin es, Bartholomew», und aus Erleichterung darüber, dass er es ist, lache ich – ein nervöses, hohes Kichern, das den Mann, der hinter mir steht, wütend macht. Er versetzt mir einen Tritt und ich verstumme. Im schwachen Licht des flackernden Feuers aus dem Zimmer nebenan sehe ich drei dunkle Gestalten in der Halle stehen. Mir wird schlecht vor Angst, und als einer der Männer näher kommt und fragt: «Wie hast du ihn umgebracht?», flirren mir die Gedanken so verwirrend durchs Gehirn, dass ich kein Wort herausbringe. In der Dunkel-

heit kann ich nicht erkennen, welcher der Männer Bartholomew ist – wieder werde ich in den Rücken getreten.
«Steh auf!» herrscht man mich an.
«Also wie?», ich drehe den Kopf, um zu sehen, wer gesprochen hat. Ich kann nichts erkennen und bin verwirrt, weil alle gleichzeitig fragen und rufen. Ich möchte am liebsten zusammenbrechen und haltlos weinen, um die unerträgliche Angst loszuwerden, aber da packt mich einer der Männer plötzlich in wütender Ungeduld beim Haar.
«Steh endlich auf!», brüllt er.
Ich schreie und fasse mit beiden Händen nach meinem Kopf, um mich vor diesem schmerzhaften Griff zu schützen, aber der Mann kümmert sich nicht darum und reisst mich hoch, bis ich stehe.
«War es hier im Haus?», fragt man weiter.
Ich schüttle vorsichtig den Kopf, da die Hand sich immer noch in mein Haar krallt und schmerzhaft daran reisst.
«Ich will, dass du mir zeigst, wo du ihn umgebracht hast», fährt mich jemand an. Es ist Bartholomew.
Ich fühle mich etwas besser, seit ich stehe und versuche mir vorzustellen, was Bartholomew mit mir vorhat, wie ich ihn am besten besänftigen und befriedigen kann, bevor er seiner Rache freien Lauf lässt.
«Draussen», sage ich, aber meine Stimme ist so schwach, dass man mich kaum versteht.
«Draussen?»
«Ja», versuche ich zu nicken.
Die vier Männer beraten sich in einer mir unbekannten Sprache. Ein heftiger Disput entbrennt.
Einer der Männer tritt auf mich zu und stösst mir eine Waffe in die Seite – endlich lässt man mein Haar los.

«Diese Pistole ist geladen und entsichert. Wenn du versuchen solltest zu fliehen, wird mein Freund dich erschiessen.» Bartholomew spricht ungeduldig wie mit einem Kind und ich spüre plötzlich, dass er Angst hat. Vielleicht haben sie alle Angst, Angst davor, etwas Unehrenhaftes zu tun. Es geht ihnen um die Ehre. Die Ehre des Mannes. Ich habe als unehrenhafte Frau, als Mörderin, die Ehre eines Mannes und Sohnes beschmutzt. Dafür wollen sie mich vielleicht nicht töten, sondern bestrafen. Ich muss mich also, um sie zu beschwichtigen, von ihnen erniedrigen und demütigen lassen.
Wir stehen jetzt vor der offenen Tür, im Dunkeln.
«Wo?», fragt Cyrils Vater.
«Am Pool unten», sage ich.
Es ist schwierig zu gehen, wenn einem eine geladene Pistole zwischen die Rippen gedrückt wird. Mein Inneres zuckt und flattert vor Furcht, von diesem gefährlichen, kalten Werkzeug verletzt zu werden, und die Angst vor einem plötzlichen Schmerz macht es mir schwer, mich normal zu bewegen. Aber ich weiss, dass ich nicht ungeschickt sein darf. Wenn ich irgendwelche Schwierigkeiten mache, und wenn ich auch nur strauchle, wird sich ihre Aggressivität augenblicklich entladen, und sie werden mich treten und schlagen wie ein Tier, das sie reizt. Also strenge ich mich an, mich dem Mann an meiner Seite anzupassen, damit ich keinen falschen Tritt mache.
Niemand spricht. Nur das Geräusch unserer Füsse, die durch das nasse Gras gehen, ist zu hören, und die Tür zum Pool quietscht ein wenig.
Nachdem wir uns alle innerhalb des Hages, der den Pool umgibt, befinden, wird der Mann an meiner Seite aufgefordert, bei der Tür stehen zu bleiben.

Wenn Sie uns diese Karte zurücksenden, erhalten Sie gerne die gewünschten Verlagsinformationen (Rückseite ausfüllen).

Für Anregungen oder besondere Wünsche steht Ihnen der nachstehende Platz zur Verfügung!

Zytglogge Verlag
Eigerweg 16
CH-3073 Gümligen

«Ein Schwimmbad auf einem Bauernhof – lächerlich!», ruft Bartholomew. «Und wieso dieser Hag? Ich habe dich etwas gefragt!», herrscht er mich an, als ich nicht sofort antworte.
«Es ist ein Wasserreservoir – in der Trockenzeit – und der Hag ist Gesetz, wegen der Tiere.» Meine Stimme scheint mir ungewöhnlich leise.
Sie lassen mich plötzlich stehen und gehen dem Pool entlang, langsam, ins dunkle Wasser blickend.
Ich hatte keine Gelegenheit, eine Jacke anzuziehen, bevor wir das Haus verliessen, und friere.
Bartholomew kommt zurück.
«Zeig mir jetzt, wie du ihn umgebracht hast.»
Ich gehe zur Pumpe hinüber und zeige auf die Ziegelsteine, die hier liegen. Bartholomew steht neben mir.
«Du hast ihn mit einem Stein erschlagen?», fragt er ungläubig und als ich nicke, wendet er sich wortlos ab.
Nach einer Weile dreht er sich um und ruft:
«Wie war das möglich – ein starker, beweglicher Mann wie Cyril?»
«Ich habe ihn im Schlaf erschlagen.»
«Im Schlaf!?»
«Ja, bei seiner Siesta.»
Die Siesta ist für Bartholomew ein Ritual, eine heilige Handlung, die Männer nach dem Essen begehen. Ich ducke mich unwillkürlich, als ich seine Augen in der Dunkelheit glitzern sehe, und bin darauf gefasst, dass er mich in seinem Schmerz und verletzten Stolz umbringt. Er hat den Kopf zwischen die Schultern gezogen und wirkt in dieser Haltung wie ein in die Enge getriebenes Tier – unberechenbar und gefährlich.
Aber er wendet sich abrupt ab, geht hinüber zu den Männern und spricht mit ihnen in seiner Sprache. Der eine

kommt laut anklagend auf mich zu, um mich zu schlagen, der andere greift nach einem Stein, aber Bartholomew tritt zwischen uns, der mit dem Stein schleudert ihn stattdessen wütend gegen das Gitter, und der andere geht fluchend davon. Ich stehe da und schlottere vor Kälte ...

Bartholomew schreitet wieder die ganze Länge des Pools auf und ab und die Männer reden beide auf ihn ein, versuchen ihn von etwas zu überzeugen und umarmen ihn, wenn er, von Schmerz übermannt, stehen bleibt und weint.

Der Mann, der am Eingang steht und bis jetzt, ohne ein Wort zu sagen, abwechselnd mich und die andern beobachtet hat, ruft plötzlich etwas. Alle verstummen und blicken zu mir herüber. Ein langes Palaver folgt, von dem ich nichts verstehe. Dann verlassen die Männer, ausser Bartholomew, der sich neben dem Eingang auf die Bank gesetzt hat, den Pool.

Ich kauere in der Hocke am Boden und umfasse dabei meine Knie mit beiden Armen, um meine Körperwärme so gut wie möglich zu bewahren.

Nach langen Minuten kommen die Männer zurück, aufgeregt und ausser Atem. Bartholomew ist aufgestanden und spricht mit ihnen. Dann blickt er mich an:

«Cyril hat Pferde gehasst – hochmütige, dumme Tiere!», ruft er, «und sie sind unnütz! Ein sündhafter Luxus, wie dieser Pool! Statt an Menschen, denkst du an Tiere und Luxus! Ich hasse Tiere und Luxus!»

Haben sie ihre Wut an den Tieren ausgelassen?

Jetzt höre ich die Pferde – ihr Wiehern ist schrill und hoch: sie müssen in grosser Angst sein. Dann sehe ich den Feuerschein – der Stall brennt! Die Tiere sind eingeschlossen und werden bei lebendigem Leib verbrennen!

Ich stürze los und schreie «Nein»!
Die Männer packen mich, es entsteht ein wildes Handgemenge. Ich brülle in Angst um die Tiere und vor Schmerz unter den Schlägen und Tritten. Sie drehen mir die Arme auf den Rücken und pressen mich gegen den hohen Eisenhag. Einer der Männer, der sich in mein Haar verkrallt hat, schlägt mir das Gesicht gegen die Eisenstäbe, um mich zum Verstummen zu bringen – ich weine hemmungslos. Einer meiner Urängste ist wahr geworden: Pferde, die in einem brennenden Gebäude eingeschlossen sind! Alle Tiere fürchten das Feuer, aber Pferde, diese erregbaren, panikanfälligen Tiere, für sie ist das Grauen vor dem Feuer so gross, dass sie den Verstand verlieren. Ich höre ihr Wiehern und kann nichts tun! Ich stöhne bei der Vorstellung der Qualen der hilflosen Kreatur.
«Ihr gottverdammten Idioten!», brülle ich, und der Hass steigt mit unglaublicher Kraft in mir hoch.
Ich versuche Bartholomew anzublicken, während die Männer mich herumzerren und schlagen. «Cyril», rufe ich ihm zu, «ich habe deinen Cyril nicht nur erschlagen, ich habe ihn ertränkt! Wie einen jungen Hund, den man nicht mehr will!», meine Stimme ist jetzt stark und laut. Dass man mich schlägt und tritt, ist mir egal.
«Ich wollte ihn nicht mehr, verstehst du? Er konnte mir nichts bieten, da war nichts. Kein Leben – er war leer und hohl! Ein aufgeblasener Sack – puff! Nichts!»
Bartholomew schlägt mich mitten ins Gesicht, und für einen kurzen Moment verschlägt es mir die Sprache. Aber man bringt mich nicht zum Schweigen:
«Du Narr, du! Verblendeter Idiot! Dein Sohn war ein Feigling – er hat dich gehasst und nie den Mut gefunden, es dir

ins Gesicht zu sagen. Und ein Lügner. Er hat dich belogen – er hat alle belogen, mich, sich selbst ...», Bartholomew schlägt wieder nach mir, aber diesmal weiche ich aus, «und du! Ich hoffe, dass du krepierst wie meine Pferde, nein, elender! Ein Tier hat mehr Würde als du. Du hast nichts verstanden, nichts gelernt, du hast überhaupt nicht gelebt!», schreie ich, an dem hohen Eisenhag rüttelnd – und merke mit fassungslosem Erstaunen, dass meine Hände die Holzstäbe des Treppengeländers umfassen und ich im Haus und nicht am Pool unten bin ... Ich brauche einen Moment, um mich zurechtzufinden. Mir wird klar, dass alles nur ein Traum war ...

«Die Pferde sind nicht verbrannt», denke ich. Und die Konfrontation mit Cyrils Vater ist nicht vorbei – der Gedanke, diesen Kampf nochmals bestehen zu müssen, ist mir unerträglich! Ich stehe langsam auf und gehe zur Tür, um sie zu schliessen.

«Ich kann nicht mehr, ich mag nicht mehr», denke ich und weine. Ich gehe in die Küche hinaus, um mir die Nase zu putzen, und hole mir etwas zu trinken. Dann steige ich die Treppe hinauf, sinke, oben angekommen, ins Bett und schlafe augenblicklich ein.

8

Am nächsten Morgen klopft mich Dan aus dem Schlaf. Er weiss, dass ich in meinem Schlafzimmer höre, wenn jemand an die vordere Haustüre klopft – sogar wenn ich schlafe. Ich gehe hinunter und öffne ihm.

«Guten Morgen – wieso denn so früh?», frage ich, aber Dan macht nur ein mürrisches Gesicht und schiebt sich ohne Gruss an mir vorbei. Was ist passiert, denke ich und blicke ihm schlaftrunken nach, wie er durch das Zimmer Richtung Küche geht. Von Maggy weiss ich, dass die Polizei immer noch sucht – haben sie etwas gefunden?

Gestern Nacht bin ich in meinem Trainingsanzug ins Bett gesunken und will jetzt frische Kleider anziehen.

«Ich geh mich schnell umziehen ...», rufe ich Dan nach, den ich in der Küche hantieren höre.

Oben im Badezimmer ziehe ich mich rasch um, ohne zu duschen, und sehe dabei durch das Fenster auf die Ställe und Weiden hinaus. Es ist ein sonniger Morgen – aber neblig. Herbst.

Alles ist in ein milchiges Licht getaucht und sieht friedlich aus –, ganz anders als im Traum letzte Nacht.

Als ich hinunterkomme, hat Dan Kaffee gemacht.

«Wieso schaffst du dir nicht endlich eine Kaffeemaschine an!», meint er gehässig. «Hast du den Narren gefressen an diesem vorsintflutlichen System?»

«Ich brauche keine Kaffeemaschine, Dan!»

«Wieso nicht?», entgegnet er streitsüchtig, «es stört mich einfach – es ist unzivilisiert ...»

«Unzivilisiert?», lache ich, «Ja und? Wir leben hier doch auch in einer unzivilisierten Gegend ...»
«Das stimmt nicht!»
«Doch, das stimmt! Wie oft fällt hier der Strom aus ...»
«Ach was!»
«... dieses System ist praktisch, weil ich weder Strom noch Batterien brauche, ich kann sogar über dem offenen Feuer Kaffee machen und brauche ...»
«Ich bin nicht gekommen, um mit dir über Kaffeemaschinen zu streiten», unterbricht mich Dan.
Er ist offensichtlich schlechter Laune, denke ich und beobachte ihn, wie er neben mir sitzt und seinen Kaffee trinkt. Er will mich mit etwas überrumpeln, denke ich plötzlich.
«Sucht ihr immer noch nach der Leiche?», frage ich harmlos.
Dan blickt mich an: «Wieso?»
«Maggy hat mir erzählt, dass ihr jetzt auf Mülldeponien sucht ...»
«Ach so! Ja – wir haben auf allen Deponien Flugblätter verteilt mit einer Belohnung für den Fund von aussergewöhnlichen Knochen ...»
«So», sage ich und stehe auf, um mir Toast zu machen. Dans Kaffee ist viel zu dünn, finde ich – dafür trinkt er sich leicht. Dan trinkt bereits seine dritte Tasse, schwarz, mit viel Zucker. Ich stehe neben dem Toaster und warte darauf, dass das Brot oben herausspringt.
«Wir haben menschliche Knochen gefunden.»
In dem Moment juckt das Brot aus dem Toaster, und ich sage «Ach.»
«Ja. Die Knochen sind jetzt im Labor.»
Ich nehme einen Teller und lege zwei Scheiben Toast darauf.
«Möchtest du?», frage ich Dan.

Er schüttelt den Kopf.
«Wir müssen alle Leute, die auf dieser Deponie arbeiten, befragen.»
Ich esse meinen trockenen Toast und trinke Milchkaffee – ohne Zucker. Ich bemühe mich, unbefangen zu wirken, bin aber aufgeregt und weiss, dass Dan das merkt. Sie werden den Fahrer befragen, und der wird sich an mich erinnern.
«Ich habe übrigens mit Frankreich telefoniert, um mit deinem Schwiegervater zu sprechen ...»
Ist Bartholomew doch noch in Frankreich?
«... aber er ist verreist, und seine Frau weiss nicht wohin – sie meint irgendwo in Südamerika, um nach Cyril zu suchen.»
Ich nicke und hoffe, er spricht weiter. Sicher hat er Marian nach Röntgenbildern und anderen ärztlichen Unterlagen gefragt. Gibt es da wirklich nichts?
«Sie wird mir alle Unterlagen von Cyril schicken.»
Mir wird leicht schwindlig, und mit leerem Kopf versuche ich objektiv zu bleiben. Was für Unterlagen sind das? Cyril hat Ärzte gehasst – er war nie krank und hatte nie einen Arzt aufgesucht. Aber vielleicht als Kind ...
Ich spüre, wie Dan mich beobachtet, und weiss plötzlich, dass er blufft. Er weiss genauso wenig wie ich.
«Ärztliche Unterlagen? Da gibt es doch gar nichts», sage ich.
«Marian wird uns die Unterlagen schicken», sagt Dan eigensinnig, «und sonst wird sich die Polizei darum kümmern – jeder Mensch muss zum Arzt.»
Der Kinderarzt. Sie werden den Arzt finden, der ihn als Kind behandelt hat, seine Impfungen, Kinderkrankheiten vielleicht ... Aber wie lange werden solche Unterlagen aufbewahrt – länger als 20 Jahre?

«Die existieren doch gar nicht mehr ...»
«Was?», fragt Dan schroff.
«Cyril war nie krank – er ging nicht zum Arzt. Höchstens als Kind zum Kinderarzt. Und das ist zu lange her ...»
«Hast du Angst?»
«Angst? Ich will nur verhindern, dass man etwas verfolgt, das sowieso aussichtslos ist ...»
Wütend blickt mich Dan an.
«Lass das ruhig unsere Sorge sein!. – Wann hast du Cyrils Knochen auf dieser Deponie in Trenton weggeworfen?»
Darauf bin ich nicht gefasst. Mir fehlen im Moment die richtigen Worte.
«Cyrils Knochen – wieso Knochen?»
«Hast du sie in Trenton weggeworfen?»
Endlich weiss ich wieder, um was es geht:
«Vielleicht irgendwelche Knochen, aber sicher nicht Cyrils Knochen ...»
Dan weiss, dass ich lüge – was für ein endloses Spiel, wie absurd das Ganze ist – er blickt mich an und nickt.
«Lange wirst du es nicht mehr machen, Cora – deine Lage ist ziemlich aussichtslos. Weisst du das?»
Ich habe das Gefühl, zu sinken, unaufhaltsam – es gibt nichts Festes, nichts, das mich hält.
«Ich muss jetzt an die Arbeit», sage ich und stehe auf, »ich habe gestern nichts getan.»
Beim Hinausgehen schaut mich Dan forschend an.
«Wie geht es dir überhaupt – du siehst nicht gut aus.»
Mir ist zum Heulen zumute.
«Ich habe schlecht geschlafen», murmle ich und bin froh, als sich die Türe hinter Dan schliesst.

Am Mittag ist der Nebel vom Morgen verflogen, es wird sonnig und warm – ich hole den Handwagen aus der Scheune und gehe mit der Schere ins Feld hinunter, um Astern zu schneiden – die letzten Schnittblumen im Jahr.
Die Blumen wiegen sich in der leichten Brise – ich schaue zum Himmel hinauf, wo ein Linienflugzeug silbern glitzert und eine weisse Bahn von Kondenswasser hinter sich herzieht. Das Flugzeug glänzt wie ein schillernder Fisch am weiten Himmel, und ich denke ans Meer. Das Meer ist warm und schmeichelnd und plätschert freundlich.
Cyril ist wie ein Fisch im bläulichen Wasser. Sein dunkler, muskulöser Körper taucht nassglänzend auf, und er lacht mich an – ohne ein Wort zu sagen –, bevor er davongleitet und tief wegtaucht. Verglichen mit seiner mühelosen Art, sich in diesem Element zu bewegen, bin ich schwerfällig und zimperlich.
Ich schneide Astern und lege sie in Büscheln geordnet in den Wagen.
Cyril im Meer – das ist lange her. Das Meer war sein Lebenselement. Er war nirgends so sehr sich selbst, wie dort. Einmal hatte er versucht, sich das Leben zu nehmen, indem er hinausschwamm. Er versuchte, zu ertrinken, aber er wurde nicht müde und ist wieder umgekehrt. Eine männliche Seejungfrau. Er gehörte nicht zu den Menschen – auf dem Lande, unter den Menschen, ist er vertrocknet – furchtsam hat er versucht, so zu tun, als sei er einer der ihren, ein Mensch ... dabei blieb er ein Meerwesen, im Innersten unverstanden.
Der monotone Singsang der Grillen – die wenigen, die im Nachtfrost noch nicht erfroren sind. Das eintönig-hohe Zirpen passt zur Stimmung ...

Die Erde, auf der ich gehe, während ich die blauen, roten und violetten Blumen schneide, dampft unter der Wärme des nachmittäglichen Lichtes. Die Sonne hat nicht mehr die Kraft des Sommers, aber sie wärmt immer noch, brennt mir auf den Rücken.
Die Erde hier ist lehmig, eine schwere Erde, die an den Füssen kleben bleibt –. Cyril hatte die Farm nie gemocht. Zuviel Erde und kein Wasser – ausser im Pool, und das war ein Tropfen, verglichen mit dem Meer. Vielleicht hasste mich Cyril dafür, dass ich ihn hier hatte stranden lassen ...

Am Waldrand leuchten die Blätter in den intensiven Farben des Herbstes. Jede Nacht hinterlässt einen weissen Frost und man spürt, trotz der festlichen Farben und der Fülle von Beeren und Nüssen, die Nähe des Winters – im veränderten Licht, in der Herbheit der Luft, die würziger wird durch den Tod so vieler Dinge, nachts, im Frost. Kleine Käfer, Blätter, Würmer, Blumen und Dinge, von denen ich nichts weiss, die in der Nacht erfrieren.
Tod – was ist das?
Langsam fahre ich den Wagen mit den geschnittenen Astern zum Haus hinauf, stelle ihn unter einen Baum in den Schatten und fange an, die Blumen zu sortieren.
Gewalt. Ich habe Cyril Gewalt angetan – das höchste Mass an Gewalt. Ich habe seinen Leib in blutige Stücke zerlegt, seine Form und seine Schönheit zerstört – ich habe seinen Körper mit diesen Händen hier den Hunden zum Frass vorgeworfen.

Auch oben beim Haus das hohe, monotone Zirpen der Grillen ... ein Vibrieren in der Luft, wie die Vibration der Motorsäge in den Knochen, im vor Kälte und Starrheit toten, mir fremd gewordenen Körper – ein Körper, der mich nichts mehr anging.

Ich binde die Blumen zu Sträussen und stelle sie in Bottiche mit Wasser. Die frisch geschnittenen Blumen sollten rasch verkauft werden – ich gehe ins Haus und nehme die Liste meiner Kunden hervor. Ich rufe die Restaurants an und habe die Blumen in kurzer Zeit verkauft. Dann setze ich mich hin und stelle die Aufträge so zusammen, dass ich mit dem Lieferwagen ein Restaurant nach dem anderen aufsuchen und damit Kilometer sparen kann.
Mit dem Papier in der Hand gehe ich wieder nach draussen, lade die schweren Bottiche mit den frischen Blumen in meinen Lieferwagen und fahre los.

Am Abend, nachdem ich alles verkauft und das Geld auf die Bank gebracht habe, gehe ich, zuhause angekommen, um das Haus und betrete es erst, als ich keinerlei Zeichen für ein gewaltsames Eindringen gefunden habe. Ich bin immer noch vorsichtig, obwohl ich keine Angst mehr habe und meine nervöse Unruhe verschwunden ist.
Später, nachdem ich den Stall ausgemistet und den Tieren Wasser und Futter gegeben habe, gehe ich zum Zwinger hinüber und hole die Hunde.
Wir gehen auf dem schmalen Pfad, den ich mir durch periodisches Roden im Wald offen halte. Der Boden hier ist moosig-feucht, dem Weg entlang wuchern wilde Brombeer- und Himbeerstauden. Viel Wald ist verwildert. Hauptsächlich Akazien, Ahorn und wilde Kirsche. Kleine, schwache Bäumchen, die im dichten Unterholz um ihr Überleben kämpfen.

Die drei Hunde zerren mich an den Leinen hierhin und dorthin – erregt von den Gerüchen, Lauten und Bewegungen überall. Wenn ich sie bei ihren Namen rufe, lässt ihre Anspannung für Sekunden nach – sie hecheln mich kurz mit zurückgelegten Ohren an, wedeln hastig mit dem Schwanz – und wenden sich dann rasch wieder der Witterung und dem Geräusch zu, die sie mir zuliebe unverzeihlicherweise aufgegeben haben.

Unten beim Bach ein Sumpf – schwarze Erde mit Pfützen, in denen das stehende Wasser ölig schimmert. Das Skunkweed wuchert hier: riesige hellgrüne Blätter, unter denen im Halbschatten Frösche dösen, die von Mücken und Fliegen träumen, und bei unseren Schritten eilig, plumpsend und glucksend, verschwinden.

Wir überqueren den Bach auf einem Steg. Auf der anderen Seite reichen mir die Heidelbeerbüsche bis über die Knie. Durch dunkle Lorbeer- und Rhododendron-Büsche führen Schleichpfade, auf denen Jäger im Herbst und Winter zu ihren Hochständen gehen. Der Juniperus riecht gut und stark ...

Ich halte an, als wir die Grenze meines Waldes erreichen, und die Hunde bleiben, zitternd vor Aufregung über all das Leben um sie herum, mit straff gespannten Leinen stehen. Sie hoffen sehnsüchtig, dass ich weitergehe oder dass sie loskommen, um im Wald zu verschwinden ... Heute nicht, heute habe ich keine Zeit, denke ich. Ich beuge mich zu ihnen hinunter und streichle ihnen über die kühlen, nassen Nasen und die breiten, glatten Schädel.

Wir kehren um und gehen denselben Weg zurück.

In der Nähe des Waldrandes, wo sich der Pfad verzweigt, bleiben die Hunde plötzlich stehen. Ich spähe zwischen den

Bäumen hindurch. Als ich den Mann am Waldrand sehe, weiss ich sofort, dass es Bartholomew ist.
Er sieht kleiner aus, als ich ihn in Erinnerung hatte, und es ist ihm offensichtlich nicht wohl hier.
Aber er ist hier! Er hat es über sich gebracht, Frankreich zu verlassen, und in ein Land zu reisen, das er verachtet und fürchtet! Er hat es fertig gebracht, sich in ein Flugzeug zu setzen und seinen Garten und sein Haus am Meer zu verlassen – ein Refugium, wo er nicht viel mehr als seine Bücher gelesen, im Garten Kaffee getrunken und abends Schach gespielt hat ...
Ich gehe langsam und mit klopfendem Herzen weiter und lasse den Mann am Ende des Feldes nicht aus den Augen. Als er uns bemerkt, dreht er den Kopf – ich empfinde Panik.
«Grüss dich», sage ich schnell.
Er steht da und sagt nichts, ein sehniger Mann mit weissem Haar. Dieselben schönen, dunklen Augen wie Cyril, mit der Grandezza des mediterranen Mannes, trotz des leichten Buckels. Wie Cyril.
«Bist du schon lange hier?», frage ich.
«Ja», sagt er und sein Körper strafft sich.
«Wo ist Cyril?», fragt er, ohne mich anzublicken.
Mein Herz klopft.
«Er ist nicht hier.»
«Was ist passiert?»
«Mit Cyril?», frage ich unnötigerweise, mein Kopf scheint plötzlich hohl und leer.
Die Hunde sind unruhig, ich brauche Kraft, um sie zurückzuhalten.
«Ist er tot?»
«Ja.»

«Ja?»
«Ja, Cyril ist tot.»
Bartholomew dreht sich um und geht dem Waldrand entlang. Er bleibt stehen und ich wende mich ab. Ich gehe mit den hechelnden Tieren langsam in entgegengesetzter Richtung davon – ich werde die Hunde in den Zwinger bringen und zum Haus zurückkehren.

Ja, Cyril ist tot. Der Entschluss damals – der Moment, als mir klar wurde, was ich tun musste – eine Sekunde, in der sich alles entschied. Eine Zäsur – danach lief das Leben anders weiter.
Ich nehme den Hunden die Leinen ab. Sie blicken mich durch den Drahtzaun an, wie wenn ich etwas vergessen hätte – wenden sich dann enttäuscht ab, ihren Näpfen zu und schnuppern gelangweilt am Futter oder lappen lustlos vom Wasser.

Es war an einem Samstagabend – anfangs Sommer.
Cyril hatte ein mit ihm befreundetes französisches Ehepaar, das sich auf der Durchreise befand, bei uns zum Abendessen eingeladen. Ich hatte wie bei einem Fest ein grosses Buffet vorbereitet: selber einen Laib Brot gebacken, mehrere Flaschen vom Wein eines unserer Nachbarn hingestellt und den grossen Tisch unter den Bäumen attraktiv und verlockend mit Blumen und Früchten geschmückt. Ich freute mich auf einen Abend mit Gästen aus Europa.
Die beiden Franzosen waren ein unterschiedliches Paar. Er war ein ruhiger Mann, mit Augen, die genau und unauffällig beobachteten, und sie war klein, beweglich und sehr redegewandt. Sie und Cyril lachten viel zusammen über

gemeinsame Freunde und über Begebenheiten, die sie zusammen erlebt hatten.
Nach dem Essen machte ich den Vorschlag, den Kaffee am Pool unten zu trinken. Dann wandte ich mich an die Frau und meinte, dass ich ihr gerne das Haus zeigen würde. Als sie sich mir anschloss, beugte ich mich zu Cyril hinunter und bat ihn leise, in der Zwischenzeit den Kaffee zu machen. Als wir zurückkamen, sassen die beiden Herren immer noch unter dem Baum. Ich fragte Cyril, ob der Kaffee fertig sei. Sein Buckel wölbte sich, als er höflich aufstand. In unterwürfiger Haltung stand er neben dem Tisch und murmelte lächelnd zwei, drei Worte. Der Hieb sass, ich zuckte zusammen und die Gäste lachten ...
Ich sah Cyril nach, wie er mit leicht schlurfendem Gang im Haus verschwand, und wusste, dass ich ihn töten würde.

Ich gehe zum Haus hinauf und ums Haus herum zur vorderen Veranda, wo Bartholomew auf mich wartet.
«Gestern Abend war ich schon hier», sagt er und blickt an mir vorbei zum Wald hinüber.
Ich denke an meinen Traum von gestern Nacht.
«Du warst gestern Abend hier?»
Bartholomew nickt und ich starre ihn an.
«Bist du hereingekommen?»
«Die Tür war offen.»
«Hast du mich gesehen?»
Er nickt.
«Und dann?»
«Nichts ... ich bin wieder gegangen.»
Ich schaue ihn an, mit klopfendem Herzen.
«Warst du schon einmal hier?»

Er nickt wieder.
«Im Haus?»
«Ich habe Cyrils Pass gesucht.»
«Ahhh.»
«Hast du ihn verbrannt?»
«Nein.»
«Wo ist er?»
Ich zögere unmerklich. «Ich habe ihn gut versteckt.»
«Ich brauche ihn.»
«Ahhh.»
Bartholomew blickt mich immer noch nicht an. Er zieht ein Päcklein Zigaretten mit Zündhölzern hervor und zündet sich eine Zigarette an. Er konzentriert sich auf den ersten Zug. Dann, als er den Rauch ausbläst, trifft mich sein Blick zum ersten Mal durch den sich rasch verflüchtigenden Rauch.
«Kann ich ihn haben?»
«Den Pass?»
Bartholomew fixiert mich, ohne etwas zu sagen.
«Wieso brauchst du ihn?»
Bartholomew inhaliert schweigend. Ich sehe, wie der Rauch aus seiner Nase quillt und in die Luft steigt.
«Wo ist er?»
«Er ist nicht hier.»
«Ich muss ihn haben.»
«Du kannst ihn morgen Abend bei mir holen.»
«Gut», sagt er und drückt seine Zigarette sorgfältig aus. Er geht auf die Treppe zu.
«Die Polizei weiss übrigens nicht, dass ich hier bin ... offiziell bin ich in Südamerika.»
Ich nicke.

Er steht da und blickt auf den Boden. Hinter ihm liegt das abgeerntete Feld mit Stoppeln, die im Abendlicht lange Schatten werfen.
«Wo hast du parkiert?»
«Auf der anderen Seite des Waldes.»
«Ich fahre dich hin.»
«Nein – ich gehe lieber zu Fuss.»
Er geht die drei Tritte zum Fahrweg hinunter und ohne mich anzublicken davon.

9

Am nächsten Morgen ruft Dan an.

«Wie geht's – ist irgendetwas passiert?»

«Nein – nichts», sage ich schnell.

«Du musst heute auf die Polizeistation in Trenton zur Gegenüberstellung mit diesem Lastwagenfahrer – der zwar gestern Nacht in eine Schlägerei verwickelt und dabei spitalreif geschlagen wurde – aber schon wieder vernehmungsfähig ist, wie ich eben erfahren habe ...»

Es ist soweit, denke ich, sie haben die Verbindung zu mir gefunden.

«Dan!», unterbreche ich seinen Redefluss, «ich bin eben erst aufgewacht ...»

«Ja, ja, ich hole dich erst um zehn Uhr ab ...»

«Aber wieso denn eine Gegenüberstellung?», erkundige ich mich vorsichtig.

«Du erinnerst dich – wir haben alle Leute auf der Deponie befragt ...»

«Ja?»

«... und der Fahrer erinnert sich an dich.»

«An mich?»

«Mach dir keine Gedanken ... ich sehe dich um zehn Uhr», sagt Dan und hängt auf.

Eine Gegenüberstellung, denke ich, natürlich wird sich der Fahrer an mich erinnern – sie haben endlich ihren Zeugen gefunden ...

Ich dusche, ziehe mich an, esse und trinke etwas, schaue nach den Tieren und denke an gestern Abend.

Bartholomew. Er ist arrogant und kalt. Aber wer ist er wirklich? Und was will er von mir? Seine Unnahbarkeit mir gegenüber ...
Und Marian. Eine tatkräftige Frau. Früher eine bekannte Fotoreporterin. Jetzt sitzt sie mit Bartholomew in einem schönen Haus am Meer, ist in ihrer Ehe nicht glücklich und vermutlich Alkoholikerin.
Und wie standen die beiden zu Cyril, ihrem gehorsamen Sohn, der keine eigene Meinung hatte?
Cyril – wie nannte ihn Janet? Den Surfer.
«Er ist wendig und schnell und hat keinen Tiefgang, der ihm Halt geben könnte – und du bist das Schlachtschiff, das unbeirrbar seinen Kurs verfolgt.»
So sah Janet unsere Beziehung.

Punkt zehn Uhr holt mich Dan in seinem Wagen ab.
Eine Weile fahren wir schweigend auf der Überlandstrasse und ich überlege mir, wie ich mich verhalten soll.
Wenn es der Fahrer von damals ist, werde ich mich natürlich erinnern. Schliesslich war es für mich kein wichtiges Ereignis, ich hatte es einfach vergessen, die ganze Begebenheit mit dem Sack und den Knochen. Ich konnte nicht wissen, was das für Knochen waren, die da unten bei der Einfahrt lagen. Es geschah oft, dass Leute Abfall, den sie anders nicht loswerden konnten, im Vorbeifahren auf mein Grundstück warfen. Es waren Wilderer, werde ich sagen, die diese Knochen rasch loswerden wollten, weil man sie verfolgte ...
Dan reisst mich aus meinen Überlegungen, als er fragt:
«Besitzt dein Schwiegervater eigentlich einen zweiten Pass?»
Erschrocken blicke ich ihn an. Wieso fragt er danach? Sind sie ihm auf die Spur gekommen?

«Nein. Wieso?»
«Es wäre ja möglich, als ehemaliger Diplomat ...»
«Ich habe nie etwas von einem zweiten Pass gehört.»
Steif sitze ich auf dem Beifahrersitz und starre geradeaus – Dans Fragerei geht mir auf die Nerven.
«Bartholomew hat Frankreich verlassen, aber man weiss nicht wo und wie. Er ist weder in die Vereinigten Staaten noch sonstwo eingereist – es fehlt jede Spur.»
Er soll mich mit seinen Fragen in Ruhe lassen, denke ich und wende den Kopf zur Seite. Ich sehe die Leute in den Autos, die wir überholen.
«Hast du eine Ahnung, wo er sein könnte?»
«Grönland?», schlage ich vor. Dan blickt mich entgeistert an und merkt, dass ich mich über ihn lustig mache. Für den Rest der Fahrt schweigt er.

Als wir auf der Polizeistation ankommen, ist der Lastwagenfahrer nicht hier, was mich nicht überrascht – ich habe mich auf eine längere Wartezeit vorbereitet. Der Betrieb auf den Ämtern in Amerika ist wie ihr Baseball-Spiel: träge zieht es sich in die Länge, und dann, plötzlich, geschieht alles überraschend schnell und leicht. Bevor man überhaupt versteht, um was es geht, ist das Ganze schon vorbei.
Während ich warte, beobachte ich die Leute. Sie alle kommen mir wie Spieler, Hasardeure vor – ihre Gelassenheit, ihre lockere Art zu spassen, das Kaugummikauen, ihre kühle Jovialität ... auch das ungezwungene Plaudern und Kaffeetrinken gehören zur Taktik – jeder wartet auf seinen Einsatz. Und wenn der Angriff kommt, kommt er wie beim Boxen, direkt und auch brutal.
Ich sitze und warte da, wo Dan mich zurückgelassen hat.

Nur einmal stehe ich auf, um mir einen Pappbecher mit wässrigem Kaffee zu holen. Zum Essen nehme ich nichts – es schmeckt alles wie wiederverwerteter, gesüsster Abfall.
Hin und wieder betritt jemand den Raum, wo ich warte – die Einrichtung ist braun und beige, Imitationsholz überall – mustert mich kurz, sucht etwas in einem Ordner, in einer Schublade und geht wieder.
Viel später kommt Dan zurück. Er teilt mir mit, dass die Gegenüberstellung im Spital gemacht werden muss, weil der Fahrer immer noch nicht transportfähig ist.
Ich blicke auf den Boden vor mir, um meine Nervosität und Ungeduld unter Kontrolle zu bringen – auch meine Wut darüber, dass man mich zwei Stunden hat warten lassen ... Für nichts. Wieso vergisst man die Gegenüberstellung nicht einfach, bis es dem Mann wieder besser geht?
«Okay», sage ich und stehe auf, «gehen wir.»
Wir fahren zum Spital. In einem Zimmer im vierten Stock bittet mich Dan, zu warten, und verschwindet im angrenzenden Zimmer. Ich gehe eine Weile auf und ab, summe ein Lied, bleibe beim Fenster stehen, blicke in den Spitalgarten – Rasen mit Bänken –, gehe weiter auf und ab, lächle der Sekretärin jedesmal freundlich zu, wenn sie aufblickt ... und gehe endlich zur Tür, die ins Nebenzimmer führt, klopfe an und öffne sie, ohne auf ein Herein zu warten.
«Hallo», sage ich zu den drei Herren, die erstaunt aufblicken und trete ein. «Es ist jetzt nach zwei Uhr. Die Gegenüberstellung hätte um elf stattfinden sollen. Ich habe mir für die Konfrontierung Zeit genommen. Aber meine Herren – drei Stunden Wartezeit geht entschieden zu weit. Ich habe ein Geschäft und bin Alleininhaberin, ohne Angestellte: wenn ich ausfalle, geschieht nichts, gar nichts. Das

kann ich mir nicht leisten – verstehen Sie? Ich habe sieben Aufträge, die heute erledigt werden müssen. Da die Gegenüberstellung offensichtlich nicht stattfinden kann, verlange ich, dass man mir unverzüglich ein Taxi oder einen Privatwagen zur Verfügung stellt – ich will um drei Uhr zuhause sein.»

Einen Moment lang geschieht gar nichts. Dann steht einer der Herren auf.

«Mrs. Mehta, Sie haben absolut recht – ich muss mich bei Ihnen entschuldigen. Es ist leider so, dass der Fahrer immer noch nicht genügend klar bei Bewusstsein ist. Wir haben uns deshalb nochmals mit seinem Arzt unterhalten ...», er nickt einem der Männer zu, «aber wir dürfen Sie nicht länger warten lassen. Dan wird Sie jetzt nachhause fahren – nicht wahr, Dan?»

Dan ist anderer Meinung.

«Erst nach einer Gegenüberstellung», sagt er, «es geht im Moment einfach darum, zu wissen, ob der Fahrer Mrs. Mehta erkennt oder nicht.»

Der Mann, der gesprochen hatte – ich nehme an, es ist der Staatsanwalt –, schaut auf seine Fingerspitzen.

«Nein. Es geht nicht darum, unsere Neugierde zu stillen – es muss saubere Arbeit sein. Tut mir leid: die Gegenüberstellung findet heute nicht statt.»

Er schaut mich an.

«Vielen Dank», sage ich.

Dann wende ich mich an Dan: «Gehen wir?»

Auf der Heimfahrt sprechen wir nicht miteinander. Dan empfindet es als eine persönliche Niederlage, dass er die Gegenüberstellung nicht hat durchsetzen können, und ich mache mir Sorgen, ob ich noch rechtzeitig bin, um Cyrils Pass in der Dorfbibliothek zu holen.

Nachdem mich Dan zuhause ausgeladen hat und wieder weggefahren ist, fahre ich ins Dorf hinunter zur Bibliothek. Die Bibliothek befindet sich in einem alten Holzhaus, das im Schatten von Weiden am Fluss unten steht.

Ich steige die Treppe hoch in den zweiten Stock und betrete einen grossen Raum mit Bücherregalen. Vorne beim Fenster sitzt Ethel, die Bibliothekarin. Sie arbeitet für die Gemeinde auch noch als Schulhelferin und Sonntagsschullehrerin. Ich wechsle ein paar Worte mit ihr und gehe dann zwischen den Bücherregalen nach hinten.

Hier kann man mich vom Pult aus nicht mehr sehen. Bei den Dramen von Shakespeare nehme ich einen der Bände heraus, hinter denen ich den Pass versteckt habe, suche mit der Hand danach und stecke ihn, nachdem ich ihn gefunden habe, in meine Hosentasche. Dann gehe ich die nächste Reihe langsam zurück. Ich nehme ein Buch, einen voluminösen Band über Cherokesen, mit mir nach vorne und blättere ihn durch. Heroische Abbildungen von indianischen Häuptlingen – stoische Gesichter von Menschen, die einmal hier in dieser Gegend gelebt haben, bevor sie vertrieben oder ausgerottet wurden ...

Ich lasse das grosse Buch eintragen und verlasse damit die Bibliothek.

Im Auto nehme ich Cyrils Pass hervor und blättere ihn durch. Bartholomew will den Pass – ich würde ihn lieber auf einem hohen Berg dem Wind überlassen, ihn von einem hohen Kliff in den Abgrund werfen oder ihn auf offener See ins Meer hinausschleudern ...

Cyril hat dieses blaue Büchlein oft in den Händen gehabt, er, der nicht sesshaft werden konnte, der Reisende, Bewegliche, der sich Verändernde, der Unstete und der sich stets

Entziehende. Dieses unscheinbare Büchlein war ein wichtiger Teil seines Lebens ...

Ich blicke auf das Wasser hinunter, den trägen, schmutzigen Fluss, der sich hier unter den Weiden in einen stehenden Teich verwandelt, stecke den Pass zurück in meine Hosentasche, lasse den Motor an und fahre weg.

Auf der Main Street biege ich bei der Tankstelle ab und parkiere auf dem asphaltierten Parkplatz vor dem Supermarkt. Dann betrete ich das grosse Gebäude und wandere ziellos in den langen Reihen umher, bei Neonbeleuchtung und immer gleicher Hintergrundmusik. Eine verschlafene, verlassene Kirche des Konsums.

Der Supermarkt ist fast leer, ich brauche mir also keine Gedanken zu machen, ob man mich grüsst oder scheel ansieht. Während ich überlege, was ich Bartholomew zum Essen hinstellen soll, entspanne ich mich bei Belanglosigkeiten, wie dem Entscheiden zwischen dem und dem Brot, diesen und jenen Oliven.

Drei Angestellte sind dabei, Gemüse einzuordnen, Fleisch aufzustocken und den Bestand von irgendwelchen Büchsen aufzunehmen.

Mit zwei vollen Papiersäcken – ich habe auch Abfallfleisch für die Hunde gekauft – verlasse ich den Supermarkt.

Zuhause erledige ich Arbeiten im Stall, im Haus, gehe mit den Hunden in den Wald ... ich will nicht einfach herumsitzen und auf Bartholomew warten. Der Wind rauscht durch die grosse Föhre, als ich mich beim Zwinger unten von den Hunden verabschiede.

Ich gehe zum Haus zurück – immer noch ist niemand zu sehen. Unruhe erfüllt mich. Ich lege den Pass auf den Kü-

chentisch und versuche mich abzulenken, indem ich etwas zum Essen herrichte – ausser ein paar Oliven mag ich aber nichts. Inzwischen ist es Nacht geworden. Kommt er nicht? Will er den Pass nicht? Den ganzen Tag habe ich mir überlegt, warum Cyrils Pass für Bartholomew so wichtig ist.
Bis Mitternacht lausche und hoffe ich. Lässt er mich absichtlich warten, um mich zu demütigen und mich fühlen zu lassen, wie er mich in der Hand hat? Ich sehe wie bei einer Fotografie, die in der Flüssigkeit liegt, mit der sie entwickelt werden soll, immer deutlicher die Konturen unserer Feindschaft – ein erschreckendes, dunkles Bild.

10

Am folgenden Tag regnet es. Es ist zu nass, um die Astern, die bestellt waren, zu schneiden. Ich denke, Dan wird sich im Laufe des Tages melden, um mich für die Gegenüberstellung abzuholen.
Es ist ein grauer, ruhiger Tag und die Gleichförmigkeit des Regens macht die Farm zu einer Insel, wo Ort und Zeit keine Rolle mehr spielen. Ich sitze an meinem Schreibtisch und versuche, meine Buchhaltung zu erledigen.
Ich komme nur langsam voran – ich bin müde und meine Gedanken wandern. Ich habe schlecht geschlafen: Träume, die immer wieder kommen.
Letzte Nacht bin ich deswegen mehrmals aufgewacht. Cyrils Kopf – ich kann ihn nicht begraben.
Damals, in jener Nacht, habe ich ihn in fiebriger Hast in der Decke eingewickelt weggebracht. Ihn nur nicht mehr berühren und sehen müssen und ihn als das stärkste Indiz so rasch wie möglich verschwinden lassen.
Ich habe ihn weit weg gebracht und ihn in einem der unwirtlichen und abgelegenen Sümpfe versenkt. Aber obwohl er dort für immer ertrunken ist, taucht er in meinen Träumen wieder auf. In der Nacht, wenn ich schlafe, überfällt er mich, und bedrängt mich mit seiner Wirklichkeit. Wie gestern Nacht.
Im ersten Traum befand ich mich auf einem abgeräumten Feld, das ich mit der Stechgabel umgraben musste. Plötzlich stieg Cyrils Kopf vor mir aus dem Boden. Langsam, von lehmiger Erde beschwert. Seine Haare, seine Haut, seine Ge-

sichtszüge, die Form seines Kopfes ... Im nächsten Traum war es Maggy, die ihn fand, als sie im Stall ein Brett wegstellte.

Ich blicke wieder auf meine Papiere: Rechnungen, Aufträge, Bestellungen ...

War Cyril mir nicht nur noch eine Last gewesen? Ein Krebs, der angefangen hatte, auf meine Kosten zu leben, von meiner Kraft zu zehren ... Cyril, der wie überall sonst, auch in unserer Beziehung, die Arbeit mir überlassen hatte. Der träge und passiv, ausser zu Sentimentalitäten und Klischees zu keinem Austausch und Mitteilen von Gedanken und Gefühlen bereit war. Keine Gespräche, nur Belanglosigkeiten. War er ein so zutiefst hilfloser Mensch oder einfach stinkfaul und bequem? Seine Idee, zu heiraten und miteinander auf die Farm zu ziehen, um unsere Beziehung zu retten – eine Flucht nach vorn, weil er unfähig war, mit der Situation der Wirklichkeit entsprechend umzugehen ... Unfähig, ja das war er wohl gewesen.

Das Perfide und Gefährliche war nur, dass er mich in seinen Prozess der Auflösung mit hineinzog – aus Liebe? Nein, aus instinktiver Berechnung, aus der Schlauheit des Parasiten. Eines Menschen, der zu feige und faul ist, selber zu leben und deshalb einen anderen dazu bringt, es für ihn zu tun ... einem, der nur zuschaut und sich die Hände nie selber schmutzig macht.

Es war für mich um Leben und Tod gegangen: entweder mich in einen Sumpf von Selbstmitleid und Klagen, aus Rücksicht auf den Schwächeren – die Rolle des Schwächeren hatte er mit Hingebung gespielt – hineinziehen zu lassen und unterzugehen oder mich zu wehren und zu mir selber zu stehen. Mich schaudert: ich hatte angefangen mich aufzulösen, wie die Fliege auf dem Sonnentau ...

Und doch hatte es mit Liebe angefangen – ich hatte ihn so sehr geliebt. Wir hatten es schön zusammen – wir waren uns nahe gewesen ... wie damals, in Frankreich. Ich sehe die Landschaft im Regen plötzlich ganz deutlich vor mir:
Auf dem Lande, irgendwo zwischen Burgund und Zentralmassiv. Wir fahren im Auto auf abgelegenen Landstrassen, stillschweigend.
Durch eine Landschaft, die grün ist, fruchtbar und wenig intensiv genutzt. Ein Flüsslein mit vielen Windungen zieht durchs Tal, von Hecken und hohen, schlanken Bäumen gesäumt. Die Bäume, hauptsächlich Pappeln, sind voller Misteln, die wie Nester in den Ästen hangen. Es ist regnerisch und kühl – ein Tag wie heute.
Beim Eingang eines der Dörfer, durch die wir auf unserer Reise kommen, überragt eine Kathedrale die Dächer des Städtchens. Wir blicken einander an: die werden wir uns ansehen. Cyril fährt durch die alte Stadt und sucht nach dem Zugang zur Kirche, bis eine der engen Gassen in einen grossen Hof mit Bäumen mündet: vor uns liegt die Kathedrale. Eine hohe Mauer zieht sich in einem Halbrund um den mittelalterlichen Gebäudekomplex. Nur an einer Stelle gibt es eine Öffnung: durch ein kleines Spitzbogentor sehen wir in einen verlotterten Garten hinein.
Der Platz vor der Kathedrale ist nicht gepflastert und wirkt in seiner vernachlässigten Weitläufigkeit wie eine Baustelle. Wir gehen über den Platz – die gelb-graue Erde knirscht unter unseren Schuhen – zum Portal, öffnen den einen Flügel der schweren Türe und betreten das dunkle Innere.

Feuchte Kälte umfängt uns, und unsere Schritte hallen, obwohl wir vorsichtig sind und versuchen, leise zu sein. Die Räume sind gross wie der Bauch eines riesigen Schiffes. Weiter vorne wird es heller – von weit her fällt Licht auf uns. Wir gehen flüsternd um einen grossen, runden Taufstein und blicken in die Kuppel hinauf.

Überall um uns Nischen, in verschiedenen Formen und Höhen und mit verschiedenen Öffnungen. Im Innern der Vertiefungen, im Dunkeln ahnt man, mehr als dass man es wirklich sieht, ein rotes Lämpchen oder etwas Goldenes gleissen. Cyrils schwarze Augen blitzen.

«Dort lauert der Teufel», flüstert er, und ich lache. Der Ton hallt in der Stille den Pfeilern entlang nach oben, wo er sich in einem rätselhaften Echo verliert.

Cyril geht auf Zehenspitzen – was ihm etwas Koboldhaftes verleiht – zu einem der Weihwasserbecken und taucht seinen Finger in das Wasser. Seine Augen funkeln vor Übermut, als er mir mit dem nassen Finger über die Stirne streicht.

Später verlassen wir die Kathedrale durch eine kleine Türe neben dem Altar, und wandern selbstvergessen auf dem Areal hinter der Kirche umher. Unkraut wuchert auf Schutt, es gibt Brombeerstauden und Brennnesseln ... Und einen Abtritt im Freien: ein Bretterverschlag nahe der hohen Mauer. Im dunkeln Innern der Holzbude zieht sich der Wand entlang eine Bank mit zwei Öffnungen. Im Sitzen verrichte ich meine Notdurft und beobachte dabei zwischen den fast schwarzen Brettern hindurch das Licht draussen. Ich verschiebe das, was ich durch die Ritzen sehen kann, indem ich meinen Kopf bewege. Als ich fertig bin, öffne ich die knarrende Holztüre und versuche sie hinter mir wieder zu schliessen.

Cyril schaut mir zu, wie ich vorsichtig durch die Brennnesseln stapfe, lacht, und als ich ihm erzähle, wie es war, umarmt er mich. Er schaut mir ins Gesicht – ich rede weiter ... Ich erinnere mich an dieses Gefühl: eine Verständigung, die spielerisch-leicht und vollständig war.

Ich wache aus meinem Erinnern auf und starre auf die Papiere vor mir auf dem Tisch. Was soll das alles? Mein Oberkörper sinkt langsam nach vorn. Mit geschlossenen Augen ruht mein Kopf auf meinem Arm, als das Telefon läutet.
«Ja?»
Es ist Dan.
«Er ist jetzt wieder auf dem Damm, der Zeuge. Die Gegenüberstellung findet heute Nachmittag statt. Findest du den Weg allein?»
«Zur Polizeistation?»
«Nein, zum Spital.»
Ich überlege. Natürlich wird Dan bei der Gegenüberstellung dabei sein – aber er will nicht mit mir zusammen fahren.
«Ja, das Spital finde ich.»
«Schaffst du es bis drei Uhr?»
Ich blicke auf die Uhr.
«Ja.»
«Also, bis bald – melde dich einfach unten beim Empfang, sie wissen Bescheid.»
«Gut, mach ich.»
Ich gehe in mein Zimmer hinauf und sehe die Kleider in meinem Schrank durch – langsam – nehme verschiedene Sachen heraus und lege sie wieder weg.
Beim Anprobieren fallen mir meine Hände auf, wie breit und rau sie sind. Seit ich auf der Farm lebe, ist mein Körper

kräftiger geworden, was mich nicht stört. Ich trauere meiner zarteren Version nicht nach, aber es ist schade, dass alle meine eleganteren Kleider zu eng geworden sind und meine rauen Hände, wenn ich Seidenstrümpfe anziehe, immer an den feinen Fäden hängen bleiben ...

Drei Minuten vor drei bin ich beim Spital. Die Dame am Empfang betrachtet mich über ihre Brillengläser, während sie am Telefon mit jemandem spricht. Sie weiss, wer ich bin. Nachdem sie den Hörer aufgelegt hat, wendet sie sich auf ihrem drehbaren Stuhl mir zu und trägt ruhig, ohne mich anzublicken, etwas auf den Papieren vor sich ein.
«Ja?»
«Können Sie mir sagen, wo die Gegenüberstellung mit Mr. Robson stattfindet?»
«Sind Sie Mrs. Mehta?»
«Ja.»
«Zimmer 304, im dritten Stock.»
«Danke», sage ich und gehe zum Lift.
Im Zimmer 304 finde ich einen der Herren von gestern. Ein anderer, mir unbekannter Mann sitzt neben Dan, der am Fenster steht, und im Bett liegt der Fahrer, den ich, trotz Verband, sofort erkenne. Die zwei Herren stellen sich vor – der eine ist, wie ich gestern vermutet habe, der Staatsanwalt.
Ich gehe zum Bett hinüber und nehme Mr. Robsons Hand.
«Wie geht es Ihnen?», frage ich.
Er lächelt ein breites, langsames Lächeln – aber ich sehe in seinen Augen eine gewisse Beunruhigung.
«Gut», sagt er.
Die drei Männer beobachten uns. Ich wende mich an den Staatsanwalt:

«Ich kenne diesen Mann, ich habe damals meinen Abfall auf seinen Lastwagen geworfen.»
«Wo war das?»
«Das muss im Süden von Trenton gewesen sein – auf der Rückkehr von einer Gärtnerei dort unten.»
Mr. Robson nickt.
«Und wann?»
«Das weiss ich nicht mehr ...»
«Erzählen Sie uns doch einfach, wie es war», ermuntert mich der Staatsanwalt.
«An einem Morgen, als ich in diese Gärtnerei südlich von Trenton fahren wollte ...»
«Wissen Sie den Namen der Gärtnerei?», unterbricht mich der andere Herr, ein Kriminalkommissar aus Trenton.
«Green Scene ...»
«Und weshalb fuhren Sie dorthin?»
«Weshalb ... ich kann mich nicht mehr erinnern.»
«Sie fuhren also los ...», lenkt der Staatsanwalt wieder ein.
«Ja ... ich fuhr die Einfahrt hinunter und sah plötzlich diese seltsamen Knochen ...»
«... seltsame Knochen, sagen Sie. Inwiefern waren diese Knochen denn seltsam?»
«Sie waren ungewöhnlich gross ...»
«... ungewöhnlich gross?»
«Ja – ich meine, es waren keine Knochen, die man sonst so findet ...»
Der Kriminalkommissar schüttelt den Kopf.
«Was Sie sagen, ergibt keinen Sinn. Sie verwickeln sich in Widersprüche.»
«Ich verwickle mich in keine Widersprüche!», wehre ich mich.

«Sie wissen offensichtlich nicht, von was Sie sprechen – Sie erzählen uns Märchen», insistiert er.
Ich bin verwirrt durch diesen Angriff.
«Nein – ich erzähle Ihnen die Wahrheit. Das ist alles schon eine Weile her und war damals für mich auch nicht so wichtig ...»
«Ich verstehe», lächelt der Staatsanwalt und bittet mich, fortzufahren. Ich versuche, weiter zu erzählen, ohne etwas Verfängliches zu sagen, aber der Kommissar unterbricht mich die ganze Zeit mit Fragen. Er versucht mich immer wieder in Widersprüche zu verwickeln.
«Aber vorhin haben Sie etwas ganz anderes gesagt», behauptet er, oder «das stimmt zeitlich nicht», und «wieso haben Sie da plötzlich gezögert?»
Am Schluss weiss ich überhaupt nicht mehr, was ich erzählt habe.
«Könnte ich bitte ein Glas Wasser haben – ich bin durstig», sage ich.
Wasser. Niemand weiss, wo man Wasser holen kann.
«Am Ende des Ganges habe ich eine Sodamaschine gesehen», erinnert sich der Staatsanwalt.
«Ich möchte Wasser, kein Soda», sage ich.
Mr. Robson läutet, und als die Schwester kommt, fragen alle nach einem Glas Wasser und warten geduldig, bis sie zurückkommt. Niemand spricht, solange sie im Zimmer ist. Sie schüttelt die Kissen auf und geht. Ich trinke langsam aus meinem Glas, um Zeit zu gewinnen, bevor man mir weitere Fragen stellt. Über den Rand meines Glases hinweg blicke ich zu Mr. Robson hinüber, der in den frisch aufgeschüttelten Kissen, halb sitzend, beide Hände vor sich auf der weissen Bettdecke ausgestreckt, auf die nächste Runde

wartet. Wenn man ihn befragt, wird er die Frau erwähnen, um sich mit der Polizei gut zu stellen. Die Schwarzen haben hier unten nicht dieselben Rechte wie die Weissen und ich verstehe Mr. Robson, wenn er sich einschüchtern lässt.

Dan räuspert sich, nachdem die Schwester die Türe hinter sich zugezogen hat.

«Mr. Robson», fängt er an, «Mrs. Mehta kann sich an Sie erinnern – wie ist es mit Ihnen, können Sie sich an diese Frau erinnern, war es sie oder jemand anders?»

Der Mann im Bett blickt mich an und lächelt.

«Oh, ich kann mich gut an die Dame erinnern, sicher kann ich mich an sie erinnern.»

Er nickt mit dem Kopf, um seine Aussage zu bekräftigen.

«Das ist die Dame, die den Abfallsack auf meinen Laster geworfen hat ...»

«Wie war das genau – erzählen Sie.»

Dan unterbricht ihn nicht beim Erzählen.

«Ich habe an der Ecke McCullen und White Street angehalten – da halt ich immer, weil sie da die Säcke hinstellen – eigentlich sollte man sie ja weiter vorne hinstellen, aber was soll's – und bin ausgestiegen. Ja und dann geh ich ums Auto, vorne, ich meine, nachdem ich alle Säcke reingeworfen habe, weil ich einsteigen will, und da steht sie, die Dame da ...»

«Und dann?»

«Ja, dann wirft sie ihren Sack auf meinen Laster.»

«Sie wissen, dass das verboten ist – oder kannten Sie sie etwa, wussten Sie, dass sie in diesem Quartier lebt?»

Er schüttelt den Kopf und lächelt.

«Sie hat eine Freundin hier und trägt ihren Abfall raus, hab ich mir vorgestellt ...»

«Haben Sie ihr Auto nicht gesehen?»
Er schüttelt wieder den Kopf.
«War da sonst noch jemand?», fragt der Kommissar.
Mr. Robson und ich blicken einander an.
«Nein», sagt er.
«Hat sich an jenem Tag irgendetwas Ungewöhnliches ereignet, etwas, das Ihnen besonders aufgefallen ist?»
Mr. Robson schüttelt nochmals den Kopf.
«Nein.»
«Wohin fahren Sie üblicherweise, um Ihren Abfall loszuwerden, Mrs. Mehta?»
Diese Frage kommt wieder vom Staatsanwalt. Er ist aufgestanden.
«In die Deponie unserer Gemeinde.»
«Ist es nicht seltsam, dass Sie ausgerechnet diese ungewöhnlichen Knochen nicht dorthin gebracht haben?»
«Ich war in Eile, und die Deponie ist nur dienstags und samstags offen, also war es wahrscheinlich ein Wochentag, an dem sie geschlossen war.»
«Und wie erklären Sie uns die Tatsache, dass es sich um menschliche Knochen handelt?»
«Menschliche Knochen?»
Dan sieht mich böse an, und mir fällt ein, dass er mir von den Menschenknochen erzählt hat ...
Der Staatsanwalt fixiert mich: »Wissen Sie das nicht?»
«Doch, Dan hat mir davon erzählt.»
Der Staatsanwalt betrachtet seine Fingerspitzen.
«Diese Knochen befinden sich jetzt im forensischen Labor», fährt er weiter.
»Anhand von Knochen kann man sehr viel über einen Menschen erfahren ...», sagt er bedeutungsvoll.

«Ja, ich weiss.»
«So», meint der Staatsanwalt. Seine Augenbrauen wandern in die Höhe.
«Woher wissen Sie das?»
«Aus der Archäologie – ich habe ein paar Semester Archäologie studiert.»
«Archäologie», ein spöttisches Lächeln spielt um seine dünnen Lippen. «Wenn Sie Archäologie studiert haben, kennen Sie natürlich menschliche Knochen.» Dann wie ein Befehl: «Sagen Sie mir jetzt endlich, woher die Knochen, die man auf dieser Deponie gefunden hat, stammen!»
«Es war so, wie ich sagte: Ich wusste nicht, was das für Knochen waren, und sie haben mich auch nicht interessiert – ich war in Eile und wollte die Knochen nicht auf meiner Wiese liegen lassen. Ich habe sie in einen Sack gesteckt und bei der nächsten Gelegenheit weggeworfen», entgegne ich ebenso bestimmt.
Einen Moment lang ist es ganz still im Zimmer.
«Mrs. Mehta, Sie wollen uns einfach nicht die Wahrheit sagen und schaden damit sich selbst,» versucht es der Staatsanwalt noch einmal. Als ich nichts sage, lenkt er ein.
«Gut – Sie können gehen. Dan wird bei Ihnen vorbeikommen, um Ihren Pass zu holen.»
«Meinen Pass?»
«Mrs. Mehta, Sie stehen unter Mordverdacht. Anhand der gefundenen Knochen werden wir Sie überführen. Sie müssen sich also bereithalten. Damit Sie nicht in Versuchung kommen, zu verschwinden, beschlagnahmen wir zur Sicherheit Ihren Pass.»
Meine Gelassenheit ist weg. Es ist mir, wie wenn ich mich laut hallende Gefängnisgänge hinunter gehen und hinter

mir das Einschnappen von langsam und endgültig zufallenden Gefängnistüren hören würde.
Ohne Pass bin ich ein Niemand in diesem Land. Ich verliere meine Identität und existiere gar nicht mehr. Als Ausländerin habe ich die Immigrationsbehörden kennen gelernt – ohne Pass werde ich deportiert oder eingesperrt.
Abwesend gehe ich zu Mr. Robson ans Bett, um mich von ihm zu verabschieden, nicke nur kurz zu den Herren hinüber, gehe zur Tür – wobei meine Absätze deutlich zu hören sind – und schliesse sie langsam und mit Nachdruck hinter mir. Im Lift stehe ich sehr gerade und schaue zur Decke hinauf: Man nimmt mir meinen Pass – die Erniedrigung treibt mir das Wasser in die Augen.

Draussen angekommen, eile ich die Strasse hinunter. Zwei Häuserblocks weiter, weit genug vom Spital entfernt, bleibe ich stehen. Ich blicke mich um und betrete das kleine Kaffeehaus an der Ecke, wo ich mich vorne ans Fenster setze. Ich sitze eine Weile mit meinem lauwarmen Kaffee, der wie immer bis zum Rand gefüllt und deshalb beim Hinstellen übergeschwappt ist und eine dünne Lache auf dem Tisch hinterlassen hat, allein beim Fenster und schaue den Autos und den Leuten zu.
Es hat zu regnen angefangen, und die Strassen sind dunkel vor Nässe. Windiges, kaltes Novemberwetter, obwohl es erst Oktober ist.
Jetzt, wo ich allein bin, gehe ich alles, was vorhin bei der Gegenüberstellung passiert ist, nochmals durch. Im Nachhinein empfinde ich hauptsächlich Solidarität mit dem schwarzen Fahrer – auch Dankbarkeit: er hat die Frau nicht erwähnt. Ich will ihm etwas schenken, denke ich spontan,

eine Flasche Wein. Ich winke der Serviertochter und frage sie nach einem Liquorstore, einem Laden, wo man nur Alkohol verkauft. Aber sie ist nicht von hier und kennt das Quartier nicht.
«Moment», sagt sie und geht zur Theke, um meine Rechnung zu holen. Dann kommt sie zurück und legt mit der Rechnung eine Zeichnung vor mich hin. Ich blicke erstaunt auf: es ist ein Plan, um den Weg vom Kaffeehaus zu den zwei Weingeschäften im Quartier zu finden.
«Vom Boss», sagt sie und deutet mit dem Kopf zur Theke. Als ich den Mann sehe, winke ich ihm zu, zahle, stehe auf, ziehe meinen Mantel an und bedanke mich im Hinausgehen nochmals beim Besitzer, der hinter der Theke Gläser trocken reibt.
Draussen bin ich kein Zuschauer mehr. Ich laufe wie die anderen durch Wind und Regen. Mein Haar wird nass, da ich keinen Schirm, nur meinen Mantel habe. Die Böen haben zugenommen, und ich muss aufpassen, dass mir nicht einer der vielen Schirme ins Gesicht schlägt.
Als ich das Geschäft finde, ist es angenehm, nach den windigen, aufgeregten Strassen in die ölige Stille des Weinlokals zu kommen. Im warmen, sanften Licht leuchten die Rundungen der vielen Flaschen – verlockend die verschiedenen Formen und Etiketten –, grünes, braunes und weisses Glas, in dem sich der Raum spiegelt.
Intelligente, dunkle Augen beobachten mich kurz: der Ladenbesitzer sitzt hinter der Theke und liest in einem Buch. Nach einer Weile, nachdem ich mir alles in Ruhe angeschaut habe, komme ich zur Theke zurück und frage den Besitzer, was er mir in meiner Situation empfehlen könnte. Er sagt «Moment» und verschwindet im Hintergrund. Ich höre lei-

ses Klirren von Glas, und als ich mich umwende, kommt er mir mit drei Flaschen entgegen und stellt sie vor mich hin. Ich schaue mir die Etiketten an und frage:
«Welche soll ich nehmen? Ich kann nur eine Flasche kaufen.»
«Ich würde die nehmen.»
«Gut.»
Er steckt die Flasche in eine Tüte, nachdem er den Kleber mit dem Preis entfernt hat, und tippt den Betrag in die Kasse. Seine Bewegungen sind flüssig und leicht. Wir sprechen vom Wetter, wie schnell es kalt geworden ist, und ich greife nach dem Geld in meiner Manteltasche und lege eine Zehn-Dollar-Note auf die Theke. Er drückt auf die Tasten der alten Registrierkasse, die sich klingelnd öffnet, und nimmt das Geld, das er mir schuldet, heraus. Ich stehe da und blicke in seine Augen, während wir weiter vom Wetter reden.

Als ich zum Spital zurückkomme und mit dem Lift in den dritten Stock fahre, sehe ich niemanden. Die Tür zu Mr. Robsons Zimmer steht offen: er liegt in seinem Bett und schläft. Die zwei anderen Betten im Zimmer sind leer. Ich bleibe einen Moment stehen und sehe mich um. Der Blick zum Fenster hinaus geht auf einen Parkplatz und dahinter auf die kahle Wand eines hohen Gebäudes. Es ist dunkel geworden; nur weil im Krankenzimmer kein Licht brennt, ist die Welt draussen noch sichtbar. Im schwachen Licht, das vom Gang her bis zu den Fenstern reicht, spiegeln sich die Wassertropfen, die im Regen gegen die Scheiben fallen. Ich nehme die Flasche aus der Tüte und stelle sie auf den Tisch neben Mr. Robsons Bett. Dann schreibe ich «Danke» und

«Gute Besserung» mit meinem Namen auf den Papiersack und stecke die Flasche zurück in den Sack – hoffentlich ist alles noch da, wenn er aufwacht.
Ich verlasse das Spital ebenso unbemerkt wie ich gekommen bin und gehe zum Parkplatz, wo mein Auto steht. Eine Weile sitze ich in meinem Wagen, ohne den Motor anzulassen, und die Scheiben beschlagen sich langsam durch die Feuchtigkeit in meinem Haar und Mantel ...
Als ich im Abendverkehr durch die Strassen fahre, komme ich am Liquorstore vorbei und sehe das erleuchtete Fenster des kleinen Ladens – eingeklemmt zwischen einem mehrstöckigen Wohnhaus und einem Reisebüro. Die Flaschen stehen im beleuchteten Schaufenster – niemand ist zu sehen.
Ich fahre nachhause.

11

Als ich auf der Farm aus dem Wagen steige, löst sich jemand aus der Dunkelheit zwischen der Garage und dem Werkzeugschuppen. Im ersten Schreck greife ich mir mit einem Aufschrei an die Kehle. Erst als der Mann in das Halbdunkel unter den Föhren tritt, sehe ich, dass es Bartholomew ist.

Er ist also doch noch gekommen!

«Ich brauche den Pass», verlangt er.

«Ich habe gestern bis Mitternacht auf dich gewartet!», sage ich vorwurfsvoll «warum bist du nicht gekommen?»

«Ich brauche den Pass – ich bin in Eile!», wiederholt er, ohne mich anzublicken.

Er ist in Eile, denke ich empört und merke, wie mir das Blut zu Kopfe steigt.

«Wozu brauchst du ihn?», frage ich kalt.

«Ich will den Pass meines Sohnes zurück!» Dieses billige Pathos, denke ich wütend.

«Wieso sollte ich ihn dir geben?»

Ich werde ihm den Pass nicht aushändigen – sobald er ihn hat, wird er mich beseitigen lassen.

«Gib mir bitte einen plausiblen Grund dafür, dass du ihn brauchst.»

Bartholomew hat sich wortlos abgewendet.

«Es gibt keinen plausiblen Grund, du brauchst ihn nur, um damit zur Polizei zu gehen ...», insistiere ich.

«Nein! Ich gehe nicht zur Polizei!», herrscht er mich an.

«Ich gebe dir den Pass nicht», sage ich tapfer.

«Mörderin», zischt Bartholomew und macht drohend zwei Schritte auf mich zu: «Du hast meinen Sohn ermordet! Und ich kann beweisen, dass du ihn ermordet hast – dazu brauche ich keinen Pass! Ich werde es mit Cyrils Knochenanalyse beweisen!» Er spricht mit schneidender Arroganz und ich spüre, wie mir die Beine zittern.
«Ich schicke die Analyse an die Polizei! Verstehst du? Ich brauche den Pass nicht, um dich zu überführen!»
Er fixiert mich, um zu sehen, was für eine Wirkung seine Worte auf mich haben.
«Aber ich will dich nicht überführen», sagt er plötzlich in einem ganz anderen Ton.
«Nein. Ich will im Gegenteil, dass niemand erfährt, dass Cyril ermordet wurde. Und ich will ihn nicht in Amerika lassen.»
Er weiss nicht, dass Cyrils Knochen in einem amerikanischen Sumpf verschwunden sind, denke ich.
Wie wenn er meine Gedanken erraten hätte, dreht er den Kopf und blickt mich böse an.
«Es ist mir egal, wo Cyrils Leiche liegt, solange niemand weiss, dass es seine Leiche ist ... hol den Pass!»
Ich rühre mich nicht.
«Du holst ihn nicht?», fragt er ungläubig.
Ich blicke ihn an und sage nichts.
«Du bist eine ganz dumme, einfältige Person und verstehst überhaupt nichts!»
«Doch, ich verstehe sehr gut ...»
«Was!», unterbricht er mich.
«Dass du mit dem Pass zur Polizei gehen wirst – wenn nicht heute, dann in einem Monat ...»
«Nein!», ruft er wütend.

«... und du mich beiseite schaffst, sobald du den Pass hast.»
«Nein», wiederholt er gereizt, «hol jetzt endlich den Pass – ich muss gehen.»
Ich mache keinerlei Anstalten, ins Haus zu gehen, um den Pass zu holen. Er dreht sich empört nach mir um:
«Du willst mir den Pass wirklich nicht geben?»
«Nein.»
Bartholomew könnte mich mit Gewalt zwingen, ihm das Versteck zu verraten – aber dazu ist er zu feige.
«Dein lächerlicher Trotz! Meinst du denn, dass du sicher bist, solange du den Pass hast? Ich weiss doch, wo er ist.»
Hat er mich beobachtet und gesehen, wie ich den Pass auf den Küchentisch gelegt habe?
«Nein, du weisst nicht, wo er ist.»
«Im Haus!»
«Nein.»
«Wo denn sonst?»
«Bei einer Freundin.»
Wir stehen uns in der Dunkelheit gegenüber. Dieses lächerliche Gerangel um Cyrils Pass, denke ich. Ich möchte lieber eine Verständigung mit Bartholomew, ein Gespräch, um etwas zu erfahren, vielleicht zu verstehen und zu klären ... Wenn ich mit ihm sprechen will, muss ich mich beeilen – es wird keine andere Gelegenheit mehr geben.
«Du und ich haben einander nie gemocht ...», fange ich an – Bartholomew lacht kurz auf –, «... und jetzt willst du mich aus der Welt schaffen.»
«Damit mache ich mir die Hände nicht schmutzig», unterbricht er mich kalt.
«... dann wirst du jemanden finden, der es für dich tut.»
Bartholomew sagt nichts.

Er lässt mich nicht an sich heran – ich weiss nicht, wie ich weiterfahren soll.
«Du wolltest nicht, dass Cyril mit mir zusammenlebt ... wieso eigentlich nicht, was hattest du gegen mich?»
Keine Reaktion.
«Was hattest du dir für Cyril gewünscht, was waren deine Vorstellungen?»
Bartholomew sagt immer noch nichts.
«Sprichst du nicht mit mir, weil ich seine Mörderin bin?»
«Ich bin nicht gekommen, um mich mit dir zu unterhalten – du hast versprochen, mir den Pass zu geben, deshalb bin ich hier!»
«Es hat doch keinen Zweck, überhaupt nicht miteinander zu reden. Ich möchte mit dir reden ...»
Schweigen.
«Denkst du, dass Cyril glücklicher gewesen wäre, wenn er mich nicht gekannt hätte?»
«Du hast ihn umgebracht und fragst mich, ob er glücklicher gewesen wäre ohne dich?»
«Ich rede von früher ...»
«Cyril ist immer an die falschen Frauen geraten! Er hatte nichts als romantische Flausen im Kopf.»
«War er nicht ein Träumer, der seinen Platz nicht finden konnte?»
«Er hat die beste Ausbildung genossen – an den besten Schulen. Mit seiner Intelligenz hätte er es viel weiter bringen sollen ...»
«Das war dein Ehrgeiz ...»
«Nein. Aber so hätte er ein besseres Leben gehabt.»
«Bist du sicher?»
Bartholomew sagt nichts.

«Ich finde, du hast ihm die Flügel zu sehr gestutzt. Diese Schulen, die er gehasst hat – war das wirklich gut? Er hätte fliegen sollen –, stattdessen ist er herumgeflattert, mit seinem Pass ein bisschen umhergereist ...»
«Du willst mir, seinem Vater, sagen, wie Cyril war – das ist lächerlich!»
Ich merke, dass ich ihn getroffen habe und gehe langsam davon. Beim Haus oben bleibe ich stehen und staune in die dunklen Felder hinaus – eine grosse Traurigkeit erfüllt mich. Cyril – hat er mich je geliebt? Nein. Ich habe an ihn geglaubt und ihn unterstützt. So viele Jahre lang. Geblieben ist nichts. Das Laub raschelt leicht, wenn der Wind in die dürren, jetzt nassen Blätter fährt. Hin und wieder löst ein Windstoss aus den Bäumen über mir ein gelbes Blatt, das durch die windige Nacht dem Boden zuschwebt.
«Hör zu!», sagt Bartholomew, der mir gefolgt ist, «ich werde dir sagen, wozu ich den Pass brauche.»
Er erklärt mir, wie er Cyrils Bruder Mark mit Cyrils Pass aus Mexiko als Cyril nach Frankreich zurückbringen will – und dass damit die Fahndung endgültig abgeschlossen sein wird.
«Du willst mit Cyrils Pass nach Mexiko reisen, um Cyril zu finden?»
«Ja.»
«Und was passiert, wenn Cyril in Frankreich ist? Muss Mark in Mexiko verschollen bleiben, damit Cyril in Frankreich leben kann?», frage ich.
«Lass das meine Sorge sein.»
Mehr sagt Bartholomew nicht.
Wir stehen jetzt unter der Laterne, und ich sehe Bartholomews Gesicht. Ich sehe, wie entschlossen er ist – Bartholomew braucht den Pass und wird nicht aufgeben. Was für ei-

ne erstaunliche Hartnäckigkeit und was für ein seltsam wirrer und komplizierter Plan. Lässt sich dieser Plan verwirklichen? Ist Bartholomew überhaupt noch zurechnungsfähig – hat er nicht aus lauter Wut den Verstand verloren?
Es ist mir klar, dass, wenn er mit seinem Plan Erfolg hätte, man mich nicht mehr weiter verfolgen würde und ich wieder ein eigenes Leben führen könnte. Wenn ...
Das wäre eine rein geschäftliche Angelegenheit, es ginge nur noch um den Nutzen, den wir beide aus diesem Handel ziehen würden. Vielleicht ist das noch alles, was bleibt ...
Ich blicke Bartholomew an und wünsche mir nur, dass mich dieser Mann von heute an in Ruhe lässt und ich nie mehr etwas mit ihm zu tun haben werde.
«Warte hier», sage ich kalt.
Als er versteht, was ich tun will, braust er auf:
«Du hast mich angelogen!»
Ich bleibe stehen, um ihm zu antworten.
«Ja, natürlich.»
Wütend blickt er mich an und fragt plötzlich:
«Hast du Cyril vergiftet?»
«Nein», sage ich und gehe ins Haus.
Als ich zurückkomme und ihm den Pass in die Hand gebe, blickt er mich an, als ob er etwas sagen möchte. Ich wende mich wortlos ab.
Im Haus schliesse ich die Türe hinter mir und blicke durch das Fenster nach draussen. Bartholomew steht im Licht der Laterne unter den Platanen – dann geht er langsam zum Pool hinunter in Richtung Wald, bis er in der Dunkelheit verschwindet.

12

Am nächsten Morgen weckt mich ein Klopfen. Aus tiefem Schlaf gerissen versuche ich zu verstehen, warum es klopft. Der Pass!

Natürlich, Dan will meinen Pass. Ich stehe auf und werfe mir etwas über. Im Badezimmer sehe ich mich im Spiegel: zerzauste Haare und ein verquollenes Gesicht.

Ich öffne die Tür zur Veranda. Es ist ein sonniger Morgen.

«Was für ein herrlicher Tag», sage ich und gebe Dan meinen Pass.

«Ich bitte dich nicht herein, weil ich heute eine Menge zu tun habe.»

«Hmmm», meint Dan, «was ich noch sagen wollte: Man hat auf den Knochen unerklärliche Spuren gefunden. Die werden heute untersucht.»

Sie werden merken, dass es Hundezähne waren, denke ich. Sie werden die Spuren mit den Zähnen meiner Hunde vergleichen und feststellen, dass es meine Hunde gewesen waren, und ich werde sagen, dass meine Hunde an jenem Tag entwischten und sich an den Knochen gütlich getan hatten ...

«Ja, und?»

Dan macht ein grimmiges Gesicht.

«Das waren deine Hunde.»

Ich raffe meinen Bademantel enger.

«Ich muss jetzt wirklich gehen ...», sage ich, «bis bald», und schliesse die Tür.

Ich höre, wie Dan am Haus vorbeifährt, und gehe zum Kühlschrank, um mir Orangensaft zu holen.

Dann koche ich Kaffee und setze mich an den Tisch, um zu frühstücken. Die erste Sonne fällt schräg durch die Fenster. Zuerst muss ich mich um meine Aufträge kümmern – ich werde die letzten Astern schneiden und bündeln und meine Auftraggeber anrufen.
Ich plane und organisiere immer noch – obwohl man mich jetzt sicherlich in den nächsten Tagen oder sogar Stunden verhaften wird.
Man wird anhand der Gebissspuren eindeutig feststellen, dass es sich um meine Hunde handelt, und man wird andere Beweise finden – z. B. Überreste der Säure, die ich zur Reinigung der Knochen brauchte. Auch das Alter der Knochen wird sich ziemlich genau bestimmen lassen ... Unruhig stehe ich auf und gehe zum Kühlschrank, um die Packung billiges Hühnerfleisch für die Hunde herauszunehmen. Ich habe ihnen gestern nichts gebracht und will mich heute um sie kümmern, bevor ich mit der Arbeit beginne.

Es ist zwar ein strahlender Tag, aber die Luft ist kühl, und ich fröstle, als ich um die Garage biege und durch den jetzt kahlen Obstgarten auf das Gehege zugehe. Und plötzlich spüre ich beinahe körperlich den Schlag, den man verspürt, wenn man weiss, dass etwas Schreckliches passiert ist.
Die Hunde! Etwas stimmt nicht mit den Hunden!
Ich versuche, mich zu belügen: sie haben mich nicht gehört, sie schlafen in der Sonne! Aber ihre Körper stimmen nicht. Ihre Körper sind steif – und sie sind nass! Ich bin am Gehege angelangt und bewege mich wie unter Wasser: unwirklich und schwerfällig. Mit offenem Mund, um besser atmen zu können, schaue ich die Körper an. Sie sind alle tot! Sie sind schon eine ganze Weile tot, erstarrt. Sie wirken ent-

rückt und scheinen den Boden, auf dem sie liegen, nicht mehr zu berühren. Ich sage mir in meiner Anstrengung, die Wirklichkeit zu erfassen, dass sie den Boden nicht mehr spüren. Ich atme schwer. Es ist eine ungeheure Anstrengung, die Realität zu verstehen.
Ich öffne die Tür zum Zwinger. Nichts rührt sich – zum ersten Mal muss ich die Türe nicht hinter mir schliessen. Keines der Tiere steht auf, um mich zu begrüssen. Ich verstehe es nicht. Wo ist das Leben, das sie erfüllt hat? Wie kann man ihnen ihr Leben auf so gewaltsame Weise nehmen? Sie trifft keine Schuld. Sie haben mit dem allem nichts zu tun!
Ich kauere mich hin und schaue sie an. Ich betrachte ihre reglosen Pfoten, mit denen sie das Land durchquert haben, über sandigen, heissen Boden und durch nassen, kalten Sumpf gelaufen sind ... Ich strecke die Hand aus und berühre ihre Schnauzen.
Bartholomew! Das war Bartholomew – oh Gott, er muss sie vergiftet haben – mit Fleisch. Ich blicke auf die Packung Fleisch, die ich mitgebracht habe. Der Gedanke, dass die Hunde vielleicht nicht vergiftet worden wären, wenn ich sie gestern schon gefüttert hätte, tut weh ... Ich streichle ihre unbeweglichen, kalten Leiber – ich muss von den mir im Leben so vertrauten Körpern Abschied nehmen. Die heissen Tränen laufen mir übers Gesicht ...
Abrupt halte ich inne: Dan fällt mir ein. Er wird die Hunde auf ihr Gebiss untersuchen wollen und tote Hunde vorfinden. In meinem Schmerz kann ich mir das alles nicht sehr klar vorstellen, ich weiss nur, dass ich sie wegschaffen will, bevor Dan zurückkommt.
Ich erhebe mich schwerfällig, um den Wagen zu holen. Wie gerne sind sie im Jeep gefahren, die wenigen Male, die

ich sie mit zum Tierarzt nehmen musste. Aufmerksam und vor Freude über die unerwartete Ehre beinahe etwas verlegen, sind sie im Fond des Wagens herumgerutscht und haben alles, was sich so schnell an ihnen vorbeibewegte, mit gespitzten Ohren und wachem Blick verfolgt.
Ich fahre den Jeep rückwärts bis zur Tür des Zwingers und lade die toten Körper, die im Tod um so vieles schwerer geworden sind, mit Anstrengung in den hinteren Laderaum. Dann lege ich ein grosses Segeltuch über sie und fahre los. Ich fahre fast eine halbe Stunde, bevor ich die geeignete Stelle finde. Ein desolater Ort. Ich will keine Reifenspuren hinterlassen und trage deshalb die steifen Körper, einer nach dem anderen, bis an den Rand des Sumpfes.
Einsam und still liegen meine Hunde in der Sonne. Ich suche nach einer Möglichkeit, um die toten Körper in den Sumpf hinaus zu befördern, etwas wie ein Floss, oder ein breites Brett, um sie darauf zu legen ... aber ich finde nichts und werde ungeduldig. Ich muss zur Farm zurück. Was soll ich tun? Plötzlich bücke ich mich, nehme einen der Hunde in meine Arme und schleudere ihn soweit wie möglich in den Sumpf hinaus. Weit bin ich nicht gekommen. Aber der Körper versinkt fast augenblicklich mit einem schmatzenden Geräusch in der schlammigen Masse. Den nächsten Körper werfe ich von einer anderen Stelle aus. Dasselbe geschieht. Ich beisse die Zähne zusammen – es ist unerträglich, die Tiere auf diese Art loszuwerden. Den letzten und schwersten Körper, den Rüden, halte ich einen Moment fest. Ich drücke ihn an mich und befürchte, dass ich es nicht mehr über mich bringe, ihn wegzuwerfen. Ich öffne meinen Mund und schreie – ein lauter, durchdringender Schrei – und werfe den schweren Körper so weit ich kann. Der Sog des ver-

schwundenen Körpers hinterlässt eine gurgelnde Bewegung im grünlich-schleimigen Sumpf.
Ich gehe zum Wagen zurück und versuche, wie betäubt, mit zittrigen Fingern den Motor zu starten. Ich gebe es auf und warte. In dieser Verfassung kann ich nicht fahren.

Als ich eine Stunde später wieder auf der Farm bin, wartet Dan schon auf mich. Er kommt sofort zum Wagen und schaut mir forschend ins Gesicht, misstrauisch, weil er spürt, dass etwas nicht stimmt.
«Wo warst du?», fragt er barsch.
Ich blicke geradeaus.
«Herumgefahren.»
«Herumgefahren? Wozu?»
«Schau Dan, es geht mir nicht so gut, und da hilft es manchmal, einfach durch die Gegend zu fahren – ohne jeden Grund.»
«So. Heute Morgen warst du aber ganz vergnügt. Ist etwas passiert?»
«Nein.»
Er glaubt mir nicht. Durch das offene Fenster auf meiner Seite versucht er in das Wageninnere zu blicken.
«Was hast du transportiert?»
«Nichts.»
«Wieso dann das Segeltuch?»
«Das habe ich fast immer im Wagen – um Blumen vor der Sonne, oder den Wagenboden vor rostigen Eimern zu schützen – wieso interessiert dich das Segeltuch?»
«Ich stelle hier die Fragen!»
Ich schaue ihn an.
«Hör mal, Dan ...»

«Ja, ja – du versuchst nicht einmal, meine Situation zu verstehen. Du bist schuldig und immer noch auf freiem Fuss – kannst du dir überhaupt vorstellen, wie frustrierend das ist! Mein wichtigster und grösster Fall, und ich komme nicht weiter!»
«Und ich!», rufe ich ebenso empört, «soll ich dir etwa helfen? Ich halte doch nicht einfach still, wenn du mir den Kopf abreissen willst.»
Dan zieht seinen Kopf zurück und stöhnt.
«Komm», meine ich dann versöhnlich, «machen wir es uns nicht schwerer, als es eh schon ist – man muss auch über sich selbst lachen können ...»
«Lachen!», ruft Dan, «ich finde nicht, dass es da etwas zu lachen gibt!»
«Gut, dann bleiben wir ernst, Dan ...», lenke ich ein, aber Dan unterbricht mich verärgert:
«Vergessen wir das – ich bin hier um die Hunde zu holen.»
«Die Hunde?...»
«Ja, ihr Gebiss ...»
«Die Hunde sind weg», sage ich schnell.
«Was!», er schlägt mit der flachen Hand auf die Motorhaube.
«Weg, sagst du? Wieso weg? Ich warne dich: ich muss die Hunde nach Trenton bringen – jetzt, sofort – also sag ja nicht, sie sind weg!»
«Sie sind aber weg.»
In seiner Wut und Frustration dreht er sich mehrmals um die eigene Achse.
«Das gibt es doch nicht! Das gibt es einfach nicht!»
«Geh und überzeug dich selbst.»
Er hält inne und starrt mich an.

«Du hast sie weggebracht!»
«Ich? Natürlich nicht! Das fehlt gerade noch. Heute Morgen, als ich ihnen ihr Fleisch bringen wollte, waren sie weg.»
«Ich glaube dir kein Wort!»
Er stakst davon, zum Zwinger hinunter. Ich parkiere den Wagen und bleibe unschlüssig sitzen. Soll ich ins Haus oder zum Zwinger? Ich folge Dan zum Zwinger hinunter. Er kommt mir eilig entgegen.
«Wieso bist du mit dem Jeep zum Zwinger hinunter gefahren?»
«Mit dem Jeep?», frage ich erstaunt und beuge mich über den Boden: wahrhaftig, es sind Reifenspuren zu sehen. Ich richte mich wieder auf und blicke ihn an.
«Ja, ich bin hier runter gefahren.»
«Und wieso?»
«Ich war zu faul, um zu Fuss zu gehen ...»
«Das ist eine Lüge!», schreit Dan empört.
«Du brauchst mich nicht anzubrüllen», rufe ich ebenso laut und wende mich ab, um zum Haus zurückzugehen.
«Bleib hier!», ruft Dan und kommt mir nach.
«Du kommst mit auf den Posten», sagt er und fasst nach meinem Arm.
«Nein», ich reisse mich wütend los, «du hast keinen Haftbefehl!»
Dan blickt mich finster an.
«Aber er wird ausgestellt – komm!», sagt er und geht mir voran zum Haus hinauf.
Ich schaue ihm ungläubig nach. Auf Grund welcher Indizien? Nein, denke ich verzweifelt, sie haben keine Beweise! Er blufft. Sie können nicht beweisen, dass es Cyrils Knochen sind.

Es gibt keine Knochenanalyse – und wenn, würde sie Bartholomew der Polizei nicht aushändigen.
«Was soll ich auf der Polizeistation?», rufe ich und gehe ihm nach.
«Du kommst in Untersuchungshaft.»
Ich habe mich ihm in den Weg gestellt.
«Und wer schaut hier nach den Tieren und meinem Geschäft?»
Dan hat sich umgedreht und geht nochmals zum Zwinger hinunter.
«Solange du auf freiem Fuss bist, komme ich nicht weiter», meint er verzweifelt.
«Du unterminierst alle meine Bemühungen und wirst immer dreister. Du erzählst mir schamlose Lügen», aufgeregt zeigt er auf den Boden vor dem Zwinger, «wie deine Erklärung, warum du hier hinunter gefahren bist – solange uns die Beweise fehlen, lügst du einfach, schamlos ...»
«Du hast kein Recht, mich ohne einen Haftbefehl mitzunehmen», unterbreche ich ihn, «ich weigere mich ganz einfach mitzukommen.»
Wütend blickt er mich an.
«Ich weiss, dass ich den Fall abschliessen werde, sobald du hinter Gittern sitzt!»
«So funktioniert es aber nicht – du musst den Fall abschliessen, bevor du mich einsperren kannst!»
«Ha!»
Verärgert wendet er sich wieder dem Boden zu – und hält plötzlich inne, weil etwas sein Interesse geweckt hat.
«Es gibt keine Hundespuren ausserhalb des Zwingers».
«Als ich heute Morgen zum Zwinger kam, waren die Hunde verschwunden.»

«Wann war das?»
«Vor zirka zwei Stunden.»
«Und die Hunde waren weg.»
«Ja.»
«Siehst du, was ich meine – schamlos!»
Er beugt sich wieder über den Boden, «jetzt bin ich ja gespannt, wie du mir die Tatsache erklären wirst, dass es ausser deinen Fussspuren keinerlei andere Abdrücke gibt, weder von Pfoten, noch von Füssen», er beugt sich noch tiefer: «Hier gibt es einen Abdruck – hier hat etwas gelegen.» Er fährt suchend mit der Hand über den Boden und greift, als er etwas findet, mit Daumen und Zeigefinger danach. «Haare!», ruft er und richtet sich auf. «Die Hunde haben hier, ausserhalb des Zwingers auf dem Boden gelegen. Wie erklärst du mir das?»
Er blickt mich herausfordernd an.
«Dan! Hundehaare fliegen überall herum – dafür gibt es keine Erklärung.»
Ausser sich ruft er: «Doch – dafür gibt es eine Erklärung! Du kannst mir nicht fortwährend die haarsträubendsten Lügen erzählen ...»
Er merkt, dass ich nichts zu meiner Verteidigung sagen werde und blickt mich ratlos an. Dann schüttelt er den Kopf, murmelt etwas von Erklärungen, die ich ihm schuldig bin ... ich schliesse erschöpft die Augen – und wie eine Momentaufnahme sehe ich sofort die Hunde vor mir, wie steif und nass sie waren ...
Dan betritt den leeren Zwinger und untersucht den Boden, die Fressschüsseln – hoffentlich gibt es keine Spuren von vergiftetem Fleisch –, den Hag und die Hundehütten. Als er den Zwinger verlässt, gehe ich zu ihm hin.

«Dan, ich habe keine Schuld am Verschwinden der Hunde – du weisst, wie gern ich sie habe. Es ist schrecklich für mich, dass sie verschwunden sind.»
Dan sagt nichts.
«Komm lass uns etwas trinken – ich bin zum Umfallen müde», versuche ich ihn umzustimmen. Er blickt mich an und sagt immer noch nichts.
«Komm», wiederhole ich und gehe zum Haus hinauf – widerwillig folgt er mir. Erst als ich die Haustür aufschliesse, meint er:
«Cora – es ist eine Tatsache, dass die Hunde ausgerechnet jetzt, wo wir die Hundezähne für die Spurensicherung brauchen, nicht mehr da sind. Ich weiss, dass du sie weggebracht hast – aber ich kann es nicht beweisen. Wieder einmal kann ich dir nichts nachweisen. Natürlich kann ich nach Hundehaaren und nach Spuren suchen ... aber das bringt nichts.»
Er fährt sich mit der Hand durchs Haar, wie wenn er den Schweiss schon spürte, den diese Spurensicherung unweigerlich mit sich bringt.
Ich öffne die Haustür, und Dan folgt mir in die Küche.
«Was kann ich dir anbieten?», frage ich.
«Trinkst du einen Kaffee mit mir?»
Er nickt nur, und ich schenke ihm eine Tasse ein.
Puma – denke ich plötzlich, wie schwer sein Körper in meinen Armen war, bevor ich ihn hinauswarf ...
«Ich kann dir das nicht durchgehen lassen», fängt Dan wieder an.
«Ja, ja – ich weiss», sage ich und versuche, aufmerksam und wach zu bleiben. Ich schenke Dan eine zweite Tasse Kaffee ein, setze mich neben ihn – und spüre plötzlich, wie erschöpft und erledigt ich bin. Wellen von Müdigkeit über-

fluten mich, ich habe Mühe, wahrzunehmen, wer es ist, der da sitzt und spricht – ich verstehe überhaupt nicht, warum er spricht, und wünsche mir nur, dass er endlich aufhören würde: jedesmal, wenn er etwas sagt, reisst er mich aus einem schweren Taumel.

«Du kannst jetzt gehen – du kannst ruhig gehen. Und keine Angst: ich mache keine Dummheiten ...», lalle ich.

Dan schaut mich an.

«Bist du betrunken?»

«Aber nein», sage ich, und die Augen fallen mir zu, «ich bin einfach müde, ich bin wirklich sehr müde – ich will nur ... ich muss ... weisst du ...», und nehme nicht mehr wahr, wie Dan mich aufhebt und ins Wohnzimmer trägt.

13

Beim Aufwachen fallen mir sofort die Tiere ein. Vor Schreck setze ich mich kerzengerade auf. Bewegungslos sitze ich auf der Kante des Sofas und starre in den dunklen Raum. Die Hunde sind tot! Meine Hand spürt das Polster, auf dem sie liegt. Erst als ich merke, dass ich auf dem Sofa sitze, weiss ich wieder, wo ich bin. Ich gehe in die Küche hinaus, um ein Glas Wasser zu trinken. Schlaftrunken halte ich ein Glas unter den Wasserhahn und als ich das Wasser sehe, fällt mir ein, dass ich die Pferde vergessen habe heute Morgen. Ich verlasse das Haus und gehe zum Stall hinunter. Da ich es nicht gewohnt bin am Tag zu schlafen, fühle ich mich benommen, während ich Wasser trage und Heu verteile. Die ganze Zeit versuche ich, nicht an das, was heute Morgen passiert ist, sondern an praktische Dinge zu denken: An die Aufträge, die ich erledigen und die Astern, die ich schneiden muss; mein Konto, ob es gesperrt worden ist – wie lange es dauern wird, bis die Polizei erfährt, dass Cyril lebt, was ich machen soll, wenn Bartholomews Plan nicht gelingt. Abwesend streiche ich den Pferden über ihre Rücken – und denke an die Hunde ... In der kühlen Abendluft kehre ich zum Haus zurück, still und einsam zeichnet es sich gegen den Nachthimmel ab.

Nachdem ich geduscht und mich umgezogen habe, fühle ich mich etwas besser. Ich rufe Maggy an, in der Hoffnung, von ihr zu erfahren, ob und wann man mich verhaftet. Aber es meldet sich niemand, ich kann nur eine Nachricht auf dem Beantworter hinterlassen, mit der Bitte mich zurückzurufen.

Irgendetwas muss ich unternehmen – ich kann nicht einfach hier sitzen und warten, bis man mich verhaftet ...
Der Weinladen in Trenton, denke ich, und schaue auf die Uhr – sicher ist noch jemand da, ich könnte anrufen – aber als ich mich an den Namen des Weinladens zu erinnern versuche, merke ich, dass ich weder den Namen des Geschäfts noch der Strasse weiss.
Ich hole meine Jacke und verlasse das Haus.
In Trenton parkiere ich in der Nähe des Weinlokals. Im Laden ist Licht, aber die Türe ist geschlossen. Ich klopfe. Viele dieser Geschäfte bleiben bis Mitternacht geöffnet, und ich hoffe, dass das auch hier der Fall ist. Nachdem ich nochmals geklopft habe, erscheint der Besitzer und öffnet mir die Tür. Es wird mir plötzlich bewusst, wie überraschend ich aufgetaucht bin.
«Ist Ihr Laden schon geschlossen?», frage ich.
«Nein. Ich mache heute meine Buchhaltung und schliesse deshalb die Tür. Wenn jemand etwas will, mache ich auf.»
Er blickt mich an – vielleicht überlegt er, warum ich gekommen bin – und fährt dann fort:
«Ich bin da hinten – wenn Sie etwas gefunden haben, rufen Sie mich ...»
«Ich will nichts kaufen», unterbreche ich ihn, und als er sich umdreht und mich etwas verwundert anblickt, lächle ich verlegen.
«Ich bin im Moment in einer schwierigen Situation und möchte an einem mir unbekannten Ort allein sein ...», versuche ich zu erklären, «ich hoffe, dass ich Sie nicht beunruhige oder störe.»
«Nein, Sie stören mich nicht», sagt er rasch.
Er blickt mich immer noch an und überlegt.

«Sie können bleiben, solange Sie wollen», sagt er dann, und als ich mich bedanke, bleibt er einen Moment unentschlossen stehen.
«Gehen Sie nur und machen Sie Ihre Arbeit – ich bin gerne allein», sage ich. Mein Wunsch, allein in einem Liquorstore zu stehen, scheint ihn nicht zu befremden: er nickt und verschwindet im hinteren Teil des Ladens.
Eine Weile stehe ich da, mit den Händen in den Jackentaschen, und blicke über die Auslagen des Schaufensters auf die Strasse hinaus. Dann gehe ich langsam im Laden umher, betrachte alles und empfinde eine grosse Erleichterung. Es ist ruhig und still im Raum, das warme Licht spiegelt sich in den Flaschen, die auf den Regalen stehen.
Ich denke an die letzte Zeit mit Cyril. Wie wir uns nur noch wie Marionetten benahmen: höflich und nett. Dabei waren wir feige und missgünstig, tückisch und hinterhältig. Wie zwei Fratzen aus einem Alptraum von Goya – armselige Menschenwesen mit faulendem Herzen und erstarrtem Sinn – Mumien mit modernden, verwesenden Seelen ...
Bei der Theke fällt mein Blick auf einen Brief, der an «Theo» adressiert ist. Er heisst also Theo.

Kurz nachdem ich Cyril kennen gelernt hatte, den gutaussehenden, charmanten Mann, träumte ich folgenden, mir damals seltsam scheinenden Traum:
Ich befinde mich in einer Stadt am Meer, abends, in einer Stadt, wo Menschen wohnen und zur Arbeit gehen – eine mir unbekannte Stadt. Ich bin in der Nähe des Hafens, inmitten von Touristenbussen – und plötzlich, unter vielen gesichtslosen Touristen und Einwohnern sehe ich Cyril, gestochen scharf. Er ist verwachsen und nicht schön: rie-

sengrosse Augen und ein lachender Mund, den er nicht zubringt, weil seine Vorderzähne viel zu gross und vorstehend sind. Eine Masse schwarzer Haare, die, wenn man genauer hinsieht, nicht seine eigenen, sondern die einer Perücke sind. Der Mann erweckt Mitleid und stösst gleichzeitig ab.
Der Traum hatte etwas Beunruhigendes und auch etwas, das man lieber nicht gesehen hätte – wie wenn man unter einem sonnenwarmen Stein plötzlich einen Skorpion entdeckt.

Da bemerke ich Theo, der hinter der Theke steht, und fahre zusammen.
«Habe ich Sie erschreckt?»
«Ja – ich war in Gedanken.»
Er hat eine Flasche Wein und zwei Gläser aus dem Nebenraum mitgebracht.
«Trinken Sie ein Glas Wein mit mir?»
«Ja, gerne.»
Er öffnet die Flasche, füllt zwei Gläser und reicht mir eines davon.
Ich nehme einen Schluck von dem goldgelben Wein.
«Gut», sage ich.
Er nickt, und ich sehe etwas wie Spott in seinen Augen. Er zerfliesst nicht vor Mitleid mit mir und nimmt es nicht tierisch ernst – gut! Ein unabhängiger Geist, denke ich –, kein Idylliker, dem man etwas vormachen muss.
«Sie heissen Theo – ich habe es auf dem Brief da gesehen.»
Er lächelt.
«Ich bin Cora.»
«Cora», der Spott ist immer noch sichtbar.
«Es hat mir gut getan, hier allein zu sein.»
«Ja?», er blickt mich aufmerksam an.

Dann erzähle ich ihm von der Farm und meiner Arbeit, wie und wo ich lebe ...
«Ich lebe allein», sage ich.
«Ich lebe auch allein», sagt Theo.
Ich blicke mich um – wie ruhig es ist, und der Weingeruch – es gefällt mir hier. Ich lächle, und er lächelt zurück, wir sprechen über dies und jenes. Ein Comic-Heft liegt auf der Theke.
Robert Crumb.
«Oh», sage ich, «mögen Sie ihn?»
«Ja, sehr.»
Ich blättere in dem Heft, das ich kenne, suche einen bestimmten Comic, den ich Theo zeigen möchte, und finde ihn auch:
Zwei Kinder des weissen Mittelstandes im Amerika der 50-er Jahre, die in der Küche bei ihrem netten Mami um etwas besonders Gutes zum Essen betteln und sich «Nigger-Hearts» zum Mittagessen wünschen. Gezeigt wird eine Grossaufnahme der Packung «Nigger-Hearts», auf der eine grinsende, schokoladenfarbige Negerin, die um ihren Kopf ein rot-weiss gepunktetes Tuch mit Riesenmasche trägt, verspricht, dass die «Nigger-Hearts», für die sie wirbt, frisch und knackig sind.
Ein böser Comic, der mich damals, als ich den Comic das erste Mal sah, dort traf, wo es am meisten schmerzte. Genau so wie die immer fröhliche Schwarze, schien es mir, warb ich in meiner Beziehung zu Cyril darum, ausgenutzt zu werden: «Fresst ruhig mein Herz, es hat so wenig Wert ...»
Ich blicke Theo an, während ich davon erzähle, und wundere mich, wie offen ich mit ihm spreche, obwohl ich ihn kaum kenne ...

Beim Nachhausefahren regnet es stark. Ich fahre langsam, da die Sicht bei der hohen Luftfeuchtigkeit schlecht ist. Im Innern des Wagens sind die Scheiben beschlagen, das Kondenswasser rinnt in Tropfen herunter. Draussen schüttet es wie aus Kübeln, und der Wind reisst am Wagen. Bei starken Niederschlägen, wie jetzt im Herbst, kann das Wasser manchmal nicht schnell genug abfliessen, es sammelt sich in breiten Bächen auf den Strassen. Die Autos rauschen zischend durch die Wassermassen und jagen dabei hohe Fontänen in den Regen hinaus. Mein Wagen schlenkert, aber der Motor summt gleichmässig, und der Jeep bringt mich sicher zur Farm zurück.

Als ich die hintere Tür öffne, höre ich das Telefon. Ich entledige mich der nassen Jacke und Schuhe und betrete die Küche – aber da ist das Klingeln bereits verstummt.
Nachdem ich Wasser aufgesetzt habe, um Tee zu machen, lege ich Holz in den Kamin. Ich hocke mich hin, verbrenne zerknülltes Zeitungspapier unter Holzspänen und locke damit das Feuer solange, bis die Flammen sich in das Holz gefressen haben und es zuverlässig brennt.
Da läutet das Telefon wieder: es ist Maggy. Sie hat sich Sorgen gemacht, weil sie mich auf meine Nachricht zuhause nicht erreichen konnte.
«Doch, doch, es ist alles in Ordnung. Ich wollte nur wissen, ob man mich in Untersuchungshaft nehmen wird.»
«Nein. Dan ist sehr wütend, dass Sie die Hunde entfernt haben – aber ein Haftbefehl liegt nicht vor, da man Ihnen nichts beweisen kann.»
«Ja? Da bin ich froh.»
«Soll ich vorbeikommen?»

«Ja, ich möchte Sie gerne sehen.»
Wir verabreden, dass sie zu mir kommt, sobald sie Zeit findet und ich zuhause bin.

Der nächste Tag bringt einen strahlenden Morgen mit tiefblauem Himmel. Das wilde, nasse Wetter hat sich, wie so oft, ins Gegenteil verkehrt. Aber der frohe, unbeschwerte Tag entspricht nicht meiner Stimmung. Die Ungewissheit und das Warten belasten mich – und der Schmerz um die Hunde nagt an mir. Ich erledige die Aufträge mit den Astern – inzwischen sind neue dazugekommen –, schaue nach den Pferden – wobei ich vermeide, am Hundezwinger vorbeizukommen – und räume auf in Haus und Stall.

Um ein Uhr, bevor ich mit den Blumen losfahre, stehe ich in der Küche, um mir etwas zum Essen zuzubereiten. Dabei sehe ich durch das Fenster über der Anrichte auf die Wiese hinaus. Am Ende der Wiese, wo die Hecke die Grenze meines Landes bildet, liegt der Hundezwinger ... leer.
Zu meiner Linken sehe ich einen der alten Ahornbäume, den massiven Stamm, dunkel und rau wie Elefantenhaut, und die Äste, die sich so weit vorstrecken, dass man denkt, der Baum trage sie nicht mehr. Etwas traurig und grau steht der alte Baum jetzt da in seiner Kahlheit.
Aber im Sommer ist er dicht belaubt. Dann liege ich zwischen den zwei Bäumen in einer Hängematte, durch die offenen Fenster des Wohnzimmers fliesst Musik von Nina Simone – ihre dunkle, kraftvolle Stimme füllt die warme Luft zwischen mir und dem Haus, reicht von dem Baum über mir bis zum Sommerhimmel, den ich am Horizont zwischen Feld und Bäumen gerade noch sehe ... Momente, wo ich mir

vorstelle wieviel ich auf dieser Welt noch durchqueren will und sehen muss ... schwinge in der Hängematte leicht hin und her, indem ich mich mit dem Fuss vom Boden abstosse – blicke in die Fülle der Blätter über mir, goldgrün bis schattigdunkel – und bin voller Sehnsucht ...

Im vergangenen Sommer war es anders, da gab es keine Momente von Sehnsucht, kein Wünschen und Träumen. Ich hatte gehandelt und seither atemlos versucht, mit den Entwicklungen Schritt zu halten.
Es fällt mir plötzlich wie Schuppen von den Augen: Cyril ist nicht mehr. Die Veränderung ist endgültig, unwiederbringlich. Alles, was mit Cyril zu tun hatte, das Unverständliche unserer Feindschaft, das Leiden, die Sehnsucht – alles nichts. Wo Cyril war ist Leere. Keine Erwiderung, kein Blick, kein Ton – nirgendwo auf der Welt – nur Stille und undurchdringliches Dunkel. Nichts.
In plötzlichem Entsetzen sinke ich gegen die Wand. Ich spüre ihre pudrige Kühle und schliesse die Augen.
Erst nach einer Weile gehe ich zum Herd, schöpfe mir etwas zu essen und setze mich damit an den Küchentisch. Ich fahre mit dem Löffel im Teller herum, bevor mir überhaupt bewusst wird, was ich tue. Mechanisch führe ich den Löffel zum Mund, spüre plötzlich die Wärme und den Geschmack der Suppe, wohltuend, und fange an zu kauen, schmecke und schlucke.
Hier ist Cyril mit mir gesessen und hat gegessen, was ich zubereitet hatte – ich sehe es –, auch seinen schnellen, funkelnden Blick, wenn er den ersten Schluck Wein nahm ... Seltsam. Wie ein Winken aus einem versunkenen Land.
Ich nehme Teller, Löffel und Glas und wasche sie ab.

Dann gehe ich zum Fenster und blicke hinaus.
Cyril hat sich verflüchtigt – denke ich –, ausser ein paar Knochen im forensischen Labor gibt es ihn nicht mehr. Er ist nicht einmal irgendwo begraben, seine Asche ist weder übers Meer verstreut, noch in einer Urne auf dem Weg in seine Heimat abhanden gekommen. Zersetzung und Auflösung haben sich seiner rasch und beinahe vollständig bemächtigt: als Hundedreck ist er in der Kloake verschwunden und sein Skelett verstreut in Sümpfen versunken. Die Natur hat sich ihn wieder einverleibt ...
Es schaudert mich und flimmert mir rot vor den Augen. Ich stöhne, wie unter Schmerzen, und halte mich an einem Stuhl fest, bis das Gefühl, zerrissen zu werden, langsam abklingt ...
Dann stehe ich lange beim Fenster und blicke hinaus. Der Himmel, blau, die winterliche Wiese, die leeren Bäume – und der offene Hundezwinger. – Die Hühner sind gekommen und picken und scharren zufrieden in dem verlassenen Gehege ...
Ich packe meine Auftragsliste ein, Schlüsselbund und Portemonnaie und gehe meine Jacke holen. Die Blumen stehen in Kübeln im Laderaum des Lieferwagens. Ich nehme die Liste hervor und überprüfe die Anzahl der Sträusse. Kurz nach zwei Uhr fahre ich los.

Gegen sechs Uhr befinde ich mich in der Telefonkabine eines eleganten Restaurants in Trenton, wo ich meine letzten Blumen verkauft habe, und rufe Theo an.
Er meldet sich mit dem Namen seines Geschäfts.
«Ja, da ist Cora.»
«Ohhh.»
«Ich bin in Trenton. Wollen wir zusammen essen gehen?»

Er lacht.
«Wieso lachen Sie?»
«Ich weiss nicht – vielleicht bin ich überrascht.»
Ich sage nichts.
«Schön, gehen wir essen. Kommen Sie zu mir?», fragt er.
«Ja. Ich bin in zehn Minuten da», sage ich.
«Gut – bis bald.» Ich warte, bis er aufgehängt hat.

In der Nähe des Liquorstore parkiere ich. Als ich den Laden erreiche, stehe ich einen Moment vor der Tür, bevor ich mich entschliessen kann, sie zu öffnen.
Theo kommt hinter der Theke hervor.
«Hallo.»
Er lächelt und ich frage mich, was er denkt.
«Gehen wir», meint er.
«Ja», sage ich.
Wir verlassen den Laden und Theo schliesst ab. Dann dreht er sich nach mir um.
«Wohin gehen wir?»
Ich blicke ihn an. Im schwachen Licht der Strasse sehe ich sein Gesicht: ich stehe ganz ruhig und nehme es in mich auf.
«Haben Sie überhaupt Hunger?», fragt er mich.
Ich schüttle den Kopf. Ein Gefühl, wie wenn ich das alles nicht mehr aushalten könnte, überkommt mich, ein Anfall von Schwäche ... Er nimmt meinen Arm, als ob er spürte, dass ich gestützt werden möchte.
«Komm, gehen wir spazieren», sagt er.
Wir gehen nebeneinander durch die Strassen und kommen an mehreren Restaurants vorbei, bis wir irgendwann beschliessen, einzukehren.

Es ist eines der vielen schlechten italienischen Restaurants. Das Essen ist lieblos und mit zu viel Fett zubereitet. Ich esse Auberginen mit Käse überbacken und Theo hat einen Teller Lasagne vor sich stehen.
Wir sprechen nicht viel während des Essens.
Nach dem Kaffee bezahlen wir und verlassen das Lokal. Draussen ist die Luft angenehm kühl.

Wir sind eine Weile durch Strassen mit Geschäften und Restaurants gegangen und kommen jetzt in ein Wohngebiet mit Einfamilienhäusern. Hier ist weniger Licht, nur selten fährt ein Auto vorbei. Am Strassenrand haben die Leute ihre Autos parkiert. Es gibt einen Gehweg mit einem schmalen Stück Rasen, auf dem hin und wieder ein Baum steht. Der Weg ist alt, mit Zementplatten belegt, die Wurzeln der Bäume haben sich Raum verschafft und dabei die Platten verschoben. Briefkästen säumen den Weg, einer oder mehrere für jedes Haus. Die Häuser sind alle bewohnt, man sieht Licht hinter Vorhängen und Läden.

Lange haben wir nichts gesprochen und ich halte an. Theo dreht sich nach mir um. Ich möchte ihm sagen, mit wem er es zu tun hat. Aber wie kann ich davon sprechen, von dieser Vermessenheit und Monstrosität, die jeden Sinn für Mass und Anstand verletzt?
«Ich möchte dir etwas sagen.»
Theo wartet, dass ich weiterspreche – ich will es ihm sagen, aber die Worte bleiben mir im Halse stecken. Ich kann es nicht aussprechen. Ich sehe Theos Körper, der warm und wirklich ist ... Ich habe den Zugang zu ihm verloren, ich komme aus einem Land, das niemand kennt, ich gehöre zu

einer unbekannten Rasse und werde immer allein und fremd bleiben.
«Ich habe einen Menschen getötet», sage ich.
Obwohl ich ihn in dem schwachen Licht kaum sehe, spüre ich, wie er erstarrt.
Er hat mich sicher verstanden, aber er fragt:
«Was?»
«Ich habe einen Mord begangen.»
Er rührt sich nicht. Ich stehe da und warte.
So stelle ich mir den freien Fall vor oder das Gefühl, wenn man in einem Weltraumgeschoss fliegt und weiss, dass man die Kontrolle und damit die Rückkehr zur Erde verloren hat.
Ich blicke auf die Strasse hinaus und beobachte durch die dunklen Äste der Bäume die Lichter der gegenüberliegenden Häuser. Erst als ich spüre, dass Theo mich anblickt, wende ich mich ihm zu. Sein Gesicht ist seltsam leblos, aber seine Augen sprühen mich an, ich weiss nicht, ob aus Angst oder Hass.
Ich weiss nur, dass ich hier stehen bleiben werde. Beinahe lähmend spüre ich unerschütterliche, zähe Festigkeit. Ich werde warten und es aushalten, bis zum Ende, ganz gleich, was passiert, ich werde es aushalten.
«Komm», sagt er plötzlich barsch, «lass uns weitergehen.»
«Du bist mir böse, dass ich dich so erschreckt habe», sage ich nach einer Weile.
«Böse!», er lacht kurz, «wieso sollte ich dir böse sein?»
Wir gehen nebeneinander her, überqueren Strassen; abwesend nehme ich wahr, dass die Gegend ärmlicher geworden ist und zum Teil unbewohnt. Ich bleibe stehen.
«Ich fahre jetzt besser nachhause», sage ich.
Aus seinen Gedanken gerissen, blickt er sich um.
«Weisst du, wo wir sind?», frage ich.

«Nein. Ich weiss nur, dass wir aus dieser Richtung gekommen sind.»

Ich habe keine Ahnung, wo wir uns befinden, und laufe einfach mit.

Ein feiner Nieselregen fällt, und ich fühle, wie mein Haar immer schwerer wird und klebt. Ich bewege mich ungern in der vor Feuchtigkeit klebrigen Kleidung, und das Atmen fällt mir schwer in der nassen, kalten Luft. Ich bin es müde, lange Häuserblocks entlang zu laufen und an der Ecke angekommen immer noch nicht zu wissen, wo wir sind. Ich ertrinke in dieser gleichgültigen Feuchtigkeit und fasse nach Theos Arm. Er bleibt stehen.

«Hast du mir nichts zu sagen?», frage ich.

Ich blicke in seine Augen und kann mir vorstellen, wie ihn die widersprüchlichsten Gefühle erfüllen.

«Ich kann es mir nicht vorstellen ...», sagt er, «ich verstehe es nicht. Gib mir etwas mehr Zeit. Ich will nichts sagen, einfach damit etwas gesagt ist ... verstehst du?»

«Ja.»

Er will mich nicht mehr sehen und hat nicht den Mut, mir das zu sagen, denke ich.

Als wir beim Auto angekommen sind, umarmt er mich plötzlich und hält mich einen Moment fest. Ich bin überrascht und etwas steif. Ich brauche keine Almosen und will kein Mitleid.

«Du hast gesagt, dass es dir nicht gut geht», sagt er heftig, «aber so etwas habe ich mir nicht vorstellen können ...», und dann, barsch: «Ich will, dass du mir davon erzählst.»

Ich nicke und schaue an ihm vorbei auf das schwach erleuchtete Haus gegenüber. Dann steige ich in meinen Wagen: ich will jetzt nur noch nachhause fahren und allein sein.

«Bis bald», sage ich durchs offene Fenster. Da fällt mir ein, dass Theo weder meinen Namen kennt noch meine Telefonnummer – es ist gut so, ich werde mich melden.
Ich lasse den Motor an und fahre weg.

14

Am nächsten Morgen beim Aufwachen, höre ich den Wind. Aber was mich aus dem Schlaf geholt hat, ist ein lautes Klopfen an der Tür. Wie ich die Treppe herunterkomme, sehe ich Maggy auf der Veranda stehen. Ich öffne die Tür und bedeute ihr hereinzukommen.

«Guten Morgen. Ich habe lange geschlafen – wieviel Uhr ist es überhaupt?»

«Hallo – es ist halb zehn – habe ich Sie geweckt?»

Der Wind wirbelt ein paar dürre Blätter, die sich auf der Veranda gesammelt haben, über die Türschwelle.

«Ja, aber das macht nichts – kommen Sie herein – bevor ich das ganze Laub im Haus habe.»

Maggy lacht und tritt rasch ins Haus.

«Es ist stürmisch heute. Vielleicht die Vorboten des Hurrikans, der gestern Nacht in Florida getobt hat.»

«Ein Hurrikan? Davon weiss ich noch gar nichts – ich habe keine Nachrichten gehört.»

Ich mache Kaffee, und Maggy setzt sich an den Küchentisch.

«Soll ich Ihnen Eier machen?»

«Nein, danke, ich habe schon gefrühstückt.»

Ich mache mir Toast.

«Wie geht es?», frage ich, «was macht Dan? Ich habe nichts mehr von ihm gehört.»

«Bei mir gibt es nichts Neues oder Aufregendes – der übliche Alltagstrott. Manchmal deprimierend alltäglich – aber wir haben ja schon einmal darüber gesprochen», Maggy

lächelt mich müde an, «und Dan, ja, ich glaube, Dan sieht seine Felle davonschwimmen.»
«Seine Felle davonschwimmen?»
«Ja, Cyril Mehta ist in Mexiko aufgetaucht.»
«Lebend?»
«Ja. Eine seltsame Geschichte. Ich glaube, man hat uns hinters Licht geführt.»
«Wieso?»
«Als wir gestern Nacht den Fax aus Mexiko erhielten, war Cyril schon in Paris angekommen. Die verspätete Meldung hat es Ihrem Mann ermöglicht, in Frankreich ungehindert einzureisen.»
«Sie meinen, er ist mit gefälschten Papieren gereist?»
«Oh nein, die Papiere waren in Ordnung – aber wer weiss, ob es wirklich Cyril war?»
Maggys graue Augen ruhen auf mir.
«Ich bin sicher, dass es Cyril war», sage ich.
«Wenn es Cyril ist, wieso wird dann die Polizei ganz offensichtlich daran gehindert, seine Personalien und seine Identität zu überprüfen?»
«Vielleicht war die Verzögerung nicht beabsichtigt.»
«Doch! Das war absichtlich. Ich vermute eher, dass es Bartholomew gelungen ist, die Polizei zu bestechen.»
Die Polizei bestechen – traut die Polizei Bartholomew eine kriminelle Handlung zu?
Weiss die Polizei, dass Bartholomew hier war? Wieviel weiss sie überhaupt? Hat sie schon herausgefunden, dass sich Mark und Cyril gleichen, wie ein Ei dem andern? Die Ähnlichkeit der Brüder – ich muss etwas unternehmen, um die Polizei von dieser Spur abzubringen.
Ich stehe auf.

«Sobald ich den Pass habe, werde ich nach Paris fliegen.»
«Sie wollen nach Paris?» Maggy sieht erstaunt zu mir auf.
«Cyril wird nicht hierher zurückkommen, und da ich ihn unbedingt sprechen will, muss ich ihn in Paris aufsuchen», sage ich ganz sachlich.
Maggy lacht plötzlich.
«Sie sind unglaublich! Sie müssen mir doch nichts mehr vormachen!»
«Ich werde mich von Cyril scheiden lassen. Es muss ein Ende geben, verstehen Sie!», sage ich eindringlich, «ja begreifen Sie denn nicht, dass das alles mich langsam aufreibt und mein Leben zerstört!»
Maggy lässt sich von meinen Worten nicht beeindrucken.
«Wie stellen Sie sich das vor? Was machen Sie in Paris? Wie wollen Sie Cyril finden?»
«Cyril wird mit mir Kontakt aufnehmen – ohne das Wissen der Polizei ...»
«Das ist nicht möglich – und Sie machen sich strafbar ...»
«... ‹Behinderung der Polizei bei der Ausübung ihrer Pflicht›...»,
«Ja, genau. Wie beim Verschwindenlassen der Hunde ...»
«... Ich habe die Hunde nicht verschwinden lassen», unterbreche ich sie, und als Maggy nichts sagt, fahre ich fort:
«Und wenn ich meinen Mann in Paris besuche, ist das meine Privatangelegenheit.»
«Erst nachdem die Polizei Cyrils Identität hat feststellen können», beharrt Maggy.
«Nein, da bin ich anderer Meinung», sage ich mit Bestimmtheit.
Maggy schweigt und trinkt den Rest ihres Kaffees. Nach einer Weile fragt sie:

«Erzählen Sie mir von Bartholomew – er bleibt für mich ein Rätsel. Ich finde kein Motiv für seine Handlungen und verstehe ihn nicht.»
«Bartholomew ..., ja, Bartholomew ist nicht leicht zu verstehen – in was für einer Welt er lebt, was für Vorstellungen er hat ... Er ist sich selbst ein Rätsel, glaube ich. Starke Vorurteile. Ein starres Weltbild, das er mit der Wirklichkeit nie in Einklang bringen kann.
Ein streitbarer Charakter – vielleicht der Spross einer alten Kämpferdynastie. Er wird nie nachgeben, das kann er nicht. Verletzend und grob – und dann wieder verfeinert und kultiviert. Wie tief diese Kultur geht, ist schwer zu sagen; wahrscheinlich doch eher ein Barbar, aber nicht glücklich damit. Versucht ein Leben lang so zu tun, als wäre er ein anderer. Hat manchmal die Allüren eines edlen Weisen, ich weiss aber, dass er weder edel noch weise ist. Gebärdet sich wie ein König und ist unfähig, zu herrschen.»
«Hmmm», meint Maggy nachdenklich, als ich nichts mehr sage – viel kann sie mit dem, was ich ihr von Bartholomew erzählt habe, wohl nicht anfangen ...
«Gestern Abend, kurz nachdem wir das Fax erhalten hatten, rief uns Bartholomew aus Mexiko an», berichtet sie, «die Verbindung war schlecht. Er wiederholte mehrmals, dass er Cyril gefunden habe und er wohlauf sei, aber er erwähnte mit keinem Wort wo, wie oder wann er ihn gefunden hatte und reagierte auf unsere Fragen, wie wenn er uns wegen der schlechten Verbindung nicht verstehen könnte. Zum Schluss meinte er dann, dass Cyril wahrscheinlich wieder untertauchen werde, da sie im Streit auseinander gegangen seien.»
Maggy blickt mich an.

«Es war zum die Wände Hochgehen, verstehen Sie?»
Ich nicke.
«Nach dem, was Sie da eben von Bartholomew erzählt haben, zu urteilen, ist er ja ein recht schwieriger Mann – ich habe einfach Mühe, das Ganze zu durchschauen, ich verstehe nicht, was hier gespielt wird!»
«Gespielt wird?»
«Ja!», wiederholt Maggy, gereizt. «Ich verstehe zum Beispiel nicht, wie es möglich ist, dass Bartholomew plötzlich in Mexiko auftaucht, obwohl er Frankreich nie verlassen hat. Und wie es kommt, dass Cyrils Bruder Mark, nachdem er vor zwei Wochen in Mexiko eingereist ist, plötzlich spurlos verschwunden sein soll? Ich habe mit Marian telefoniert und sie hat mir erklärt, dass Mark für ein Jahr auf einer Wanderung durch Mexiko unterwegs sei.»
Maggy tippt sich mit dem Finger an den Kopf.
«Da stimmt doch etwas nicht!»
Ich wasche unsere Tassen ab und stelle sie dann auf das Abtropfsieb.
Mir ist klar, dass ich Maggys berechtigte Zweifel durch nichts beseitigen kann.
«Ich verstehe Ihre Zweifel, Maggy, aber die Vermisstmeldung existiert nicht mehr, da die Familie ihren Sohn gefunden hat. Cyril lebt – er ist nicht ermordet worden.»
Maggy seufzt.
«Ich bin sicher, dass Cyril nicht mehr lebt – ich bin überzeugt davon. Aber wenn ich die Fotos, die man uns aus Mexiko geschickt hat, mit denen von Cyril vergleiche, muss ich zugeben, dass die Gesichter identisch sind – der jetzige Cyril ist einfach etwas hagerer und gebeugter.»
«Aha», sage ich.

Die Polizei weiss anscheinend noch nichts von der Ähnlichkeit der Brüder. Unglaublich! Ich komme mir vor wie ein Spieler, der um einen hohen Einsatz zittert.
«Aber der Fall kann nicht abgeschlossen werden, bevor wir Cyril nicht persönlich sprechen und identifizieren können.»
«Maggy», sage ich und fasse impulsiv nach ihrer Hand, «Sie sind mir in schweren Zeiten eine Freundin gewesen, wirklich. Sie waren wichtig für mich, Sie waren ruhig und gelassen – wieso sind Sie plötzlich so stur? Es passt nicht zu Ihnen, diese Verbissenheit: Das kenne ich an Dan, aber nicht bei Ihnen.»
Maggy ist stolz darauf, eine gute Polizistin zu sein, sie ist pflichtbewusst und ehrgeizig und stellt hohe Erwartungen an sich selbst.
Überrascht blickt sie auf:
«Hören Sie, Cora, ich bin hier als Polizistin, die diesen Fall lösen muss», sagt sie resolut, «ich bin weder besonders stur noch Ihre Freundin – das darf ich gar nicht sein – verstehen Sie», dünne Strähnen ihres blonden Haares fallen ihr vor Aufregung ins Gesicht.
«Aber Sie haben Recht», meint sie dann plötzlich resigniert, «es scheint im Moment aussichtslos – ohne Indizien gibt es keinen Fall ...» Sie steht auf und nimmt ihre Jacke.
«Sie sind ja in den nächsten Tagen hier und jederzeit erreichbar.»
Ich nicke – was habe ich schon für Möglichkeiten: ich kann einen Likörladen in Trenton besuchen oder von einem meiner Klienten zum Essen eingeladen werden ...
«Ja, natürlich», sage ich und stehe ebenfalls auf, um mit Maggy zur Tür zu gehen, «und nach Paris kann ich ja nicht, solange die Polizei meinen Pass beschlagnahmt.»

Maggy ist unter der Türe stehen geblieben und dreht sich nach mir um.
«Übrigens», sagt sie langsam, «die Knochen, die man gefunden hat – die Untersuchung hat ergeben, dass sie in Alter und Herkunft genau auf Ihren Mann passen.»
Der Schreck lässt mein Herz schneller schlagen – aber ich erwidere Maggys Blick ruhig und sage nichts.

Nachdem sie gegangen ist, drehe ich das Radio an und höre den Wetterbericht: «Sturmwarnung für die ganze Ostküste. Der Hurrikan hat sich von Florida zurück auf das Meer bewegt, wo er sich weiter entwickelte und sich jetzt, grösser und stärker als zuvor, wieder der Küste nähert. Dort wird er sich der Küste entlang nach Norden und irgendwann einmal weiter aufs Meer hinaus nach Osten, oder landeinwärts, Richtung Westen bewegen – wo und wann, kann niemand voraussagen ...»

15

Es dauerte zwei Tage, bevor uns der Hurrikan erreichte. Ich verbrachte die Zeit mit Nachdenken – und Warten. Auf den Sturm und darauf, was die Polizei unternehmen wird …

Von Bartholomew hatte ich nichts mehr gehört – was mich auch sehr erstaunt hätte. Aber ich versuchte mir vorzustellen, in welcher Verfassung er sich befand. Und wie der Rest der Familie auf die Nachricht von Cyrils Tod reagiert hatte … Würde Mark, der offiziell in Mexiko untergetaucht war, plötzlich hier auftauchen, um sich an mir zu rächen? Es war denkbar und beunruhigend, wie so vieles andere.
Mit Theo hatte ich zweimal telefoniert, wir wollten uns nach dem Sturm in Trenton sehen. Über den Mord war kein Wort gefallen.

Da ich meine letzten Astern verkauft und die Felder geräumt hatte, gab es für mich auf der Farm nichts mehr zu tun, und ich sass die zwei Tage, die ich auf den Sturm wartete, im Haus herum und grübelte oder trieb mich draussen in der Nähe des Stalls umher. Ich hing herum und beobachtete die Katzen und das Federvieh, schaute ihnen zu, wie sie ruhten, schauten, gingen, frassen, sah, wie die Alten mit den Jungen und die weiblichen mit den männlichen Tieren umgingen, ihr Reagieren aufeinander und auf ihre Umgebung, wurde mir ihrer Eigenarten und Charakteren bewusst … und ich liess mir Zeit dabei, ich verschwendete meine Zeit an blosses Wahrnehmen. Mein Denken floss wie Wasser, und doch fühlte ich mich schwer. Schwer wie das Wetter, das sich nicht bewegte und feucht und verhangen auf allem lastete.

Manchmal, wenn ich an Cyril dachte, sah ich ihn vor mir. Ich sah seinen Mund, der so oft aussah, wie wenn er nicht wüsste, welche Form er annehmen sollte, ob er hart oder noch weicher werden möchte und schliesslich vor Unentschlossenheit zitterte. Seine Augen, wunderschöne, samtene Augen, die vor Freude noch offener wurden und dann plötzlich nicht mehr wussten, wo sie hinschauen sollten, aus Angst, zu viel Freude zu verraten. Oder dieselben Augen, die seltsam verschlossen wie stechende Funken hüpften. Ich erinnerte mich an einen ganz bestimmten Gesichtsausdruck – wie seltsam wehrlos er mir im Nachhinein schien. Ich schloss die Augen: wie stur und hart ich gewesen war ...

Es war zwei Uhr geworden. Der zweite Tag vor dem Sturm. Ich sass im Haus an meinem Schreibtisch am Fenster, und statt Geschäftliches zu erledigen, blickte ich gedankenverloren in die graue Welt hinaus. Ich hatte das Radio eingestellt, um die Wettervorhersagen nicht zu verpassen, und als die Musik aufhörte und der Ansager sprach, drehte ich lauter. Der Hurrikan, der inzwischen unseren Breitengrad erreicht hatte, war von seinem Kurs nach Norden abgekommen und hielt jetzt auf die Küste und damit auf uns zu. Ich war plötzlich hellwach. Der Sturm war da.
Ich stand auf, nahm die Rolle Klebeband vom Schreibtisch und verklebte damit alle Fensterscheiben im Haus kreuzweise. So konnte das Glas einer zerbrochenen Fensterscheibe weniger Schaden anrichten und mich nicht verletzen.

Dann ging ich auf die Weide hinaus und führte die Pferde zurück in den Stall, versorgte sie mit genügend Wasser und Futter und verriegelte die Türen hinter ihnen.
Die beiden Autos stellte ich zum Traktor in die Garage und Geräte und Schubkarren in den Schuppen. Zwei schwere Bänke schleppte ich in die Scheune und lehnte sie gegen die Wand. Ich blickte mich um: Vor den Bäumen konnte ich mich nicht schützen, wenn sie entwurzelt werden oder brechen sollten, wohl aber vor Dächern, die vom Sturm weggerissen wie eine Machete alles niedermähen. Nachdem ich eine Leiter geholt hatte, stieg ich auf das Metalldach vom Stall und prüfte die verschiedenen Teile. Ich verstärkte einige Stellen mit Spezialnägeln, schwitzte bei der körperlichen Arbeit in der kalten Luft und da ich wusste, dass mir nicht mehr viel Zeit blieb, bevor der Sturm losbricht, war ich ruhelos und fluchte ungeduldig, wenn etwas nicht so funktionierte, wie es sollte.

Inzwischen ist es vier Uhr geworden. Die Stimmung ist düster, der Himmel bleiern. Alles ist weggeräumt und verschlossen und so gut wie möglich befestigt. Ich gehe den Pferdeweiden entlang dem Waldrand zu – das Land auf meiner rechten Seite ist bis auf ein kleines Stück mit Astern, die ich nicht mehr verkaufen konnte, leer. Die Felder sind geräumt, man sieht das sandige Braun der Erde.
Es ist jetzt vollkommen still, nichts regt sich, kein Blatt rührt sich, kein Vogel ist zu sehen – ich bin das Einzige, das sich in dieser Landschaft noch bewegt. Am Waldrand bleibe ich unschlüssig stehen. Die Farm sieht aus dieser Entfernung klein aus, verloren unter einem Himmel, der sich schwer und weit darüber wölbt.

Plötzlich wird die Luft lebendig, ein Hauch nur – ich gehe den Bäumen entlang, der Grenze zwischen mir und meinem Nachbarn – schon saust der Wind durch die gelblichen Gräser unter den Bäumen, den Sassafras und wilden Kirschen, und alles, was auf der Erde ruhte, wirbelt plötzlich durch die Luft. Das ist aber nicht der Sturm, nicht die gewaltige Masse von Luft, die sich immer noch nicht bewegt, das sind nur unberechenbare Wirbel, die Staub und Blätter vor mir herjagen, erregte Luft nahe dem Boden, Windsbräute, die einen spielerisch necken und quälen – ihrer Aggressivität bin ich gewachsen.
Ich beeile mich, weil ich das Haus erreichen muss, bevor der Himmel über mir in Bewegung gerät: der gewalttätigen und rücksichtslosen Kraft des Sturms habe ich nichts mehr entgegenzusetzen.
Wie ich das Haus erreiche, fallen die ersten Tropfen, und die Böen sind jetzt so stark, dass ich Mühe habe, die Türe hinter mir zu schliessen. Ohne Licht zu machen oder auch nur das Radio anzudrehen, gehe ich im Dunkeln ins Wohnzimmer und wickle mich, da ich kein Feuer machen will und es im Hause kalt ist, in mehrere Decken, bevor ich mich in einen Winkel auf den Boden setze.
Ich denke an Tiere, die sich draussen nicht rechtzeitig in Sicherheit bringen konnten. Der Hurrikan wird sie durch die Luft wirbeln, bis der Luftdruck oder Aufprall sie tötet ...
Ich kann jetzt nichts mehr tun, ausser hier sitzen und warten, bis der Sturm vorbei ist – und hoffen, dass mein Haus steht. Wenn etwas bricht oder reisst, wird es davonfliegen und anderes beschädigen ... Ich weiss nicht, wieviel Schaden der Sturm anrichten wird. Ich weiss auch nicht, wie lange er dauern und wie stark er werden wird.

Es regnet. Ich höre den Regen, er rauscht, und der Sturm peitscht ihn gegen das Haus. Ich kauere im Dunkeln am Boden und lausche auf den Gesang von Regen und Sturm. Es gibt nichts mehr ausser diesem Gesang. Eine gewaltige Stimme, die alles erfüllt.
Manchmal dringen unbekannte Töne durch das Heulen und Toben, unerklärliche Geräusche: etwas wie ein menschlicher Schrei oder ein tierisches Wimmern, ein plötzlich grelles Scheppern, ein dumpfes Trommeln und dann wieder ein hohes Pfeifen.
Das Unerklärliche und Plötzliche dieser Töne hält mich gefangen, mein ganzer Körper ist angespannt, und ich versuche mich kleiner zu machen als ich bin. Der Aufruhr der Natur ist so allgegenwärtig, dass ich mich aufgegeben habe und nur noch in Abwehr verharre: Ängstlich bin ich jederzeit auf einen Angriff auf mein Leben gefasst.
Ich weiss weder wie spät es ist noch wieviel Zeit vergangen ist, wage keinen Widerstand zu bieten, nicht durch mein Bewusstsein, wer und wo ich bin. Ich denke weder an die Farm, das Haus, wo ich mich verstecke, noch an mich selbst. Ich sitze in meiner dunklen Ecke und warte geduldig wie ein Tier darauf, dass die Natur sich wieder beruhige.

Nach langer Zeit höre ich, wie das Toben schwächer wird und der Sturm sich mehr und mehr legt. Mein Haus, diese wundersame Hütte aus biegsamen Zweigen und Blättern – so kommt sie mir im Moment vor – hat Stand gehalten. Dieses grosse, dunkle Etwas hat geduldig die Wut der Natur ausgehalten, und der Sturm hat mir weder das Dach vom Haus gerissen noch mich unter einstürzenden Wänden begraben. Ich bin verschont geblieben.

Der Wind rüttelt immer noch wie ein bösartiger Geist, der ungeduldig Einlass begehrt, an Fenstern und Türen. Es zieht überall durch die porösen Wände, der Wind geistert im ganzen Haus umher, und es pfeift und zischt und säuselt, wenn sich die Luft in einer Ecke verfängt –, aber jetzt ist das Sausen nicht mehr furchteinflössend, sondern versöhnlich.

Ich kauere immer noch auf dem Boden und fühle mich steif und kalt, als plötzlich wie eine Explosion ein krachender Schlag gegen das Fenster mir gegenüber erfolgt. Das Glas zersplittert, und ich springe erschrocken auf. Der Wind fegt ungehindert durch das zerbrochene Fenster in den Raum. Ich höre Dinge umfallen und aufschlagen: eine Vase oder eine Lampe, die am Boden zerbricht, und ein Stuhl, der gegen die Wand scheppert. Ich habe Angst, von etwas durch-die-Luft-Wirbelndem getroffen zu werden, und taste mich im Dunkeln der Wand entlang, bis ich das Badezimmer neben der Küche erreiche. Dort setze ich mich zittrig auf den Toilettendeckel und warte, bis der Sturm ganz zu Ende ist.
Dann, als ich das Licht andrehen will, merke ich, dass ich keinen Strom habe. Wahrscheinlich sind Bäume, im Sturm geknickt oder entwurzelt, auf die Stromkabel gefallen, die den Strassen entlang an Masten hangen. Ohne Strom habe ich nicht nur kein Licht, sondern auch kein Wasser. Und es kann Tage dauern, bis ich wieder ans Stromnetz angeschlossen bin ...
Auf dem Fenstersims finde ich eine Taschenlampe. Ich gehe damit in die Eingangshalle, von wo ich mit dem Lichtstrahl ins Wohnzimmer leuchte. Die Verwüstung ist gross. Besonders der Regen hat viel Schaden angerichtet. Niedergeschlagen kehre ich in die Küche zurück.

Da fällt mir das Telefon ein, ich nehme den Hörer ab –, die Telefonleitung ist Gottseidank intakt.
Ohne Taschenlampe taste ich mich zum Kühlschrank hinüber, um mir etwas zum Trinken zu holen. Milch. Sie schmeckt köstlich, weil ich durstig und hungrig bin. Ich hebe den Kopf und lausche: ein Auto –! Langsam gehe ich zur Hintertür, um zu sehen, wer es ist. Aber die Fensterscheibe ist so nass und mit Blättern verklebt, dass ich nichts erkennen kann. Die Hunde fehlen mir – ich wünsche, ich könnte ihr Bellen hören. Ohne sie komme ich mir vor wie eine Fliege auf offenem Meer.
Ich stehe immer noch da und versuche, in der schwarzen Nacht ohne jedes Licht etwas zu sehen. Ich muss mich getäuscht haben – da ist niemand – wer sollte bei diesem Wetter schon unterwegs sein ...
Mir ist kalt und ich fühle mich wehrlos, nachdem mir das Fenster eingeschlagen worden ist. Ich nehme die Taschenlampe, um mir damit auf der Treppe zu leuchten und gehe, ohne etwas gegessen zu haben, zu Bett.

16

Am nächsten Tag scheint die Sonne, ich bin froh, wieder Licht zu sehen. Ich gehe nach draussen, um meine Notdurft zu verrichten, da ich im Haus kein Wasser für die Spülung habe. Zersplittertes Holz und Metallstücke liegen herum, eine völlig durchnässte tote Katze und Vögel mit seltsam verdrehten Flügeln, ein verbeulter Abfallkübel und zerbrochene Ziegel, Fetzen von Plastiksäcken, Lebensmittelabfälle und grosse und kleine Äste ... Im Sonnenlicht ist alles klar und freundlich sichtbar.

Ich eile, nachdem ich mich erleichtert habe, zuerst zu den Ställen hinunter. Als ich den Pferdestall öffne, schlägt mir der Dunst der Pferdeleiber und die mit Pferdemist und Pisse gewürzte Stallluft entgegen. Im Halbdunkel bewegt sich etwas: Ich sehe glänzende Augen und atmende Nüstern – sie sind alle wohlauf.

Als ich das Gatter zur Weide öffne, traben die zwei Wallache in weitem Bogen auf die Weide hinaus. Die Stute interessiert sich mehr für das hohe Gras, das ausserhalb der Umzäunung dem Weg entlang wächst. Als ich mich ihr nähere, schiebt sie ihr Hinterteil elegant zur Seite und eilt davon. Da sie keinen Halfter trägt, wird es schwierig sein, sie einzufangen.

Ich schliesse das Gatter hinter den zwei anderen Pferden und klettere auf den Hag, wo ich blinzelnd in der Sonne sitze und die Wärme geniesse. Im Moment will ich nicht an den Schaden denken, der vom Sturm angerichtet worden ist. Ich schaue lieber den Pferden auf der Weide zu, wie sie genussvoll das kurze Gras rupfen, und der Stute, die, ohne mich eines Blickes zu würdigen, dem Weg entlang grast. Um ihr einen Halfter anlegen zu können, muss ich sie mit etwas ködern, das sie noch mehr interessiert als das frische Gras. Ich gehe in den Stall zurück, öffne den Sack mit Hafer und schütte davon in ihren Futterkübel, der an der Wand befestigt ist. Dann verlasse ich den Stall und warte. Bald darauf höre ich, wie die Stute in den Stall stolpert und schnauft, als sie den Hafer findet. Mit dem Futter beschäftigt, kümmert es sie nicht, dass ich die Türe hinter ihr schliesse.

Im Stall ist alles in Ordnung. Das Dach hat gehalten. Aber draussen auf der Weide hat mir ein Baum, den der Hurrikan umgerissen hat, den Hag beschädigt und den Wassertank, der den Pferden als Tränke dient, zusammengedrückt. Dabei ist fast alles Wasser ausgelaufen und ich gehe zum Hydranten, um zu sehen, ob wir Strom und damit Wasser haben. Aber als ich den Hebel des Hydranten bewege, passiert nichts. Das heisst, ich muss das Wasser für die Pferde aus dem Pool holen.
Auf dem Weg zur Scheune lese ich Dinge, die herumliegen, zusammen und werfe sie auf einen Haufen. Das Scheunendach hat Ziegel verloren, die in Stücken herumliegen, in der Garage sind zwei Fenster zerbrochen, Glasscherben liegen auf Jeep und Lieferwagen, der Dachkännel der Garage hat sich, losgerissen, in einer der Föhren verfangen, und eine Birke ist in die Haselbüsche gefallen. Und als ich durch die Föhren und Birken auf die Wiese hinter dem Haus komme, sehe ich auch, was gestern Nacht mit meinem Wohnzimmerfenster geschehen ist: der grosse Ahorn ist im Sturm gespalten worden. Der eine Teil ist gegen die Hauswand gefal-

len und hat mein Fenster eingeschlagen. Beide Fenster, das innere und das äussere, das sogenannte Sturmfenster, sind zerbrochen. Ich muss sie ausmessen und mir beim Glaser neue Scheiben schneiden lassen.
Aber der Ahorn hinter dem Haus ist nicht der einzige Baum, der Schaden genommen hat. Als ich weitergehe, sehe ich, dass der Sturm auch die Föhre beim Hundezwinger zerstört hat. Der ganze obere Teil des Baumes ist abgebrochen und hat den Zwinger unter sich begraben. Wären die Hunde noch am Leben gewesen, hätte sie der fallende Baum erschlagen.

Ich hebe den Kopf – der Himmel ist von einem intensiven Blau –, blicke auf das in der Sonne glänzende Stück am Ende der Föhre, das in den Himmel ragende zersplitterte Holz, und strecke meine Hand aus nach der Baumspitze, die wie ein gestrandetes Schiff quer über dem zerdrückten Metall liegt. Geschmeidig weich liegen die langen Nadeln in meiner Hand.
Ich blicke wieder zum Himmel hinauf: was für ein strahlender Tag es geworden ist! Tiefblau und klar steht der wolkenlose Himmel über mir. Zum ersten Mal denke ich, ganz sachlich, wie hoffnungslos meine Lage ist. Ich werde alles aufgeben und wegziehen – die Zeit ist gekommen.

Als ich zum Stall zurückgehe, um einen Verlängerungsschlauch für die Wasserpumpe im Pool zu holen, steht Theo da und wartet auf mich.
«Du?»
Er lächelt und versucht mir mit dem Schlauch zu helfen.
«Ja – es war ganz einfach zu finden», sagt er beinahe entschuldigend.

An Theo hatte ich nicht gedacht. Sein Erscheinen bringt mich aus der Fassung. Wir sprechen nicht viel bei der gemeinsamen Arbeit, ich habe Zeit, mich an seine Gegenwart zu gewöhnen.

«Hat der Sturm bei euch in Trenton auch Schaden angerichtet?», frage ich, als ich mit dem Schlauch in der Hand darauf warte, dass die Pferdetränke sich mit Wasser aus dem Pool füllt.

Theo ist dabei, die zerrissenen Bretter der Umzäunung zu ersetzen. Er hält inne, um zu überlegen: er habe nichts bemerkt, und in den Nachrichten sei auch nichts davon erwähnt worden.

«Aber ich bin nicht wegen des Sturms gekommen, Cora –», fährt er weiter, «ich möchte mit dir über den Mord sprechen.»

Seine Worte erschrecken mich. Ich sage eine Weile nichts und beobachte nur, wie das Wasser in die Wanne läuft.

«Hoffst du es zu verstehen?», frage ich endlich.

«Ja», sagt er.

Ich blicke ihn an.

«Es ist nicht leicht, darüber zu sprechen.»

Er nickt.

Ich blicke wieder auf das Wasser, das aus dem Schlauch in die Wanne läuft.

Es wäre unglaublich, wenn es einen Menschen gäbe, der es versteht ...

Wir gehen zusammen zum Haus hinauf. Als ich die Tür öffne, höre ich, wie das Telefon klingelt, werfe hastig meine Schuhe weg und renne in den Socken zum Apparat.

«Ja?»

«Alles in Ordnung?»

Es ist Dan – natürlich. Er muss sich vergewissern, dass ich noch hier bin und mir nichts zugestossen ist.
«Ja – ausser einigen Bäumen und einem zerschlagenen Fenster.»
Wie bin ich es müde, ihm immer über alles Rechenschaft ablegen zu müssen.
«Und? Gibt es etwas Neues?», frage ich.
Ruft er an, weil er einen Haftbefehl hat?
«Neues? Du weisst doch schon alles von Maggy», meint er.
«Sie hat mir mitgeteilt, dass Cyril lebt ...»
«Hahaha!», lacht er.
Ist Dan auf dem Weg zu mir, um mich zu verhaften?
«Ist der Fall nun abgeschlossen?»
«Abgeschlossen!», kräht Dan, «sicherlich nicht – es fängt erst richtig an, jetzt, wo wir endlich Beweise haben!» – er hält inne und lauscht, «hast du Besuch?»
Ich denke, dass es Dan nichts angeht, wer mich besucht und übergehe seine Frage geflissentlich.
«Wieso nicht abgeschlossen? Cyril lebt ...»
«Nein», schreit Dan ins Telefon, «das stimmt eben nicht! Wir haben seine Knochen gefunden – Cyrils Knochen, verstehst du?»
Mir wird siedendheiss. Cyrils Knochen wurden bestimmt, man hat die Erbstruktur, die Verwandtschaft mit seinen Eltern festgestellt, man hat ärztliche Unterlagen gefunden ... Beweise!
Es ist bewiesen, ich bin überführt – es ist soweit.
«Hast du mich verstanden?», schreit Dan nochmals.
«Das sind keine Beweise – irgendwelche Knochen sind noch lange keine Beweise, Dan».
Ein Summton. Dan hat den Hörer aufgelegt.

Theo kommt zur Türe herein, ich blicke ihn ratlos an – er hat mir heute bei der Arbeit geholfen, wird mir plötzlich bewusst.
«Die Polizei», murmle ich, und lege den Hörer auf.
«Möchtest du etwas essen oder trinken?», frage ich dann und gehe zum Kühlschrank, um die Vier-Liter-Flasche mit frisch gepresstem Apfelsaft herauszunehmen. Ich schenke zwei Gläser voll und gebe eines davon Theo, der beim Kamin steht.
«Ich muss Lebensmittel kaufen – vieles im Kühlschrank ist verdorben, weil der Strom ausgefallen ist ...», fange ich geschäftig an und begegne dabei Theos Blick: er ist nicht interessiert daran, Konversation zu machen. Er will es wirklich wissen, denke ich. Er will mir nicht nur bei der Arbeit helfen, er will mit mir auch über etwas sprechen, das für mich – unaussprechlich ist ...
«Ich habe meinen Mann ermordet», sage ich plötzlich.
Als er darauf nichts entgegnet, fahre ich weiter: «Ich habe ihn mit einem Stein betäubt und dann im Pool ertränkt.»
Ich rede schnell, jetzt, wo es endlich ausgesprochen wird – aber ich kann keine Gefühle zeigen – das ist mir unmöglich. Ich kann Theo auch nicht ansehen, während ich davon spreche ...
Ich bin durstig und schenke nochmals ein. Dabei treffen sich unsere Blicke. In seinem Blick sehe ich nichts Beunruhigendes – weder Aggressivität noch Ängstlichkeit. Wieder überkommt es mich wie eine Schwäche – das Unglaubliche seines Verhaltens. Ich bin es nicht gewohnt, dass der andere nicht wegsieht, sondern versucht, etwas zu ertragen – einfach so, wie es ihm möglich ist ...
Wir verbringen den ganzen Tag zusammen. Es gibt eine Menge zu tun; schon allein das Holz der zerstörten Bäume

zu zerlegen dauert eine Weile. Dann den Unrat zusammensuchen und die neuen Fensterscheiben einsetzen.
Am Abend, es ist inzwischen halb fünf geworden und die Sonne ist untergegangen, gehe ich in die Scheune, um eine Schubkarre zu holen. Ich sammle die toten Tiere ein und fahre damit zum Waldrand. Es ist beinahe dunkel, und ich sehe nicht mehr viel. Ich lege die Tiere in das Laub und decke sie mit etwas Erde zu. Sie zu vergraben nutzt nichts, da die Tiere im Wald, Rakoon, Skunk oder Opossum, die Kadaver durch den Geruch ohnehin finden und nur die sauber abgenagten Knochen, weiss und rein, wie gebleicht, zurücklassen werden. Der Wald ist schwarz, alle Farben gehen in der Nacht unter. Weil ich im Dunkeln nichts sehen kann, empfinde ich Geräusche im Wald hinter mir, Bewegungen in meiner Nähe, wie ein Ast, der mich berührt, oder eine Unebenheit des Bodens sogar – alles Reize, die ich spüren, aber nicht mehr erkennen kann – so unmittelbar, dass ich davor fliehe. Eilig gehe ich dem Feld entlang, sehe aber im Dunkeln die Unebenheiten nicht und stolpere mehrmals.
Als ich mich dem Stall nähere – sehen kann ich immer noch nicht viel – höre ich Theo, wie er beim Ausmisten hin und her geht. Die Pferde traben ungeduldig dem Hag entlang, weil ihnen das duftende Heu, das im Stall auf sie wartet, in die Nüstern sticht. Ich öffne ihnen das Weidengatter und die drei Pferde eilen an mir vorbei in den Stall. Dann schliesse ich den unteren Teil der Doppeltüre hinter ihnen und lege meine Arme darauf.
«Hier bin ich», sage ich zu Theo, den ich im Dunkeln nicht sehen kann und er mich wahrscheinlich ebenso wenig: Der Himmel steht zwar voller Sterne, aber der Mond ist ein dünner Strich und die Nacht dunkel.

«Ja, ich weiss», sagt Theo und legt seine Hand auf meinen Arm. Schweigend stehen wir uns so gegenüber und hören, wie die Tiere kauen und schnaufen.

Plötzlich ein Geräusch, das nicht auf der Landstrasse oder beim Nachbarn nebensächlich bleibt, sondern mich betrifft. Ich hebe den Kopf und lausche: ein Auto hat oben beim Haus gehalten. Sie sind gekommen! Nein, denke ich – unmöglich! Man hat Cyril gefunden! Bevor es nicht eindeutig bewiesen ist, dass der Gefundene nicht Cyril ist, kann man mich nicht verhaften.
Es ist einfach so, dass man mich nicht in Ruhe lässt, dass ich kein freier Mensch mehr bin – dass man mich ständig beobachtet und kontrolliert ...

Oben auf dem asphaltierten Platz vor dem Haus steht ein Polizeiwagen mit vollen Scheinwerfern und laufendem Motor. Ein Polizist, den ich nur von hinten sehe, steht vor der Haustür – wahrscheinlich hat er geklopft und wartet jetzt, dass ihm jemand öffnet. Im schummrigen Licht im Innern des Wagens sehe ich die feste Gestalt Dans hinter dem Steuer. Mein Herz schlägt aufgeregt – Dan mit einem zweiten Polizisten bedeutet Gefahr.
In panischer Hilflosigkeit versuche ich die Situation zu erfassen – aber ich bin zu keinem klaren Gedanken fähig, weil ich zu vieles auf einmal denken will. Instinktiv habe ich angehalten, bevor wir ins Licht getreten sind. Da ich Angst habe, dass sie uns hören können, versuche ich, leise zu atmen. Theo, der neben mir stehen geblieben ist, und ich sprechen nicht miteinander, da die Polizisten unser Flüstern hören könnten.

Langsam ziehe ich mich zurück, wobei ich nach Theos Arm fasse und erst wieder richtig zu atmen wage, als ich mich hinter der Scheune gegen die Wand lehne.
«Sie kommen mich holen», flüstere ich entsetzt.
Ich weiss immer noch nicht, was ich tun soll. Der Schreck hat mich zu sehr erschüttert und gleichzeitig gelähmt. Theo fasst nach meiner Hand, um mich zu führen. Langsam und tastend gehen wir in der Dunkelheit wieder zum Stall hinunter und von dort dem Walde zu.
Dan könnte uns jederzeit mit dem Wagen verfolgen, aber da er annimmt, dass ich im Haus bin, wird er sich zuerst dort Einlass verschaffen. Erst wenn er mich im Haus nicht findet, wird er draussen suchen.
Je weiter wir uns von der Farm entfernen, desto ruhiger werde ich.
Ich will vor der Polizei nicht fliehen – aber ich will zur Besinnung kommen, bevor ich festgenommen werde. Ein unerträgliches Gefühl der Demütigung erfüllt mich, wenn ich daran denke, wie man mich vor meinem eigenen Haus überrumpelt hätte und ich in Handschellen auf den Rücksitz eines Polizeiautos gezwungen worden wäre. Wie viele Male habe ich die Szene, in der ein Verbrecher so überwältigt wird, in Filmen gesehen – und nie, auch nur andeutungsweise, dieses akute Gefühl einer Erniedrigung verspürt.
Da ändert sich der Ton des laufenden Motors, der aus der Ferne kaum mehr zu hören war. Er heult auf und ich, impulsiv, nur darauf bedacht, in Deckung zu gehen, bevor die Polizei uns sieht, stolpere in das Unterholz neben dem Pfad, der zum Wald hinunter führt. Dabei verfangen sich meine Füsse im Gestrüpp und ich falle, nachdem ich mit rudernden Armen versucht habe, das Gleichgewicht zu halten, in ein

Pflanzengewirr von krachenden Ästen und kratzenden Ranken. Theo beugt sich zu mir herunter, ohne zu wissen, wo ich bin – unsere Hände finden sich und ich ziehe mich hoch und befreie mich aus den Dornen.
«Sie sind weggefahren», sage ich erstaunt.
«Hast du dir wehgetan?», fragt Theo.
«Ich? Nein, nein – ich wollte mich verstecken. Aber sie sind weggefahren.»
Ich kann mir nicht erklären, wieso sie, wenn sie mich verhaften wollen, plötzlich wieder wegfahren.
Langsam gehen wir zurück.
«Schöne Helden sind wir», murmle ich, als wir zum Parkplatz vor dem Haus kommen, wo Dan im Streifenwagen gesessen und auf mich gewartet hat ...

Da wir immer noch keinen Strom haben, suchen wir im Haus zuerst nach Kerzen, zünden sie alle an und machen dann ein Feuer. Während ich Theo zuschaue, wie er das Holz bei der Feuerstelle aufeinander schichtet, denke ich mit Verwunderung, wie wenig es ihn kümmerte, das Richtige zu tun – den Verbrecher der Polizei ausliefern ...

In der Feuerstelle prasselt jetzt ein Feuer, das die Hitze in den Raum hinaus strahlt. Wir haben uns zwei Sessel geholt und sitzen davor.
Der lange Tisch im Esszimmer und der Fenstersims stehen voller Kerzen und die vielen Lichter spiegeln sich in Theos Augen. «Ich will nicht verhaftet werden», murmle ich plötzlich und lange nach Theos Hand. Eine Weile sitzen wir nebeneinander, ohne etwas zu sagen, und blicken ins Feuer. Dann fange ich wieder an über den Mord zu reden. Wie ich

den Toten mit der Motorsäge zerlegen musste und die Hunde mir tagelang bei der Beseitigung geholfen hatten, vom Schädel, der mich im Traum verfolgt, von den Knochen, die ich in den umliegenden Sümpfen verschwinden liess, und von den Knochen, die ich damals in Trenton auf einen Lastwagen der Müllabfuhr geworfen hatte ...
Theo sitzt da, ohne sich zu bewegen. Ich sehe seine Hand, wie sie reglos auf seinem Knie liegt, und verstumme.
Als Theo plötzlich aufsteht, blicke ich ihn erschrocken an.
«Bist du jetzt bereit, wenn sie kommen?», fragt er.
Natürlich, sie werden wieder kommen – meine Freiheit scheint mir plötzlich ausserordentlich kostbar – meine Freiheit, die mir erst vor kurzem noch so gering schien ... Aber ich habe nicht mehr diese Angst, überrascht und überwältigt zu werden.
«Doch», sage ich und blicke Theo an, «ich bin bereit.»

Erst eine Stunde später, wir sassen immer noch vor dem Feuer, sind sie gekommen.
Diesmal waren es zwei Autos. Als ich sie hörte, war ich einen Moment lang wie gelähmt, so dass ich Theo an die Türe gehen lassen musste. Ich blieb beim Feuer sitzen und lauschte auf Stimmen und dann Schritte. Ich hob den Kopf und sah Maggy durch die Küche auf mich zukommen. Mein Herz schlug wild, es liess sich von meinem Verstand nicht beruhigen, es benahm sich wie ein entsetztes Tier.
«Hallo», sagte Maggy ruhig, wie jemand, der ein scheuendes Pferd beruhigt.
«Ich muss Sie verhaften – hier ist der vom Staatsanwalt ausgestellte Haftbefehl ...»
Ich zwang mich dazu, alles so bewusst wie möglich mitzu-

machen, ich zwang mich, zuerst zuzuhören und dann zu überlegen, bevor ich fragte:
«Darf ich ihn sehen?»
«Hier», Maggy reichte mir das Blatt herüber – ich sass immer noch in meinem Sessel beim Feuer. Ich öffnete die schlimme Botschaft, versuchte sie zu lesen und zu verstehen, und es fiel mir schwer, nicht einem Trieb nachzugeben, der wie eine übervolle Blase darauf drang, sich zu entleeren: ich wollte aufspringen und wie eine Irre schreien.
Dann gab ich das Schreiben an Maggy zurück und hielt ihr, während ich sie anblickte, meine Hände hin.
«Müssen Sie mir Handschellen anlegen?»
«Nein», sagte sie leise und schüttelte den Kopf, «nicht, wenn Sie freiwillig mit uns kommen.»
Wir blickten uns immer noch an und ich zog mich an ihrer Hand aus dem Sessel.
«Ich komme freiwillig.»
Als ich stand, musste ich ins Feuer blicken – die Flammen waren plötzlich von enormer Wichtigkeit für mich, und in einer sentimentalen Anwandlung schossen mir vor Mitleid mit mir selbst und Angst vor dem, was aus mir werden sollte, die Tränen in die Augen. Ich schluckte schwer und schämte mich vor Maggy, der jüngeren Frau.
Dann folgte ich ihr fügsam durch das Haus, die Treppe hinunter über den Vorplatz zu einem der Streifenwagen. Da stand Theo. Er wurde von einem der Polizisten vernommen. Hoffentlich wusste er, was zu tun war.
Ich hatte meine Fassung verloren.
Theo drehte sich um und nickte mir zu.
Ich merkte, wie das Schluchzen in mir hochstieg, und verkroch mich schnell auf den Rücksitz des wartenden Wagens.

17

Man hatte mich nach Trenton gebracht, in Untersuchungshaft.
Maggy hatte ich seit meiner Verhaftung nur zweimal gesehen. Sie schien sich in meiner Gegenwart nicht wohl zu fühlen. Vielleicht war es ihr unangenehm, bei meiner Verhaftung dabeigewesen zu sein – ich wusste es nicht, weil ich sie nicht fragen konnte: wir konnten nie offen miteinander reden.
Von Dan hatte ich seit der Verhaftung nichts mehr gehört. Warum er mich an jenem Abend nicht gesucht hatte, bis er mich fand, konnte mir niemand erklären – vielleicht hatte man ihm über Funk befohlen, die Suche nach mir einzustellen. Von Maggy wusste ich, dass Dan nicht das Recht gehabt hatte, mich zu verhaften, da der Haftbefehl direkt an die Staatspolizei gegangen war. Dan versuchte sich herauszureden: Er habe sich nur eingeschaltet, weil er zufällig in der Nähe gewesen sei, und sicher stellen wollte, dass ich nicht fliehen würde, bevor die Polizei aus Trenton mit dem Haftbefehl bei mir ankam ... Er erhielt einen Verweis wegen unbefugten Vorgehens und der Fall wurde ihm entzogen.
Ausser Maggy hatte ich niemanden gesehen. Auch Theo hatte mich nicht besucht. Aber er schrieb mir, dass die Polizei ihn mehrmals befragt habe, ihn jetzt aber in Ruhe lasse, dass ich mir keine Sorgen zu machen brauche, dass auch auf der Farm alles in Ordnung sei ... Seine Briefe waren wichtig für mich da sie die einzige Verbindung zur Aussenwelt waren.

Eingesperrt zu sein war nicht so schlimm. Ich hatte einen geregelten Tagesablauf und viel Musse. Ich konnte in meiner Zelle liegen, etwas lesen, oder einfach tagträumen und nachdenken.
Es war eine einfache Art zu leben und zur Abwechslung gar nicht unangenehm. Ich musste keine Entscheidungen treffen, ich musste weder meine Zeit noch mein Geld einteilen – ich hatte keine Sorgen.
Kurz nach der Verhaftung hatte ich vor allem Angst vor einem Verhör. Der Haftbefehl hatte keinen Grund für die Verhaftung angegeben und ich versuchte mir vorzustellen, was sie zu diesem Schritt veranlasst haben könnte. Entweder hatte man die Identität der gefundenen Knochen eindeutig beweisen können, oder man hatte herausgefunden, dass Mark sich als Cyril ausgegeben hatte. Das Nichtwissen, ob und wann es zu einem Verhör kommen würde, war zu Anfang zermürbend. Aber ich wusste, dass ich mich durch keinen Bluff verwirren lassen würde, da ich keine Angst hatte, eingeschüchtert zu werden. Für mich waren weder die Polizei noch das Gericht eine Instanz, der ich mich zu verantworten hatte. Sie waren beide nicht daran interessiert, den Mord zu verstehen. Sie waren eingesetzt, um den Mord zu richten, eine Art Ritual zu ermöglichen, mit dem die Vernunft befriedigt werden konnte. Sie waren sozusagen die Buchhalter der Gerechtigkeit, und ich bot ihnen nicht die Hand, da diese Buchhaltung nichts mit mir zu tun hatte.
Je länger das Warten dauerte, desto sicherer wurde ich, dass ich erst gewisse Eingeständnisse machen würde, wenn der Mord als absolut bewiesen galt, wenn die Beweisführung wirklich lückenlos und überzeugend wäre.

Es kam aber zu keinem Verhör. Man befragte mich zwar hin und wieder, aber da war keine Absicht zu spüren. Sie wussten nicht, was sie fragen sollten und warum sie fragten. Sie hatten offensichtlich keine Beweise in der Hand – was aber nicht hiess, dass sie diese nicht doch noch finden konnten. Da mir immer klarer wurde, wie ich mich bei einem Verhör verhalten würde, litt ich nicht sehr unter dieser ungewissen Situation.
Es war mir vage bewusst, dass die schwere Zeit erst beginnen würde, wenn ich aus der Haft entlassen, mein Leben wieder auf die Beine stellen müsste und als Zuchthäuslerin dabei einen viel schwereren Stand im Geschäftlichen wie im Persönlichen haben würde. Es war mir ebenso vage bewusst, dass ich verwahrloste – nicht von einem Tag auf den nächsten, aber im Laufe der Zeit. Man hatte mich entmündigt, und ich war zum blossen Vegetieren gezwungen.

Aber man behandelte mich nicht schlecht im Gefängnis, und ich fühlte mich sicher. Ein Gefühl, das ich lange nicht mehr gekannt hatte. Und ich war nicht isoliert. Ich war zwar allein in meiner Zelle, aber ich sass offen, wie in einem Käfig hinter Gittern und hörte andere Gefangene und sah, wie man sie brachte oder holte und kannte bald alle Polizisten, die hier Schicht arbeiteten.
Manchmal standen einer oder mehrere Polizisten vor meiner Zelle und wir scherzten miteinander. Es war eine klägliche Art des menschlichen Kontaktes: Ich war ein menschliches Tier, das in einem Käfig gehalten wurde, weil es verhaltensauffällig war. Aber ich hatte immerhin Kontakt, und die Polizisten, mit denen ich zu tun hatte, behandelten

mich ganz normal. Für sie war ich eine Verbrecherin, die man zur Strecke gebracht hat – meine Stellung war eindeutig und klar.

Ich lernte sie alle kennen, und jeder von ihnen interessierte mich. Ich hatte ja sonst nicht viel, mit dem ich mich hätte beschäftigen können.

Mit den meisten war es eine leichte und oberflächliche Beziehung. Sie plauderten gerne mit mir – ich sorgte für Unterhaltung. Aber es gab auch andere. Solche, die mich zu quälen versuchten.

Ein etwa 40-Jähriger beobachtete mich oft, und ich lernte, Gespräche mit ihm zu meiden, da er auf geschickte Art versuchte, mich zu demütigen. Er wollte mir beweisen, dass ich, obwohl ich unter Mordverdacht stand, nie zu einer solchen Tat fähig wäre, dass ich mir diese Tat nur einbildete, in Hysterie und hilflosem Wüten gegen den mir überlegenen Mann. Er rivalisierte mit mir. Ständig spürte ich diesen Willen. Ich musste mich ihm unterordnen – was ich insofern tat, als ich ihm konsequent auswich.

Dann gab es einen etwa 30-jährigen jungen Mann, der mich auch lange beobachtet hatte und mir zuerst kalt und strafend begegnete. Ich verstand, dass ihn das Verbrecherische faszinierte: es stiess ihn ab und zog ihn gleichzeitig an. Ein Einzelgänger, dabei aber nicht wirklichkeitsfremd – er besass recht gute Menschenkenntnis und auch Witz und Humor.

Er hatte schnell begriffen, dass ich keine grobe und gewalttätige Verbrecherin war. Aber ich gehörte für ihn als Mörderin zum menschlichen Abschaum und war als Frau noch perverser. Wenn seine Augen verstohlen auf mir ruhten, konnte ich mir vorstellen, wie er sich bemühte, für mich einen Platz in seinem Weltbild zu finden. Wir führten lange

Gespräche, philosophierten manchmal sogar. Meistens nahmen wir die gemeinsamen Bekannten durch: seine Kollegen, das heisst meine Wärter –, was uns beiden gut tat. Ihm gelang es, als einzigem, Vertrauen zu mir zu fassen, und es entwickelte sich fast etwas wie eine Freundschaft ...

Obwohl ich unter der offenen Käfighaltung litt, da ich keinen Raum hatte, wo ich mich – wie ein Tier in seine Höhle – zurückziehen und verstecken konnte, sondern ständig sichtbar war, so dass ich mir manchmal wie ein Ei ohne Schale vorkam, war ich froh, dass ich nicht allein war.
Wenn ich mir Einzelhaft vorstellte, erfüllte mich Angst. Einsamkeit zusammen mit völliger Untätigkeit stellte ich mir als bedrohlich vor.
Auf der Farm hatte ich meine Arbeit gehabt und viele Unannehmlichkeiten und Anfechtungen, die mir ständige Nahrung für Geist und Verstand boten. In einer Einzelzelle, tagelang allein und ohne Ablenkung und Beschäftigung – ich weiss nicht, wie ich das ertragen hätte.
Manchmal wunderte ich mich, wieso sie nicht auf den Gedanken gekommen waren, mich mit mir selbst allein zu lassen – damit hätten sie meinen Willen am ehesten gebrochen. Dann hätte ich vielleicht durchgedreht und den Verstand verloren und damit meine Strafe erhalten: Der menschlichen Vorstellung von Recht und Unrecht wäre Genugtuung widerfahren.
Vielleicht hätte ich aber im Gegenteil die Abgeschiedenheit als Gnade empfunden. Ich wäre endlich zur Ruhe gekommen und hätte meine Tat und mein Leben als Ganzes empfinden und verstehen können. Vielleicht hätte mir diese mönchische Art zu leben besser zugesagt, weil man ohne die

ständigen Ablenkungen des täglichen Lebens, unter denen man nie zu sich selbst kommt, eine bessere Konzentration finden kann ... Ich werde es nie wissen.

So vergingen Wochen. Langsam und traurig in ihrer Monotonie.

Und dann blieb eines Morgens der Polizist, der Dienst hatte, neben der offenen Zellentür stehen und grinste vor Freude, als ich ihn fragend ansah.

«Sie sind aus der Untersuchungshaft entlassen!»

«Ich bin entlassen?», fragte ich erschrocken, «das gibt es doch nicht!»

In diesem Moment wurde mir klar, dass ich mich aufgegeben hatte, weil das Aufgeben viel einfacher gewesen war. Die Vorstellung, dass ich jetzt wieder selber die Verantwortung für alles übernehmen musste, war ein Schock. Mir wurde ganz kalt bei dem Gedanken an einen mir entfremdeten Ort zurückgehen und dort arbeiten zu müssen. Ich war vor Unselbständigkeit wie aufgedunsen und verweichlicht – ich fühlte mich unfähig, irgendetwas selber in die Hand zu nehmen. Es war ein ähnlich ängstliches Gefühl wie nach einem langen Spitalaufenthalt.

Ich sass da – wahrscheinlich mit offenem Mund – und versuchte mir vorzustellen, wie man das macht, wieder auf eigenen Beinen zu stehen.

«Kommen Sie – es wird schon gehen», sagte der Polizist, als er merkte, wie mich die Nachricht verunsichert hatte. «Nur die ersten paar Tage sind schwierig ...»

Der Polizist fuhr mich auf Nebenstrassen zur grossen Überlandstrasse, auf der wir eine Weile schweigsam mit gleichförmig summendem Motor fuhren, und dann wieder auf

kleinen Strässchen über Land, bis wir in meine Strasse einbogen und ich ihm sagen musste, wo die Einfahrt zur Farm war.
«Danke», sagte ich und stieg aus. Mit den Händen in den Hosentaschen stand ich da und wartete, bis das Auto gewendet hatte und den Fahrtweg hinunterfuhr. Dann blickte ich mich um und wusste nicht, wo beginnen. Sue, eine Pferdehändlerin, die an derselben Strasse wie ich wohnt, hatte sich in meiner Abwesenheit um meine Tiere gekümmert. Aber ich wollte die Tiere nicht sehen.
Ich zog es vor, zuerst ins Haus zu gehen und öffnete nach einer, wie mir schien, sehr langen Abwesenheit, die Haustüre mit dem Schlüssel, wobei die schwere Türe wie immer etwas klemmte. Ich stand im Halbdunkel in der schalen, abgestandenen Luft des vereinsamten Hauses und schloss die Türe hinter mir – zögernd. Dann ging ich in die kalte Küche und sah durch die Fenster die Wolken am Himmel – wie oft hatte ich dies erlebt: Ich bin in der Küche und sehe den Wolken zu. Langsam sickerte etwas wie Leben in meine Wehmut und ich taute soweit auf, dass ich hinaus ging, um hinter dem Haus Holz zu holen, weil mir kalt war und ich ein Feuer machen musste.
Mit Umhergehen, hier und dort etwas aufräumen, mich an Tiere, Haus und Umgebung gewöhnen, nachdem mir alles so fremd und auch unwichtig geworden war, mit langsamen Gedanken und Gefühlen verging der erste Tag.

Am nächsten Morgen – es ist immer noch wechselhaft bewölkt, mit rasch ziehenden Wolken – trinke ich eine Tasse Tee zum Frühstück. Ich habe ausser Kartoffeln im Keller und etwas Tee und Kaffee, keine Lebensmittel mehr im

Haus. Zuerst fahre ich mit dem Abfall zur Deponie und dann zur Bank, um Geld abzuheben. Schon auf der Deponie, als ich aussteige, um meine Säcke in den wartenden Container zu werfen, bemerke ich die Blicke. Ich grüsse, erledige, was zu tun ist, und kümmere mich nicht darum, wie man mir begegnet. Auf der Bank ist das schon schwieriger. Das Schweigen, das entsteht bei meinem Auftauchen, trifft mich, und als ich am Schalter das Geld beziehen will, werden meine Unterlagen so eingehend und unwillig geprüft, dass es peinlich und unangenehm wird. Aber ich fühle mich heute stärker und ich weiss, dass ich mich, wohin ich auch gehe, auf ähnliche Reaktionen gefasst machen muss und mich dagegen wappnen kann.
Nachdem man mir das Geld ausgezahlt hat, fahre ich zur Eisenwarenhandlung, wo ich zwei Kartontafeln kaufe, auf denen weiss auf schwarz ‹For Sale› gedruckt steht. Dann fahre ich zur lokalen Zeitung, wo ich im schäbigen Raum eines kleinen, zweistöckigen Hauses an der Hauptstrasse bei einem Angestellten ein Inserat aufgebe. Ich habe während meiner Haft genügend Zeit gehabt, mir alles gut zu überlegen, und weiss, wie das Inserat für den Verkauf der Farm lauten soll.

Es wird schwer sein: Ich habe etwas aufgebaut, das mir zusagt und entspricht, und ich weiss nicht, was ich nachher mache, oder wohin ich gehen will. Aber ich kann nicht so tun, als ob sich nichts verändert hätte, alles hat sich verändert und durch das Inserat wird die Veränderung nur verwirklicht. Ich muss die Farm verkaufen, obwohl ich sie liebe.

Ich kaufe die notwendigen Lebensmittel im Supermarkt und fahre damit nachhause. Nachdem ich alles versorgt habe,

mache ich mich auf die Suche nach zwei brauchbaren Pflöcken, um die ‹For Sale›-Tafeln bei der Einfahrt unten aufzustellen.
Damit gebe ich meinen Besitz frei: Mein Land wird verkauft und nach den Vorstellungen eines anderen verändert, meine Bäume umgeschlagen und mein wilder, üppiger Garten in langweiligen Rasen verwandelt.
Das schmerzt.
Ich bin schlechter Laune und denke voller Bösartigkeit an Cyril, wie er keinen Finger rührte, um auf der Farm mitzuhelfen, sondern mit spöttischer Herablassung von den einfältigen Leuten sprach, die ihr Herz an das Land hängen. Mit Gehässigkeit denke ich, an was für lächerliche Dinge Cyril sein Herz, oder – wie er es nannte – seinen ‹Enthusiasmus› hängen konnte. An ein unwichtiges Objekt, wie eine Antiquität zum Beispiel, oder an den Ausspruch irgendeines alten Idioten, der aus irgendeinem Grund einen Namen oder einen Nimbus hat!
Wieso habe ich Cyril geliebt? Einen kalten, desinteressierten Fisch, einen lauen Langeweiler ...
Ich murmle vor mich hin, während ich versuche, die Bretter mit den Verkaufsschildern auf die Pfosten zu nageln. Wie immer schlage ich einige Nägel krumm – unterschiedliche Materialien scheinen sich bei mir nicht gut zu vertragen. Aber als die Tafeln gut sichtbar an den Pfosten hangen, bin ich zufrieden.

Heute Morgen hat Theo angerufen. Wir haben uns lange nicht gesehen und auch nicht gesprochen ... Mit ihm scheint alles einfach zu sein – sogar ein Gespräch am Telefon nach all dieser Zeit. Wie ist das möglich? Hört er genauer hin,

wenn man etwas sagt? Oder sind wir uns so ähnlich?
Als er am Abend kommt, habe ich etwas zum Essen vorbereitet. Ich bin befangen – ich war lange eingesperrt und isoliert in einer mir unnatürlichen Umgebung. Es ist, als hätte ich einen fremden Geruch an mir – bin ich überhaupt noch ich? Und ein Mann mir gegenüber am Tisch, frei, keine Gitterstäbe zwischen ihm und mir – ich bin nachdenklich und ziemlich still. Theo – ich blicke ihn immer wieder an ... Langsam werden der wirkliche Mann, der mir hier am Tisch gegenübersitzt, und der Mensch, den ich in Briefen kennen gelernt habe, deckungsgleich. Es ist Theo ... Beinahe ein Wunder. Wir essen und sprechen über belanglose, alltägliche Dinge, lachen zusammen – und sind uns dabei der Gegenwart des anderen bewusst, ununterbrochen. Unsere Gedanken und Gefühle wie Perlen auf einem gemeinsamen Faden ... Und es scheint ganz selbstverständlich, dass wir später gemeinsam zu Bett gehen, um miteinander zu schlafen.

Am nächsten Morgen schneit es. Ich schaue, auf dem Bett sitzend, den Flocken zu. Das Stetige des Fallens bannt mich. Ich habe beide Arme auf den Fenstersims gestützt und kann, wie beim Feuer, den Blick nicht abwenden – ich suche nach einer Regelmässigkeit, einem bestimmten, immer wiederkehrenden Muster.
Die Flocken schweben schwer und gleichzeitig federleicht durch die Bäume im Vordergrund. Dahinter, im dichten Schneegestöber, ist der Wald kaum mehr sichtbar.
Plötzlich treibt der Wind die Flocken diagonal am Fenster vorbei. Eilig haben sie es! Dann scheint das ganze Flockentreiben wieder stillzustehen, in der Schwebe, wartend ...
Wohin ich auch blicke: der Raum ist erfüllt mit diesem Auf-

und Ab, diesem unentwegten Weben von weichen, weissen Punkten. Der ganze Raum, der sonst leer ist, mit Luft und Licht, der offen bleibt zum Atmen, ist ausgefüllt mit diesem Weiss, dicht und ruhig – so kann ich mir den Tod vorstellen.

Ich blicke hinaus, bis mir die Kälte im Schlafzimmer bewusst wird. Steif wende ich mich vom Fenster ab und gehe zum Wandschrank hinüber. Ich suche Cyrils Kleider zusammen. Seit Ende Juli, als ich alles, was ihm gehörte, auf Papiere und persönliche Gegenstände untersuchen musste, habe ich diese Jacken und Hemden nicht mehr berührt. Sie fühlen sich klamm und schlaff an. Ich nehme sie hervor und trage sie samt den Bügeln zum Fenster.

Mir ist kalt. Meine Füsse sind wie Eisklumpen und meine Hände gefühllos, steif vor Kälte.

Im grauen Tageslicht betrachte ich die Kleidungsstücke über meinem Arm. Eine Regenjacke, dunkelrot, mit blauem Futter, zwei blaugestreifte Hemden, ein Hemd und eine Jacke aus hellem Jeansstoff und ein dunkelblauer Blazer. Meine Finger befühlen den Stoff. Ein schwacher Geruch entströmt den Kleidungsstücken: alt und modrig – Cyril ...

Ich nehme die Bügel aus den Kleidern, hänge sie in den Schrank zurück und gehe mit den Jacken und Hemden über dem Arm die Treppe hinunter. Es ist wärmer hier unten, weil im Kamin schon ein Feuer brennt. Theo. Er ist weggefahren, und ich bin allein im Haus. Beim Frühstück überlege ich mir, wo ich mit der Arbeitsuche beginnen soll. Zuerst werde ich Ronda anrufen.

Ronda hat eine Farm in der Nähe, eine Blumenfarm wie ich, aber grösser und organisatorisch anspruchsvoller als meine. Sie liefert an Spezialgeschäfte bis nach Kalifornien und hat

sich auf Trockenblumen spezialisiert. Im Winter ist die Nachfrage nach getrockneten Blumen und Zweigen besonders gross. Sie arbeitet manchmal bis zu 16 Stunden am Tag, um alle Aufträge erfüllen zu können. Seit vier Jahren arbeite ich jeden Winter für Ronda. Sie zahlt gut und ich mache die Arbeit gerne.
Ich suche etwas, um die alten Kleider hineinzutun, und stehe dann mit einem vollen Sack in der Hand vor dem Telefon. Seit ich unter Mordverdacht stehe, habe ich nicht mehr mit Ronda gesprochen. Vielleicht ist es besser, wenn ich sie nicht anrufe, sondern persönlich bei ihr vorbeigehe, um die Situation an Ort und Stelle zu beurteilen.
Ich ziehe mir die Jacke mit Kapuze an, um im Schneetreiben nicht nass zu werden, und verlasse mit dem Sack voller Kleider das Haus. Draussen starte ich den Jeep, und während der Motor läuft und kleine Wölklein aus dem leise vibrierenden Auspuff steigen, wische und kratze ich den Schnee von den Scheiben. Ausser dem Brummen des Motors ist nichts zu hören. Der dichte Schneefall ist wie eine Isolierschicht zwischen mir und der Aussenwelt. Der Schnee schluckt alles: Geräusche, Farben, Distanzen.
Eine beinahe unheimliche Ruhe.
Wenn es die ganze Nacht weiterschneit, sind wir am nächsten Morgen eingeschneit, und ich werde in mühsamer, beschwerlicher Arbeit den Schneepflug hinter meinem Traktor befestigen, damit ich die Zufahrt zur Strasse und zu den Ställen räumen kann.
Ich fahre mit dem Jeep durch den jetzt schon knöcheltiefen Schnee und spüre, wie der Vierradantrieb mühelos greift. Trotzdem fahre ich vorsichtig und bremse bei der Einfahrt unten früher als sonst.

18

Rondas Farm liegt zirka fünf Meilen westlich von hier auf einer Ebene. Sie hat auf dem Land, das sie vor sechs Jahren kaufte, das alte Wohnhaus, die Wirtschaftsgebäude und alle Bäume niederreissen lassen und an deren Stelle einen flachen Bungalow und mehrere grosse Metallscheunen hingestellt. Alles ist wirtschaftlich konzipiert und das Geschäft rentiert. Aber es ist ein unpersönlicher Ort, verlassen und kahl, ohne jeden Baum. Im Sommer brütet das Haus in der sengenden Hitze, während im verdunkelten Innern die Kühlanlage schnurrt. Jetzt liegen die Gebäude in der Ebene draussen, von scharfkantigen Schneewächten umgeben, die sich weiss gegen den grauen Himmel abheben.

Die Zufahrt zum Haus ist gepfadet. Ich fahre zum grossen Kehrplatz zwischen Wohnhaus und Wirtschaftsgebäuden und parkiere. Als ich aussteige, schlägt mir der Wind ins Gesicht. Ich gehe zum Gebäude, wo Ronda ihr Büro hat. Die Tür ist nicht abgeschlossen, ich klopfe an und trete ein. Aber in dem kleinen Raum, wo Ronda ihre Kunden empfängt, um mit ihnen über Preis und Lieferung zu verhandeln, ist niemand. Der Arbeitstisch sieht aus, wie wenn Ronda ihn erst vor kurzem verlassen hätte. Es riecht nach Lavendel – von der Decke hangen Bündel getrockneter Blumen in verschiedenen Pastellfarben. Ich blicke auf den Computer auf dem Tisch, mit den Papieren und Büchern, und stelle mir Ronda vor: nüchtern, sachlich und energisch.

Als ich wieder nach draussen gehe, merke ich, dass der Wind zugenommen hat. Er saust ungehindert über die leere Fläche und wirbelt Schneestaub um die Gebäude. Der Schnee ist zu neuen Verwehungen zusammengeblasen und in der Zwischenzeit so tief geworden, dass ich lieber wieder umkehre. Da sehe ich Ronda. Sie kommt mir aus der anderen Richtung entgegen und winkt, als sie mich erkennt. Zusammen erreichen wir das Büro und schliessen die Türe hinter uns.

«Der Wind ist schlimmer als der Schnee – verrücktes Wetter!», lacht Ronda.

Sie nimmt ihre Jacke ab und schüttelt sie aus.

«Wie geht es dir?», fragt sie dann.

«Es geht», sage ich.

«Du warst in Untersuchungshaft.»

Ich nicke nur.

«Und – stimmt es?»

«Was?»

«Dass du ihn umgebracht hast?»

«Nein.»

Ich denke nicht, dass sie mir das glaubt.

«Solange er selber nicht hierher kommt, sodass ihn jeder sehen und mit ihm sprechen kann, solange werden sie denken, dass du ihn umgebracht hast», sagt sie.

«Ja – wahrscheinlich», meine ich etwas lahm.

Ronda schaut mich immer noch an.

«Eigentlich traue ich es dir ja zu.»

«So», meine ich nur.

Ronda wendet sich ihrem Schreibtisch zu und sucht Papiere zusammen, die sie in einen Ordner legt.

«Es erschreckt mich nicht – weisst du.»

«Was?»

«Dass du einen Menschen ermordet haben sollst.»

«Nein?»
«Nein. Menschen gehen brutal miteinander um – das wird zwar sehr gut getarnt –, aber gemordet wird die ganze Zeit.»
Und als sie merkt, wie ich sie anblicke, fährt sie fort:
«Ich weiss, dass Morde begangen werden», sie blickt mich an, «ich kenne viele Mörder – aber da sie es nur seelisch und geistig tun, glauben sie, es sei kein Verbrechen. Solange es sich nicht körperlich manifestiert, ist es nicht strafbar. Für mich ist es trotzdem ein Verbrechen – sogar ein schlimmeres Verbrechen. Es gibt zwar keine Leiche, aber ein zerstörtes Selbstverständnis, oder eine kranke Seele.»
Sie beugt sich zu mir hinunter und blickt mich mit klaren, glänzenden Augen an:
«Ich hasse Menschen.»
Ich bin betroffen. Es ist, wie wenn ein Engel durchs Zimmer ginge: Worte, die unerwartet und direkt ausgesprochen im Raume stehen und sich zu etwas verdichten, dem man sich nicht entziehen kann.
Nach einer Weile spricht sie in einem anderen Ton weiter:
«Meine Eltern empfinden da natürlich ganz anders. Sie glauben, was man ihnen in der Kirche versichert, dass du eine Ausgeburt der Hölle bist, und ich kann mir durchaus vorstellen, dass sie dich in ihrem religiösen Eifer – beseitigen könnten.»
Ich lächle und schüttle den Kopf. Ich kann mir ihre Eltern wirklich nicht als Fanatiker vorstellen. Der Vater, ein kleiner, bescheidener Mann, der schweigsam seine Arbeit tut, und die Mutter, eine zutrauliche Person, die ununterbrochen lächelt und redet.
«Doch», sagt Ronda, «ich kenne die Leute – sie kennen nichts anderes als ihre Farm. Ihr Leben besteht aus Arbeit,

Familie, Dorf und Kirche. Meine Eltern sind gute Menschen – aber sie haben einen sehr engen Horizont.»
«Und du glaubst wirklich, dass sie mir etwas antun könnten?»
«Ja, sie lassen sich aufhetzen. Sie haben keine anderen Erfahrungsmöglichkeiten als das, was sie in Dorf und Kirche hören.»
Ich sehe Ronda, wie sie da auf der Kante ihres Schreibtisches sitzt, in ihrem Büro, wo es nach Lavendel und anderen getrockneten Pflanzen riecht, und denke, wieviel Kraft und Ausdauer sie nötig hatte, um sich gegen die Vorurteile ihrer Umgebung durchzusetzen, und wie geschickt sie die Kräfte, die ihr zur Verfügung standen, eingesetzt hat.
«Ronda», sage ich, «ich brauche Arbeit ...»
«Hierher kannst du nicht mehr kommen – das verstehst du sicher», ich nicke, «aber ich kann dir das nötige Material mitgeben, damit du es bei dir zuhause machen kannst. Zu denselben Bedingungen, wenn du willst.»
«Ja ... gut.»
Ronda springt vom Tisch und fasst nach ihrer Jacke.
«Ich komme bei dir vorbei und bringe dir, was du brauchst.»
Ich bin ihr dankbar, dass sie mich trotz allem für sich arbeiten lässt.
«Bringst du dich damit nicht selber in Gefahr?»
«Nein. Niemand wird etwas davon merken ... Gehen wir.»
Draussen hat sich nichts geändert. Der Wind treibt mir das Wasser in die Augen – ich sehe nichts ausser Grau und Weiss, und ich versuche mir vorzustellen, wie Rondas Eltern mit einer Flinte auf mich zielen – irgendwo aus dem Hinterhalt.
Als wir beim Jeep ankommen, legt mir Ronda ihre Hand auf die Schulter.

«Ich komme sobald wie möglich ...», sagt sie.
«Danke.»
«Pass gut auf dich auf, die Leute haben sich noch lange nicht beruhigt.»
«Ja – bis bald.»
Unten auf der Strasse angekommen, fahre ich langsam durch die weisse Winterlandschaft und hänge meinen Gedanken nach.
Wie unerschrocken Ronda spricht ... Ich sehe sie vor mir, wie ihr Körper beim Gehen bedächtig schwingt und wie diese Art sich zu bewegen den Eindruck von Ausdauer und unerschütterlicher Ruhe vermittelt. Ronda, die tüchtige Geschäftsfrau – sonst weiss ich eigentlich nichts von ihr.

19

Ich habe die Hochebene, auf der Rondas Farm liegt, verlassen und fahre jetzt durch ein enges, waldiges Tal, durch das sich ein kleiner Fluss windet, der zugefroren und mit Schnee bedeckt ist.

Auf der schmalen Strasse kommt mir ein Auto entgegen, ein Polizeiwagen. Langsam fahren wir aneinander vorbei. Ich erkenne Dans Gesicht hinter der Scheibe und halte an. Im Rückspiegel sehe ich, wie beim anderen Wagen, der ebenfalls angehalten hat, über den roten Bremslichtern die weissen Lichter des Rückwärtsganges erscheinen. Ich kurble die Fensterscheibe auf meiner Seite herunter und warte, bis Dan auf meiner Höhe anhält.

«Hallo», sagt er und zieht seine Handschuhe aus. Er legt sie sorgfältig übereinander.

«Wie geht es dir?», fragt er, ohne mich anzublicken.

«Ich bin eben erst aus dem Gefängnis entlassen worden.»

Dan blickt auf seine Handschuhe.

«Ich muss versuchen, mein Leben weiter zu leben – unter anderem auch ein Einkommen finden.»

Er nickt und öffnet das Handschuhfach auf der Mitfahrerseite, um die Handschuhe darin zu versorgen. Als er sieht, wie es mit Schachteln und Papierkram vollgestopft ist, schliesst er es wieder. Die Scheibenwischer fahren mit immer gleichem Geräusch über die Windschutzscheibe – Dan legt die zusammengelegten Handschuhe neben sich auf den Sitz und blickt auf die Strasse hinaus.

«Hast du Zeit für einen Kaffee?», fragt er.

Ich bin überrascht.
«Ja ... doch.»
«Die ‹Green Tavern›?»
Eine alte, dunkle Gaststube im nächsten Dorf, das nicht mehr zu unserem Distrikt gehört.
«Gut.»
Dan spricht über den knackenden Funk mit der Zentrale und teilt ihnen mit, wo er sein wird. Dann wendet er sich mir zu.
«Ich fahre hinter dir her.»
Ich warte, bis Dan gewendet hat, und fahre ihm voran die verschneite Strasse entlang. Im Rückspiegel sehe ich, wie der Polizeiwagen folgt.
Als wir nach einer Weile aus dem Wäldchen hinaus auf eine neue Hochebene kommen, muss ich langsamer fahren. Der Wind, den man zwischen den Bäumen, die dem Fluss entlang wachsen, kaum spürte, bläst hier mit unverminderter Stärke. Sofort sind auch die Schneeverwehungen wieder da, die die Strasse zum Teil schwer befahrbar machen. Sie sind dicht und bremsen so stark, dass ich befürchte, darin stecken zu bleiben. Ich weiche ihnen so gut wie möglich aus. Es sind von hier noch gute zwei Meilen bis zum nächsten Dorf, und ich will nicht stecken bleiben und in einem kalten Auto warten müssen, bis Hilfe kommt, oder im arktischen Wind versuchen, den Wagen selber wieder frei zu schaufeln.
Vereinzelte Bauernhöfe liegen weit von der Strasse entfernt in der Ebene draussen und sehen unbewohnt aus. Es ist eine kalte, graue Welt, nichts ist zu sehen, ausser unseren zwei Autos, die langsam und vorsichtig ihren Weg suchen. Und der scharfe Wind jagt unentwegt den Schnee über das offene Land und rüttelt an meinem Wagen.

Plötzlich, nach einer leichten Kurve, sind weiter unten zwischen Bäumen die ersten Häuser des verschneiten Dorfes sichtbar. Auf der baumbestandenen Strasse fahre ich durch das Dorf bis zur Taverne und parkiere.
Ich ziehe mir die Kapuze über den Kopf und den Reissverschluss meiner Jacke hoch und als Dan kommt, gehen wir durch den frischen Schnee zur Taverne hinüber und betreten zusammen den dunklen Raum. Zwei verschlafene Männer sitzen mit ihrem Bier an der Bar. Sie mustern uns und halten dabei ihre faltigen Köpfe so gesenkt, dass ich auf ihren ausdruckslosen Gesichtern nichts erkennen kann.
Wir gehen in eine entfernte Ecke und setzen uns an einen der dunkellackierten Holztische. Die Serviertochter kennt Dan und wechselt ein paar Worte mit ihm, während sie mich mustert. Dann geht sie zur Bar, um unsere Bestellung weiterzuleiten. Dan und ich sitzen einander in der fast leeren Gaststube gegenüber.
Ich denke, dass Dan nicht weiss, wie er mit mir in dieser neuen Situation ein Gespräch führen soll, und warte.
«Und? hast du Arbeit gefunden?», fragt er endlich.
«Ja, ich komme gerade von Ronda ...»
Dan blickt überrascht auf: «Ronda Williams?»
«Ja.»
«Ich wusste nicht, dass du für Ronda arbeitest ...»
«Seit sie ihre Farm hat, arbeite ich jeden Winter bei ihr.»
«So.»
Ich sehe durch das Fenster dem Schneetreiben zu.
«Und?», fragt Dan, «wie ist sie als Vorgesetzte ...?»
«Oh, wir kommen sehr gut miteinander aus – persönlich und beruflich. Ich arbeite gerne mit Blumen – es ist für mich ein idealer Job.»

«Und das Salär?»
«Sie zahlt gut», gebe ich zur Antwort und wundere mich über seine Frage.
«Ich bin froh, dass es dir den Umständen entsprechend gut geht, Cora.»
«Ja», sage ich und blicke ihn an – sehr überzeugend hat das nicht getönt, «mit Ronda habe ich Glück – nicht viele würden einer Zuchthäuslerin Arbeit geben.»
Ich warte, dass Dan mich fragt, wie die Untersuchungshaft war – aber er schaut vor sich auf den Tisch, ohne etwas zu sagen, dreht nur sein leeres Bierglas.
«Bin ich für dich immer noch die Mörderin?»
Unangenehm berührt blickt er auf und schüttelt den Kopf.
«Der Fall ist für mich abgeschlossen.»
Er will nicht darüber sprechen.
Dan hat mich unerbittlich verfolgt, und jetzt tut er so, wie wenn das alles gar nicht stattgefunden hätte.
«Wieso fragst du mich nicht, wie es für mich war, in Gefangenschaft zu sein?»
«Cora,» meint er beinahe vorwurfsvoll, «ich wollte dir das ersparen.»
«Du brauchst mich nicht zu schonen – das hast du doch sonst nie getan.»
«Du machst mir Vorwürfe!»
«Nein – aber ich will keine Scheiss-Ausflüchte! Ich war in Untersuchungshaft – und weil du dafür verantwortlich bist, ist es dir unangenehm, daran erinnert zu werden. Dir ist es unangenehm – nicht mir!»
Dan schüttelt den Kopf. Dann hebt er sein leeres Glas und bedeutet der Kellnerin, dass er noch ein Bier bestellen möchte.

«Hör mal, Cora – man hat mir den Fall entzogen, ich habe also nichts mehr damit zu tun», fängt er an, «deshalb will ich nicht mehr davon sprechen – und nicht, weil ich mich schuldig fühle, wegen deiner Verhaftung ...»
Er verstummt, als die Serviererin an den Tisch kommt und ein zweites Bier vor ihn hinstellt.
«Ich bin jetzt nicht mehr der Polizeibeamte, der dich verfolgen muss», fährt er weiter und blickt mich beinahe treuherzig an, «ich bin froh und hoffe, dass wir ein freundschaftliches Verhältnis finden wie früher und dass du dich an mich wendest, wenn du etwas brauchst.»
Er greift nach seinem Bier, trinkt es ohne abzusetzen in einem Zuge aus – sein Blick schweift beim Trinken abwesend in der Gaststube umher – und wischt sich dann den Schaum vom Mund.
Es ist aber nicht mehr wie früher, denke ich; ich bin nicht die Cora, die du früher gekannt hast, die aufgestellte Cora an Grill-Parties und Tanzanlässen der Gemeinde.
Es macht mich wütend, dass er so tut, wie wenn nichts geschehen wäre.
«Dan – es wird nie mehr so wie früher!»
Dan presst die Lippen zusammen und sagt nichts.
«Solange du Cyril nicht siehst und dich überzeugen kannst, dass er lebt, solange habe ich ihn ermordet.»
«Ich will nicht mit dir streiten ...»
«Ich will auch nicht streiten – aber man muss die Dinge so sehen, wie sie sind.»
«Ich mache dir keine Vorwürfe, Cora ...»
«Herrgott!», rufe ich wütend, «ich spreche doch nicht von Vorwürfen. Ich will nur, dass du ehrlich bist: Für dich bin ich eine Mörderin – oder etwa nicht?»

Dan bereut es sicher, mich eingeladen zu haben.
«Möchtest du noch einen Kaffee?», fragt er plötzlich, und als ich verneine, winkt er der Kellnerin und bestellt ein drittes Bier.
«Du trinkst wieder», sage ich. Dan reagiert sofort auf meine Feststellung.
«Wegen drei Bier – das ist ja lächerlich!»
«Du trinkst immer, wenn du deine Fassade aufrecht halten musst – wie damals, als du deine Frau verliessest ...»
«Hör auf!»
«... dabei bist du gar nicht so konventionell, wie du tust. Du bist chaotisch und widersprüchlich – entweder hast du wirklich keine Ahnung davon, oder du bist zu feige, um dazu zu stehen.»
«Wieso greifst du mich an? Ich biete dir meine Freundschaft an, und als Dank dafür attackierst du mich», unterbricht mich Dan.
«Freundschaft?», ich blicke ihn verächtlich an, «das ist doch keine Freundschaft, Dan!»
Als er nichts mehr sagt und zum Fenster hinaus blickt, wende ich mich ab und schaue zur Bar hinüber. Drei weitere Männer haben das Lokal betreten und sich an die Bar gesetzt. In gehörigem Abstand sitzen sie voneinander entfernt. Nur hin und wieder wechseln sie ein Wort miteinander – kein Gespräch, eher ein sich Kratzen.
«Ich habe zuhause noch einiges zu erledigen», sage ich und winke der Serviertochter. Dan steht langsam auf.
«Wegen dieser Ronda Williams», fängt er plötzlich an, nachdem wir bezahlt haben. Ich blicke ihn erstaunt an.
«Sie hat in Kalifornien eine Strafe wegen Körperverletzung abgesessen.»

«Wegen Körperverletzung?»
«Ja.»
«Wann?»
«Oh, das ist schon länger her ...»
«...und woher weisst du es?»
«Das ist doch stadtbekannt.»
«Ich habe nie etwas Ähnliches über sie gehört – stimmt es überhaupt?»
«Ja, doch, sie wurde wegen Körperverletzung bestraft. Du weisst ja, wie sich Ronda für die Landwirtschaft einsetzt – sie ist da politisch sehr aktiv. Als sie die Initiative zur Erhaltung des für die Landwirtschaft besten Bodens in unserer Gegend durchbrachte, ist sie ein paar Spekulanten in die Quere gekommen – sie haben, um ihr zu schaden in ihrer Vergangenheit geforscht und sind dabei auf diese Gefängnisstrafe gestossen.»
Ich starre ihn an und versuche mir vorzustellen, was sie verbrochen haben könnte. Da Dan Ronda offensichtlich nicht mag, werde ich lieber nicht ihn, sondern Ronda selber danach fragen.
«Du kannst dir ja vorstellen, was diese Neuigkeit im Dorf für Reaktionen ausgelöst hat.»
«Nein – eigentlich nicht. Sie wird doch allgemein geschätzt und respektiert.»
«Ja – schon, aber sie ist schliesslich immer noch nicht verheiratet ...»
Als er nicht weiterfährt, blicke ich ihn an, unwillig, mit gerunzelter Stirn.
«Ja – und?»
«Die Körperverletzung, für die sie bestraft wurde, liess eindeutig darauf schliessen, dass Ronda Frauenfreundschaften pflegt ...»

«So», sage ich – jetzt kann ich mir allerdings vorstellen, wie man über sie spricht.
«Aber das sind doch blosse Gerüchte, die Leute, die ihr übelwollen, verbreitet haben ...»
«Hmmm», macht Dan und verzieht das Gesicht – er hat da eine ganz klare Vorstellung, und ich werde ihn sicher nicht davon abbringen.
«Wo Rauch ist, ist auch Feuer», meint er weise und zieht seine Jacke an.
Wir gehen nach draussen, und Dan begleitet mich zum Wagen, ohne dass wir miteinander sprechen. Es schneit immer noch, und der Schnee bleibt mir im Haar und auf der Nasenspitze hängen, da ich meine Kapuze nicht aufgesetzt habe.
Beim Jeep angekommen, blicke ich ihn an.
«Bis bald», sage ich und muss lächeln, als ich sehe, wie ernst er blickt: Er fährt sich mit der Hand an die Stirn, wie im Militär, wendet sich abrupt um und geht davon – im leise fallenden Schnee.

20

Während der Nacht hat es weiter geschneit. Als ich am Morgen beim Aufwachen aus dem Fenster blicke, liegt so viel Schnee, dass ich den Schneepflug brauchen werde, um mir einen Weg zur Strasse hinunter zu pfaden.

Jetzt schneit es nicht mehr. Es ist windstill und die Luft wärmer als gestern. Der Himmel ist bewölkt mit einer dünnen Schicht Wolken, die sich bis zum Horizont zieht. Wenn heute wegen des Schnees der Notstand ausgerufen wird, sollte ich zum Supermarkt, um mir einen Vorrat anzuschaffen, bevor die Lebensmittel ausgehen.

Bis ich mir einen schmalen Pfad zu den Stallungen geschaufelt und die Tiere mit Wasser und Futter versorgt habe, ist der Morgen vergangen.

Verschwitzt und vom Schaufeln müde, sitze ich bei einem Käsebrot und heissem Tee in der Küche und überlege mir, dass ich zu wenig Zeit habe, um den Traktor aus der Garage zu befreien und mit dem Schneepflug die Zufahrt zu räumen, bevor ich ins Dorf fahre.

Kurze Zeit später sucht sich mein alter Jeep einen Weg durch den tiefen Schnee zur Strasse hinunter. Ich schaffe es. Unten angekommen, steige ich aus. Jetzt muss ich mir zuerst einen Weg durch den Schnee, den die Strassenräumung hinterlassen hat, schaufeln ... Endlich schaukelt mein Wagen auf die Strasse hinaus.

Ich fahre durch eine mir wohlbekannte Gegend. Verwildertes, versumpftes Land, das dem Staat gehört, der es weder verpachtet noch selber nutzt. Im Sommer ungemähte Wie-

sen, bevölkert von wilden Kaninchen – jetzt eine weite, unberührte Fläche, wo nicht einmal Tierspuren zu sehen sind – weiss und grau, ausser dem vereinzelten fahlen Gelb der hohen Gräser, die aus dem Schnee ragen. Im Sommer linkerhand ein kleiner Bach, gurgelnd – jetzt zugefroren und verschneit. Auf der rechten Seite eine weite Ebene mit einer alten Rieseneiche und vereinzelten, jungen Wacholderbäumen. In der Ferne, undeutlich, der dunkle Zylinder eines zerfallenden Silos und die Umrisse einer eingesunkenen Scheune: geisterhaft verlassene, einsame Überreste einer verkommenen Farm.
Wie betäubt fahre ich durch die lautlose Landschaft ...

Der Himmel hat sich von neuem mit undurchdringlichem Grau überzogen – es wird bald schneien, ich muss mich beeilen.
Heute werde ich im Supermarkt viele Leute antreffen. Ich habe es sonst immer zu vermeiden gewusst, mich bei grossen Menschenansammlungen zu zeigen, weil ich weiss, wie ich die Leute mit meinem Erscheinen provoziere. Aber in der jetzigen Situation bleibt mir keine andere Wahl. Wenn wir eingeschneit werden, kommt alles zum Stillstand. Der Notstand wird ausgerufen und ausser Ambulanz oder Polizei sind auf den Strassen keine Fahrzeuge mehr zugelassen. Jede Zufuhr ist damit unterbrochen. Die Leute werden aus Angst vor einer Lebensmittelknappheit alle Milch und das letzte Brot zusammenkaufen und werden mit Panik reagieren, wenn sie merken, dass es gewisse Dinge schon nicht mehr gibt ...

Auf dem grossen Parkplatz vor dem Supermarkt herrscht ein Verkehrschaos. Ich muss warten und einigen ungeschickten Manövern ausweichen, bevor ich parkieren kann. Aus allen Löchern und Winkeln und mit allen Fahrzeugen sind sie gekommen. Die Leute sind ruhig. Gutartig suchen sie einander auszuweichen – noch ist keine Gereiztheit spürbar. Es sind hauptsächlich alte Leute und Mütter mit Kindern. Der Anblick ist mir vertraut, auch der Rhythmus, verschlafen und phlegmatisch.

Die meisten Menschen hier auf dem Lande haben ein Gewichtsproblem, vor allem die Frauen. Heute fallen sie mir besonders auf, vielleicht weil es so viele sind. Der Anblick hat etwas Befremdendes, Unnatürliches und wirkt grotesk.

Die Mütter mit Übergewicht bewegen sich langsam und schwerfällig. Die meisten tragen das überflüssige Fett im Unterleib. Sie wirken träge, und ihre Beine bewegen sich nur mühsam aneinander vorbei. Andere lagern das Fett hauptsächlich im Oberkörper. Diese Frauen wirken eher muskulös, ja kräftig, und sie bewegen sich flinker, trotz schwerer Schultern und dickem Busen.

Die meisten Kinder wirken dagegen schwächlich. Sie sind erstaunlich klein und mager, bleich und nervös. Dann gibt es die dicken Kinder, aufgebläht wie Luftballons, phlegmatisch, unsicher und unbeholfen auf den Beinen. Sie sind kurzatmig, und ihr Gesicht, das im Hals versinkt, trägt einen angestrengten Ausdruck. Die Mütter unterhalten sich nicht mit ihrem Nachwuchs, es werden nur unfreundliche Befehle erteilt. Es wird geknufft und geschoben und hin und wieder eine Ohrfeige ausgeteilt. Die Kinder plärren und quengeln. Auf beiden Seiten gereiztes Klagen und Aufbegehren. Die Alten empfinden ihre Brut als Last, und die Kinder klammern sich an die schweren Leiber ihrer Mütter, die abwesend und abweisend sind.

Im Supermarkt muss ich mich überwinden, diesen Raum voller Menschen zu betreten. So viele Menschen auf einmal habe ich hier noch nie gesehen.
Die Halle ist in acht lange Gänge aufgeteilt. Auf beiden Seiten eines Ganges sind Lebensmittel auf Gestellen bis zu zwei Meter hoch aufgeschichtet. Die Auswahl ist gross. Ein langer Gang hat auf der einen Seite von unten bis oben nur Frühstücksflocken, alle in farbige Kartons verpackt, mit lustigen Männchen oder Fabeltierchen drauf, alle knusprig und süss. Ein Schlaraffenland.
Aber es gibt Lücken auf den Tablaren, nicht alle Lebensmittel sind mehr zu haben. In der Bäckerei sind die Gestelle fast leer und es gibt keine Milch mehr. Die nachlässig gekleideten, meist dicken Menschen wälzen sich an mir vorbei, mit vollen Einkaufswagen. Ich halte meinen Blick auf die Waren gerichtet, um Gesichtern auszuweichen, die ich kenne, und Augen, die mir verlegen bis feindselig begegnen, ohne mich zu grüssen.
Manchmal, wenn die Ablehnung besonders stark spürbar ist, muss ich dem Druck ausweichen, indem ich weitergehe, bis die Blicke mich nicht mehr erreichen.
So schlimm wie heute war es noch nie. Ich wage den Blick nicht mehr zu heben und spüre die Ablehnung wie eine Gefahr, die sich jederzeit entladen kann. Die Feindseligkeit ist überall und bleibt unausgesprochen.
Die Spannung wird unerträglich, und ich habe Angst, jemanden anzustossen und damit zu provozieren. Ich bewege mich linkisch und steif und vergesse, was ich brauche, weil ich mich nicht mehr konzentrieren kann – ein panikartiges Gefühl, diesen Ort sofort verlassen zu müssen, erfüllt mich. Ich will weg von diesen hässlichen, ausdruckslosen Gestal-

ten, die zu Robotern geworden sind – fremd, unverständlich und abstossend.
Aber ich nehme mich zusammen. Ich lehne mich über meinen Einkaufswagen, um nach einer Packung Salzbiskuits auf dem Gestell vor mir zu greifen, und werde dabei von hinten plötzlich so brutal gestossen, dass ich einen Moment lang beinahe das Gleichgewicht verliere. Gleichzeitig rammt mich eine Frau mit ihrem Wagen seitlich. Sie reisst dabei alle Biskuits, die noch auf dem Gestell liegen, herunter und wirft sie demonstrativ in ihren Wagen.
Mein Herz klopft mir bis in den Hals hinauf bei dieser Drohung, und als mich schräg gegenüber der kalte Blick einer korpulenten, alten Frau in einer rosarot geblümten Jacke mit Pelzbesatz trifft und ich höre, wie sie zu der Frau, die eben alle Biskuits genommen hat, sagt «...die uns hart arbeitenden Leuten das Brot wegfrisst ...», wird mir schwarz vor den Augen aus Angst und Scham: Ich kann mich den beiden Frauen nicht stellen – mir fehlt ganz einfach die Kraft dazu, und meine Feigheit ist ein Eingeständnis meiner Schuld! Verzweifelt wende ich mich ab und versuche mit meinem Wagen einen Weg zu finden, um von hier wegzukommen.
«Entschuldigung», sage ich, aber der breite Rücken vor mir, bleibt wo er ist.
Da ringsum Leute stehen, ist mir ein Wegkommen unmöglich. Ich sage nochmals «Entschuldigung!», etwas lauter und bestimmter.
Da wendete sich der Rücken halb nach mir um, und die blauen Augen des dunkelhaarigen Mannes streifen mich gehässig. «Lassen Sie sich hier nicht mehr sehen! – Hauen Sie ab! – Verschwinden Sie!»

Ich entgegne nichts – äusserlich bin ich ruhig, aber in meinem Innern herrscht Chaos – ich weiss nur, dass ich hier raus muss.
«Lassen Sie mich bitte durch», versuche ich es nochmals.
Eine Frau, die sich näher geschoben hat, fasst nach einer Packung Brot in meinem Wagen und blickt mich herausfordernd an. Sie nimmt das Pack an sich und bewegt dabei mit ihrem Gewicht meinen Wagen so, dass er beinahe in die Leute vor mir hineinrollt.
Das Rudel! Ich spüre, dass ich vom Rudel angegriffen werde und fürchte um mein Leben. Ich blicke jetzt in die Augen, von denen ich umzingelt bin, und suche solche, die mir weniger feindselig gesinnt sind ... Wenn ich die nicht finde, bin ich verloren.
Auf der anderen Seite des Ganges treffe ich auf den Blick eines jungen Angestellten, mit dem ich früher oft gescherzt habe und dem ich wahrscheinlich sympathisch war. Sein Blick ruht auf mir, etwas erschrocken und traurig, auch abweisend – aber nicht feindselig.
«Bitte rufen Sie den Manager», rufe ich ihm zu – meine Stimme ist brüchig und atemlos – und als er nicht reagiert, rufe ich nochmals. Endlich setzt er sich in Bewegung, langsam, man leistet passiven Widerstand, lässt ihn nicht vorbei, er wird gestossen ... Aber plötzlich zeigt er Willen und bittet die Leute beinahe energisch, ihn durchzulassen. Man rempelt ihn an:
«Heeh, spiel dich nicht so auf!»
Aber er kommt durch und verschwindet.
Die Leute rücken unmerklich etwas von mir ab. Das Verhalten des jungen Angestellten hat sie zum Innehalten gebracht. Einige Frauen lösen sich aus dem Haufen und tun

so, als ob sie sich wieder dem Einkauf widmeten. Zwei Männer stehen immer noch so, dass ich mit meinem Wagen nicht an ihnen vorbeikomme.

Ich habe mich die ganze Zeit krampfhaft an meinem halbvollen Einkaufswagen festgehalten. Ich hätte ihn ja stehen lassen und ohne Wagen fliehen können, aber das erschien mir lebensgefährlich – es gibt sie schliesslich, die Lynchjustiz. Und wenn die Schwelle erst einmal überschritten ist, ist die Masse nicht mehr aufzuhalten.

Ich bin immer noch ausser Atem, wie wenn ich einen steilen Hang hinaufgerannt wäre, und versuche, ruhiger zu atmen, als ich neben mir eine Frau wahrnehme, die mich fixiert. Ihr Blick ist schwer zu deuten, er ist feindselig – aber er hat auch etwas Fragendes. Die Frau ist kleiner als ich und sieht mich schräg von unten an. Als sie mich plötzlich mit voller Wucht gegen das Schienbein tritt, knicke ich etwas nach vorne, dabei entfährt mir ein Laut vor Schreck und Schmerz, der die Aufmerksamkeit von Leuten, die zögernd gehen wollten, zurückbringt.

Die Angst schlägt von neuem über mir zusammen, aber da kommt mit eiligen Schritten der Manager um die Ecke und den Gang hinunter auf uns zu, zwei weitere Angestellte in leitender Position hinter ihm. Der Manager, den ich immer gut mochte, ein kleiner, aber energischer Mann, sieht mich kurz an. Dann legt er seine Hand auf die ihm am nächsten stehende Person:

«Leute! Ihr müsst weitergehen – eine Ansammlung wie hier kann ich in meinem Geschäft nicht dulden», meint er ruhig und bestimmt.

«Ich verstehe die Aufregung», er winkt mit der Hand ab, als ihn jemand unterbrechen will, «ich habe die Polizei gerufen, die jeden Moment hier sein wird, um ein Protokoll aufzunehmen.»

Er hat sich bis zu mir vorgeschoben und hilft mir jetzt mit ruhiger Autorität, meinen Wagen aus diesem Klüngel herauszufahren – die Leute bewegen sich nur widerwillig und machen uns langsam und schwerfällig Platz.

«Mörderin!», ruft eine Frau.

«Schlampe! Wir brauchen keine Huren – die soll abhauen!», ruft ein Schullehrer, den ich kenne.

Und ein anderer Mann wendet sich mit lauter Stimme an alle:

«Für solch kaputte Existenzen kommen wir Steuerzahler auf!»

«Was ja nicht dich betrifft, Bob, nach deinen Schwierigkeiten mit den Steuerbehörden!», entgegnet der Manager schlagfertig ebenso laut und blickt dabei die Umstehenden herausfordernd an, bis sich niemand mehr meldet und wir weitergehen können, ohne angegriffen zu werden.

Als wir nach vorne zum Ausgang kommen, sehe ich Dan. Unsere Blicke treffen sich. Ich habe nervös nach Geld gesucht und halte dem Manager jetzt eine 50-Dollar-Note hin. Als er das Geld sieht, winkt er ab.

«Ach was ...»

Dan, der das Geld in meiner Hand erblickt und merkt, wie der Manager zögert, sagt rasch:

«Nimm es!», und als der Manager es nicht nimmt, zischt er ihn an:

«Mach schon – man beobachtet uns!»

Aber der Manager lässt sich nicht beirren.

«Haben Sie alles, was Sie brauchen?», fragt er mich und hilft mir beim Einpacken, bevor er das Geld annimmt.

«Ja, danke», sage ich beschämt und stecke das Geld, das mir der Manager herausgegeben hat, in meine Tasche.
Dann nehme ich einen der zwei vollen Säcke in meine Arme und folge Dan, der den anderen Sack trägt, zur Tür, wo noch ein Polizist steht, der gewartet hat, um uns den Abgang zu sichern. Aber die Leute haben sich verzogen. Sie beobachten den Vorgang aus einiger Entfernung eher verstohlen – wie Hunde, die den Schwanz eingezogen haben und aus einerseits verhinderter Angriffslust und andererseits aus Feigheit die Zähne fletschen.
Der Polizist hält uns die Türe offen und geleitet uns zu meinem Wagen, wo er und Dan mir helfen, die Lebensmittel im hinteren Teil des Jeeps zu verstauen, und dann warten, bis ich vorne hinter dem Steuerrad Platz nehme.
«Wir fahren hinter dir her», sagt Dan. Ich nicke – hoffentlich kann ich überhaupt noch fahren.
Es schneit. Ich fahre langsam und ängstlich.

Als wir bei der Farm ankommen, halte ich unten bei der Einfahrt und sehe, dass der Polizeiwagen hinter mir mit drehendem Rotlicht ebenfalls angehalten hat und Dan aus dem Wagen steigt.
«Bist du okay?», fragt er, nachdem ich die Scheibe heruntergedreht habe. Und als ich nicke, holt er eine Schaufel und beginnt, zusammen mit dem anderen Polizisten, den Schnee wegzuschaufeln, der schon wieder in meiner Einfahrt liegt. Ich bleibe im Auto sitzen und warte, bis Dan zurückkommt und mir sagt, ich solle es probieren.
Der Wagen rutscht und schleudert, bevor er greift, aber dann fahre ich, schlenkernd im tiefen Schnee, den weissen Hügel hinauf, angespannt, in Angst, doch noch stecken zu blei-

ben, bevor ich das Haus erreiche... Im Rückspiegel leuchtet immer wieder das drehende Rotlicht des Polizeiwagens, der unten bei der Einfahrt steht – Dan will sicher sein, dass ich oben angekommen bin.
Nachdem ich die Steigung hinter mir habe und oben auf die Ebene komme, fahre ich um das Haus zur hinteren Tür, wo man mich von der Strasse her nicht mehr sehen kann. Ich drehe den Motor ab, ziehe den Zündschlüssel heraus und lehne mich, immer noch zitternd, im Dunkeln in meinem Sitz zurück. Ich sehe wie der Schnee fällt, wie die Flocken weich auf dem Fenster landen – sehe, wie die einen sich in Wasser auflösen und andere liegen bleiben und von neuen Flocken überdeckt werden – wie es nichts gibt, das dieses Fallen aufhalten oder ändern kann – hilflos laufen mir die Tränen übers Gesicht.

Etwas später steige ich aus, nehme die zwei Einkaufssäcke mit mir ins Haus und versorge die Lebensmittel, ohne mir bewusst zu sein, was ich tue: Ich bewege mich immer noch in einem Chaos von Empfindungen und bruchstückhaften Gedanken. Nachdem ich mechanisch alles weggeräumt habe, gehe ich ins Wohnzimmer und lege mich auf eines der Sofas. Ich liege da, mit an den Körper gepressten Armen, die Hände auf der Brust übereinander gelegt, und warte steif und unbeweglich darauf, dass meine Emotionen endlich von meinem Verstand eingeholt werden.

21

Am nächsten Morgen schien die Sonne und der Himmel war tiefblau, wie in den Bergen. Der Schnee löste sich aus den Bäumen, wenn Windstösse durch die Äste fuhren und flog glitzernd als feiner Staub durch die klare Luft.
Wenn ich an gestern dachte, kam mir das Heute unwirklich klar und heiter vor. In der Nacht war ich mehrmals aufgewacht aus einem Traum, der jedes Mal eindringlich und farbig, aber nicht unangenehm war. Nach dem Erwachen betrachtete ich, noch ganz in der Stimmung des Traumes, das Unbekannte, das aufgetaucht war, bevor alles wieder versank und damit Sinn und Zusammenhang sich in Nichts auflösten.
Ich stand beim ersten Licht auf und fing an, in der frischen Morgenluft die Garage freizuschaufeln. Dann befestigte ich, in einem beschwerlichen Manöver, den Schneepflug am Traktor. Gegen Mittag, als die Sonne zu wärmen begann, war ich endlich soweit, dass ich meine Zufahrt vom Schnee befreien konnte. Mit dem Pflug schob ich den Schnee zur Seite und baute damit Mauern, die meinen Fahrtweg säumten. Mir wurde heiss bei der Arbeit, ich hielt an und zog meine Jacke aus.

Die Sonne schien und der Schnee glitzerte – und es war still. Ausser dem Zwitschern und Flattern der Vögel war nichts zu hören. Der ganze öffentliche Verkehr hatte aufgehört, weil der Notstand ausgerufen worden war: Kein Auto war zu hören, es fuhren weder Bus noch Bahn, und alle Flugplätze

waren geschlossen. Ich war von der übrigen Welt abgeschnitten und war froh darüber.
Durstig ging ich in die Küche, leerte Natur-Joghurt in ein grosses Glas, verdünnte ihn mit Mineralwasser und rührte das Getränk mit einem Löffel, bis es schäumte. Dabei beobachtete ich die Vögel, die vor dem Fenster zwischen der Föhre und den Birken hin und her flogen, auf der Suche nach Futter. Es gab viele kleine Vögel, die meisten kannte ich gar nicht. Der schönste war der tomatenrote Kardinal, der je nachdem, wie das Licht auf ihn fiel, rot aufleuchtete. Die grösseren Vögel – Drossel, Specht und Eichelhäher – tauchten nur hin und wieder auf, blieben eine Weile sitzen und verschwanden plötzlich. Die wohlgenährten Eichelhäher waren die Lebhaftesten unter ihnen, mit blauen Flügeln, mit einem Streifen, der wie ein Spiegel aufblitzte, wenn sie sich im Fluge drehten und wendeten.
Die Vögel suchten nach Samen in den Föhrenzapfen, nach Birkensamen, die in den fein verästelten Zweigen hingen, sie pickten in Flechten und Moosen nach kleinen Insekten, die als Puppen und Larven in Rinde und auf Ästen überwinterten ...
Alle freuten sich nach dem grossen Schnee offensichtlich an Sonne und Licht. Sie hüpften und pickten geschäftig und flatterten lebhaft zwischen den Bäumen umher. Ihre leichten Körper – ausser einem schnellschlagenden Herzen, viel Federn und ein paar Knöchelchen kaum Materie – sogen das Sonnenlicht in sich hinein. Die, die heute oder morgen nicht genügend zu essen finden und sonst irgendwie geschwächt sind, dachte ich, werden den kommenden Frühling einfach nicht erleben. Sie werden, ohne ein Aufhebens zu machen, verschwinden ...

Der Schnee hatte zu schmelzen angefangen und tropfte vom Dach des Werkzeugschuppens in die Haselbüsche. Der nasse Schnee glänzte und gleisste in der Sonne und der Himmel leuchtete blau durch das feine Geäst der mädchenhaften Birken. Die Katzen lungerten an geschützten, trockenen Plätzen und blinzelten nach den Vögeln – das Leben nahm seinen gewohnten Gang.

Als das Telefon läutete und ich den Hörer abnahm, antwortete Maggy.
«Hallo», sagte sie, «ich habe von Dan gehört, was gestern im Supermarkt passiert ist – wie geht es Ihnen?», und als ich antwortete, dass ich mich etwas benommen fühle, aber sonst okay, schwieg sie einen Moment, bevor sie fragte, ob ich etwas brauche, und dann, als ich weiter zögerte, ob sie vorbeikommen solle.
«Ja», sagte ich sofort, «doch.»
Obwohl ich im Moment nichts mit Menschen zu tun haben wollte, war ich erleichtert und sogar froh, Maggy morgen zu sehen.

Langsam wurde es Abend und rosarote Wölklein zogen über den Himmel. Ich setzte mich auf den Traktor und fuhr mit dem Schneepflug zu den Stallungen hinunter. Die Vögel waren verstummt, und fast alle Katzen hatten sich im warmen Stall bei den Pferden eingefunden, wo ich sie nochmals fütterte. Es wurde schnell kalt und ich beeilte mich. Ich gab den Pferden die doppelte Menge Heu, um sie in der kalten Nacht warmzuhalten, und fuhr dann mit dem Traktor zurück in die Garage. Der Schnee knirschte unter meinen Stiefeln, als ich das Garagentor schloss und unter einem gelblich-grünen Himmel zum Haus zurückging. Es würde eine klare, kalte Nacht werden: ich war froh, in ein warmes Haus zurückkehren zu können, und schloss die Türe hinter mir.

Am nächsten Morgen höre ich am Radio, dass der Notstand aufgehoben wird. Lebensmittel werden an leer gekaufte Geschäfte geliefert, Benzin an leeren Tankstellen nachgefüllt und viele andere Orte, wo Nachschub dringend nötig war, werden wieder versorgt. Der Wetterbericht spricht von wärmerem Wetter und keinen weiteren Niederschlägen.
Ich bin früh aufgestanden, habe ausgiebig gefrühstückt – was selten vorkommt – und bin dann, noch im Dunkeln, in den Stall gegangen, um nach den Tieren zu sehen.
Ich miste, füttere, fülle frisches Wasser nach und stelle fest, dass mir das Hühnerfutter ausgegangen ist, das heisst, ich muss heute oder morgen ins Dorf. Ich will nicht daran denken, klopfe dem Pferd, das neben mir steht, liebkosend auf seinen Hals und blicke zum Himmel hinauf, der inzwischen hell genug ist, um vereinzelte Wölklein fröhlich über den Himmel ziehen zu sehen.
Bevor Maggy kommt, habe ich Zeit, die Pferde zu striegeln, die ich in den nächsten Tagen auf eine der Pferdeauktionen zum Verkauf bringen muss. Ich warte, bis sie fertig gefressen haben, und blicke, die Arme auf den unteren Teil der Tür gestützt, auf die Weide hinaus. Ich sehe, wie der Waldrand im Morgenlicht immer deutlicher wird, bis die grosse Lichtscheibe zwischen den Bäumen auftaucht und das Sonnenlicht über den Wald hinaus auf das davor liegende Feld langsam über die Weide bis zu den Stallungen kriecht und mir ins Gesicht scheint.

Als die Sonne den Stall erreicht, nehme ich eine Bürste und fange an, den Leib des ersten Tieres kräftig mit kreisenden Bewegungen zu striegeln, massierend von vorn nach hinten und von oben nach unten.
Haariger Staub, dick und ölig, erscheint auf der Oberfläche des Fells, das Tier steht still und geniesst das Gebürstetwerden.
Ich schwitze und dampfe in der kalten, feuchten Luft. Es ist still im Stall. Nur das Malmen von langsam kauenden Zähnen, nachdem sie das Heu ungeduldig herausgerissen haben. Selten ein Schnauben, ein Prusten oder ein dumpfes Pochen, wenn ein Huf gegen die Stallwand schlägt. Feinste Staubpartikel schweben in den Sonnenstrahlen, die jetzt den Stall mit wärmendem Licht erfüllen.
Nachdem ich das letzte Pferd fertiggebürstet habe, bin ich nass vor Schweiss. Mit langen Nasen, gespitzten Ohren und glänzenden Augen blicken mich die geputzten Tiere an.

Maggy wartet schon auf mich, als ich zum Haus zurückkomme. Sie trägt eine Pizza-Schachtel. Ich öffne die Haustüre und gehe Maggy voran in die Küche, wo wir beide zuerst eine Bierdose aus der Sechser-Packung, die sie mitgebracht hat, nehmen. Das Bier schäumt leicht, als ich die Dose mit einem Knall öffne.
«Es ist wärmer geworden», meint Maggy.
«Ja», sage ich und merke, wie verschwitzt ich bin.
«Ich geh mich waschen – ich habe Pferde gestriegelt und bin nass und schmutzig.»
«Gehen Sie ruhig», lächelt Maggy, «ich schiebe unterdessen die Pizza in den Ofen.»
«Gut», nicke ich und stelle die leere Dose weg.

Nachdem wir gegessen und ein paar Bier getrunken haben, sitzen wir beide in der Küche.
«Haben Sie Arbeit gefunden?», fängt Maggy an.
«Ja – Heimarbeit. Getrocknete Blumen – dieselbe Arbeit wie die Winter zuvor», und als mir bewusst wird, dass Maggy, wie Dan, nach dem Lohn fragen wird, meine ich: «die Arbeit ist gut bezahlt, da brauche ich mir keine Sorgen zu machen.»
«Nach dem, was im Supermarkt passiert ist, wird es Ihnen schwer fallen, weiter hier zu leben ...», fährt Maggy fort.
«Ja – ich kann hier nicht mehr bleiben. Ich ziehe weg.»
«Und die Farm, was geschieht mit Ihrem Betrieb?», fragt Maggy erschrocken.
«Ich muss alles verkaufen und etwas ganz anderes anfangen.» Ich blicke Maggy nicht an, weil ich weiss, wie diese Mitteilung sie bewegt. Sie hat immer gut verstanden, wie sehr ich den Ort und meine Arbeit hier liebe und brauche.
«Sie wollen die Farm verkaufen?», fragt sie leise, behutsam.
«Ja», ich nicke, «es geht nicht anders ...»
«Und wohin gehen Sie?»
Ich blicke zum Fenster hinaus – der Himmel hat sich bewölkt, ein sanftes, weiches Grau: Tauwetter.
«Ich weiss es nicht ...»
«Und wissen Sie, was Sie machen wollen?»
Ich nehme meinen ganzen Mut zusammen:
«Ich habe an eine Detektei gedacht ...»
Maggy dreht überrascht den Kopf.
«Eine Detektei?»
«Mit dem Verkauf der Farm werde ich über genügend Kapital verfügen, um ein Detektivbüro zu kaufen ...», erkläre ich rasch.
«Aber Sie haben doch keinerlei Erfahrung in Kriminalistik.»

«Ja, ich weiss. Ich habe keine Ahnung von kriminalistischer Arbeit ...», lache ich.
«Als ich hier anfing, habe ich am Anfang auch nicht viel von Landwirtschaft verstanden. Die Detektei ist einfach eine Möglichkeit – ob sie sich verwirklichen lässt, ist eine andere Frage», ich bin aufgeregt und hoffe, dass ich Maggy dadurch nicht verunsichere ...
Sie blickt mich gespannt an. Die Arbeit als Detektivin in einer kleinen Detektei wäre ihr sicher lieber als der Beamtenjob bei der Polizei – aber ob sie sich überwinden kann, mit mir, einer Mörderin, zusammenzuarbeiten ...
«Vielleicht könnten Sie mir behilflich sein – ich meine: als meine Partnerin ...» Lass sie Ja sagen! Bitte – denke ich.
Sie blickt mich einen Moment erschrocken an, wie wenn sie etwas sagen möchte – dann schlägt sie die Hände vors Gesicht.
«Sie machen es mir wirklich schwer ...», stöhnt sie, nimmt die Hände wieder vom Gesicht und blickt mich an.
«Nein – ich kann nicht: ich habe Sie verfolgt als Polizistin und bin jetzt noch davon überzeugt, dass Sie Ihren Mann ermordet haben ...»
Schade!, denke ich, wie furchtbar schade, dass Maggy nicht über ihren Schatten springen kann ...
«Ja – ich verstehe», sage ich ruhig.
Eine Weile sitzt Maggy in Gedanken versunken neben mir am Tisch, ohne etwas zu sagen.
«Aber ich helfe Ihnen gern, etwas Geeignetes in Trenton zu finden – wenn Sie überhaupt nach Trenton wollen, heisst das ...», fängt sie plötzlich an.
«Doch, Trenton wäre gut – da wäre ich Ihnen sehr dankbar.»
Ich versuche, mir meine Enttäuschung nicht anmerken zu

lassen, und lächle, «ich hoffe, dass die Suche auch Ihnen Spass machen wird.»
«Nehmen Sie einen Kaffee?», frage ich dann und stehe auf.
Maggy nickt.
«Gerne», murmelt sie und ich merke, wie nachdenklich sie immer noch ist.
Plötzlich blickt sie mich an, wieder ganz die Polizistin, und fragt, ob mir Dan schon mitgeteilt habe ...
«Ja», sage ich, «ja, er hat mich gestern angerufen. Der Fall ist endgültig abgeschlossen.»
«Für mich wird er nie abgeschlossen sein», sagt Maggy sofort, «die Erklärung, die Cyrils Familie gibt, kann ich nicht akzeptieren. Nein, dieser Fall ist nicht abgeschlossen!» Dann blickt sie mich an: «Wie ist es für Sie? Sind Sie erleichtert über die Entscheidung des Staatsanwaltes?»
«Ja, natürlich», sage ich verwundert.
«Stört es Sie nicht, dass die Erklärung der Familie so fadenscheinig ist und das Ganze so zwielichtig bleibt ...?»
Ich lache.
«Nach allem, was ich durchgemacht habe! Nein – das stört mich sicher nicht.»
Ich höre, wie das Wasser in der Kaffeekanne blubbert, und stelle die Gasflamme kleiner.
«Ich bin froh, dass es zu Ende ist! Das ist alles, was ich dazu sagen kann.»
Maggy schaut mir schweigend zu, wie ich Tassen aus dem Schrank nehme, Milch und Zucker auf den Tisch stelle. Sie kann nicht aufgeben, denke ich. Die Polizei hat den Fall verloren, aber Maggy akzeptiert das nicht.
Ich schenke uns beiden Kaffee ein und setze mich zu Maggy an den Tisch.

Ich blicke sie an. Sie ist jünger als ich – gut, denke ich. Aber nicht blauäugig und naiv ... Wieso tut sie plötzlich so zimperlich?, denke ich wütend. Sie will nicht mit einer Mörderin zusammenarbeiten – gut. Aber als Polizistin kennt sie Verbrecher. Fragt sie sich, wieso das so ist? Wieso es Verbrecher gibt? Stellt sich Maggy überhaupt Fragen? Hat sie sich z.B. schon einmal gefragt, wieso es in der Natur giftige Pflanzen gibt, oder das Gift einer Schlange? Ist für sie die Natur pervers und zerstörerisch, weil ein Wolf Zähne besitzt und damit andere Tiere reisst und tötet? Denkt sie, dass es unsere Aufgabe in diesem Universum ist, mit Zucht und Züchtigung das Bösartige und Gefährliche in uns und im Leben überhaupt zu eliminieren, auszurotten, und damit dem Menschen das Leben angenehmer zu machen?
Hunde, die ihre Zähne nicht mehr gebrauchen, und Knollenblätterpilze, die essbar sind ...
Was sind wir für eine arrogante und ignorante Gesellschaft, denke ich mit plötzlicher Aggressivität. Die Krone der Schöpfung! Wahrhaftig! Weil wir in unserer unseligen Unruhe und Unzufriedenheit nie unseren Platz finden. Weil unsere Natur zerrissen ist – und wir immer so tun, wie wenn wir nichts davon wüssten. Weil wir uns die Natur untertan machen müssen, um an unserer Fremdheit in ihr nicht zu verzweifeln. Feige! Was sind wir für ein feiges, hinterhältiges Geschlecht, das ohne ständig zu betrügen und zu lügen schon lange ausgestorben wäre ...
«Wie?», sage ich, als Maggy eine Frage wiederholt.
«Haben Sie Ihren Kaffee nicht schon lange genug umgerührt?», wiederholt sie lächelnd.
«Ja, natürlich», erwidere ich und lege den Löffel zur Seite.

22

Am Abend kommt Theo und wir machen uns etwas zu essen. Wir sitzen lange am Tisch in der Küche, essen und plaudern und räumen dann schweigsam und mit Musse auf, bevor wir zu Bett gehen.
Theo und ich verstehen und akzeptieren einander auf eine natürliche und selbstverständliche Art. Es ist eine Beziehung, die keine Eruptionen und gewaltigen Veränderungen kennt, keine Lava, die sich zerstörerisch aus dem Innersten wälzt, keine Abgründe, in die man sich stürzen sieht, nichts Zartestes, an dem man sich vor Ergriffenheit zerbrechen spürt ... Nein, es ist eine klare Quelle im moosigen Boden eines alten, schönen Waldes. Wohltuend und vertraut. Eine Beziehung, die nährt, ohne dass man sich vor Gier überfrisst, oder, im Gegenteil, immer ungesättigt unter Hunger leiden muss. Ich bin ihm sehr zugetan.

Am nächsten Morgen stehe ich erst auf, nachdem Theo schon gegangen ist. Ich liege im Bett und denke an Cyril, wie es war am Morgen, wenn er zuerst aufstand. Was selten genug geschah, da er meistens länger schlief als ich. Wenn er sich dann erhob, ging er zuerst lange auf Zehenspitzen auf dem knarrenden Holzboden hin und her, langsam, wie wenn er etwas suchte oder versorgen wollte. Ich konnte ihn nicht sehen, aber ich hörte ihn: seine Bewegungen hatten etwas Heimliches und Stummes. Wenn er endgültig im Badezimmer verschwand – über die abgewetzte Holzschwelle schlurfend und die Türe vorsichtigleise hinter sich schliessend –, hörte ich, wie das Wasser an- und abgedreht wurde und öffnete erst jetzt meine Augen. Mit offenen Augen lag ich dann da und stellte mir Cyril im Badezimmer vor, stellte mir zu den verschiedenen Geräuschen passend vor, was und wie er es tat. Die langen Pausen, in denen ich nichts hörte, füllte ich mit meiner Fantasie – hatte er sich in etwas mir völlig Fremdes verwandelt? Sässe, wenn ich die Tür öffnete, vielleicht ein einarmiges, einäugiges Monster im Badezimmer ...?

Zähneputzen, Rasieren und sich Waschen – es geschah alles hinter verschlossener Tür – hätte er den Schlüssel zweimal umdrehen können, er hätte es sicher getan. – Wieso war ich davon ausgeschlossen? Wieso war es so wichtig, dass ich ausgeschlossen blieb? Weil ich als Frau wie ein Tier meinen Instinkten und Sinnen ausgeliefert war? Weil ich durch mein Menstruieren von meinem Körper beherrscht wurde? War ich etwas Unbewusstes und Fremdartiges, mit dessen beunruhigender Verletzlichkeit man sich nicht einlassen sollte? War ich unsauber und schwach ...?

Cyril sprach nie darüber – aber auch ohne Worte, aus der Art wie ich behandelt wurde, hatte ich verstanden, dass meine weibliche Menschlichkeit im Grunde peinlich und lästig war ...

Ich setze mich im Bett auf und schaue zum Fenster hinaus. Ich denke an Frauen in früheren Zeiten, wie umständlich ihre Kleider waren. Wie eine Frau damals ihren Körper in ein Korsett einschnürte. Und die feinen Chinesinnen, denen man die Füsse von Kind an verstümmelte, damit sie ein Leben lang nur kleine, unsichere Schrittchen machen konnten ... Alles, um eine Frau befangen und unsicher zu machen, indem man ihre Natur beschneidet und verkleinert.

Ich stehe rasch auf und ziehe mich an. Die Tür zum Badezimmer steht immer noch offen, wie vorhin, als Theo sich unter dem fliessenden Wasser wusch und ich ihm vom Bett her zuschaute.

Heute ist es windstill und grau, mit verhangenem Himmel. Feuchtkalt. Jetzt am Morgen eisig – ich rutsche auf dem Weg zum Stall auf den gefrorenen Stellen –, aber später wird es, wie gestern, zu tauen anfangen. Im Stall stelle ich fest, dass ich immer noch kein Hühnerfutter habe ...

Als ich, auf dem Weg zurück zum Haus, um die Ecke der Scheune komme, sehe ich beim Werkzeugschuppen eine helle Jacke hinter den Haselbüschen verschwinden. Sofort verspüre ich Angst: Mein Herz klopft ängstlich, und mein Körper reagiert steif und linkisch – ich bleibe stehen.
Wer ist das und was will er?
Ich ziehe mich vorsichtig hinter die Scheune zurück und warte. Niemand kommt. Ich höre nur das Öffnen und Schliessen der Autotür. Macht er sich an meinem Wagen zu schaffen? Langsam, Schritt für Schritt, nähere ich mich dem anderen Ende der Scheune, gehe weiter, bis ich um die Ecke sehen kann – ein Mann steht mit dem Rücken zu mir, hinter den Haselbüschen neben dem Jeep. Er hat die Hände in den Taschen seiner hellen Jacke vergraben und bückt sich nach vorn, um ins Innere meines Wagens sehen zu können. Ich entschliesse mich, ihn zu stellen, und gehe über den Kies, der unter dem Schnee knirscht, auf ihn zu. Als er mich hört, dreht er sich nach mir um. Überrascht bleibe ich stehen. John! Ich erkenne ihn. John Selinsky, der bei der Gasgesellschaft, bei der ich mein Propangas beziehe, als Fahrer arbei-

tet. Aber wieso schleicht er um mein Haus und macht sich an meinem Wagen zu schaffen?
«Hallo John», sage ich, «bringen Sie mir Gas?»
Er schüttelt den Kopf, ohne mich anzublicken, und ich spüre wieder, wie mein Herz klopft.
«Was haben Sie in meinem Wagen gesucht?», frage ich.
Die Hände immer noch tief in den Jackentaschen, scharrt er mit seiner Schuhspitze im Schnee und antwortet nicht. Panik steigt in mir hoch. Was tue ich, wenn mich dieser schmächtige Mann angreift?
«Ich geh jetzt ins Haus», sage ich tapfer. Als ich an ihm vorbei will, bewegt er sich plötzlich, und ich drehe mich erschrocken um.
«Sie müssen weg ...», sagt er mit seiner hohen Fistelstimme. Ich hebe meinen Arm, um mich vor einem Angriff zu schützen, und versichere rasch:
«Ich ziehe weg – ich bleibe nicht länger hier.»
Da hebt er den Kopf und starrt mich ungerührt mit wässrigblauen Augen an.
«Sie müssen verschwinden – verstehen Sie?»
Ich nicke und versuche John richtig zu sehen – ich kenne ihn nicht mehr. Er ist ein ganz anderer Mensch. Nicht mehr der harmlose Mann, der mit dem grossen, weissen Tankwagen kommt, wenn man Gas braucht. Nicht mehr der freundliche Junggeselle von nebenan, der allein mit seinen drei Katzen lebt, die ihm hungrig um die Beine streichen, wenn er abends nachhause kommt, und seinen Selbstgesprächen lauschen, weil sie hoffen, dass er ihnen ein Tellerchen Milch auf den Boden stellt ...
«Ja», sage ich «ich verstehe, aber es geht nicht von heute auf morgen.»

John misst mich abschätzig – er weiss, dass ich Angst habe. Ungerührt steht er da, mit käsigweisser Haut und schütterem, flachsblondem Haar unter einer lächerlichen Baseballkappe, die zu hoch und spitz auf seinem Kopf sitzt.
«Ich habe in der Zeitung inseriert», fahre ich weiter, «und am Eingang zur Farm Verkaufstafeln aufgestellt ...»
Wieso sage ich das alles?, denke ich – wie wenn ich mich dafür entschuldigen müsste, dass ich überhaupt noch hier bin!
«Auf Wiedersehen», murmle ich, voller Scham über meine Unterwürfigkeit, und gehe schnell an ihm vorbei zum Haus, wo ich, ohne zurückzublicken, die Tür hinter mir ins Schloss ziehe.
In der Küche bleibe ich stehen, fröstelnd. Mir ist kalt. Ich setze Wasser für einen Tee auf. Während ich warte, bis das Wasser kocht, fange ich mit der Durchsicht meiner Sachen an: was ich mitnehmen will, weil ich es brauche, und was ich fortwerfen oder fortgeben muss.
Es ist mir nicht mehr wohl in meinem Haus. Ein kalter Hauch rührt mich an ... Sind es die Toten, die ich spüre, oder ist es die Ablehnung der Leute aus meiner Umgebung? Nachdem ich meinen Tee getrunken und mich etwas gewärmt und beruhigt habe, arbeite ich weiter.

Erst gegen drei Uhr entschliesse ich mich, etwas zu essen, und nach einem weiteren Tee und etwas Brot und Käse fühle ich, dass ich an die frische Luft muss, bevor ich weiter aufräume und meine Papiere ordne – ein paar Schritte durch den Schnee, um das Land zu sehen und die Luft zu spüren. Ich nehme meine Strickjacke und gehe damit zur hinteren Tür, wo ich mich bücke, um mir die Stiefel anzuziehen.

Dann öffne ich die Tür und sehe, blinzelnd in dem unerwartet hellen Licht der bleichen Sonne, einen Menschen auf mich zukommen.
«Janet!», rufe ich überrascht.
«Aha – ich bin nicht erwünscht», sagt sie mit tiefer Raucherstimme und rutscht, weil sie mich angesehen hat, statt auf den Weg zu schauen.
Ihr schmollender Mund verzieht sich zu einem Lachen, als sie merkt, wie unsicher sie auf ihren Stiefelchen mit den dünnen, hohen Absätzen durch den nassen Schnee balanciert.
Ich schüttle den Kopf, ungläubig, Janet in dieser Umgebung zu sehen, und lache.
«Willst du in diesem Aufzug vielleicht den Stall ausmisten?»
«Ich kann in jedem Aufzug den Stall ausmisten», entgegnet sie kühl und rückt ihre pelzumrandete Mütze zurecht.
Ich werfe den Kopf nach hinten und lache: das ist Janet, unverkennbar.
Sie bleibt stehen – wahrscheinlich ist das ungewohnte Balancieren durch den Schnee mühsam – und schaut auf das Feld hinaus.
«Ich wollte mir den Schnee ansehen – ich liebe den Schnee, weisst du!», sagt sie, und ihre dunklen Augen glänzen.
«Ich habe dich in der Zeitung gesehen», meint sie plötzlich, und ich verspüre ein leichtes Herzklopfen.
«So», sage ich, «in welcher Zeitung denn?»
Ihre Augen funkeln, als sie feststellt, dass sie mich überrascht hat.
«Das wirst du sehen – ich habe den Zeitungsausschnitt dabei», sagt sie und presst die Lippen aufeinander, wie wenn sie ein sehr gutes Stück Patisserie gekostet hätte.

Ich stehe unter der Tür und blicke Janet an.
«Worauf wartest du?», fragt sie und winkt ungeduldig mit der Hand. «Komm raus und zeig mir den Schnee!»
«Dir den Schnee zeigen?»
«Ja ... ich möchte über das Feld da unten bis zum Wald – mit Langlaufskis.»
«Mit Langlaufskis?»
Sie würde hinfallen und sich ein Bein brechen.
«Ich habe keine Skis.»
«Nein?», meint sie enttäuscht. «Dann nehmen wir Schneeschuhe!»
«Schneeschuhe!»
«Durch den Schnee geht man auf Schneeschuhen», belehrt sie mich, «siehst du, das weiss ich.»
Sie ist wie ein Kind und wird keine Ruhe geben.
«Weisst du was – ich gebe dir meine gefütterten Stiefel, und dann gehen wir und machen eine Schneeballschlacht.»
Janet blickt prüfend auf die Stiefel und meint trocken:
«Eine Schneeballschlacht – nein danke.»
Sie lehnt sich gegen den Türrahmen und zieht sich einen ihrer eleganten Stiefel aus, während sie auf dem anderen Bein balanciert.
«Uhhh, jetzt bin ich aber elegant!», sagt sie, als sie sich den plumpen Winterstiefel an ihren schwarzbestrumpften Fuss zieht.
Und dann, mit den schweren Stiefeln an den Füssen, stapft sie breitbeinig durch den Schnee. Sie streckt ihren Arm aus und zeigt auf das Feld hinaus.
«Da – lass uns zusammen über das Feld gehen!»
Ich wickle mir einen Schal um den Hals und schliesse die Türe hinter mir.

Die Oberfläche des blendend weissen Feldes ist wie dünnes Glas. Knusprig wie caramelisierter Zucker überzieht eine schlüpfrige Eishaut alle Unebenheiten des gleissenden Schnees.
Eine Weile gehen wir schweigsam nebeneinander her und lauschen auf das zarte, glasige Knacken unter unseren Stiefeln.
Janet bleibt stehen:
«Hat es eine Bank, auf die wir uns setzen können?», fragt sie und blickt zum Waldrand, auf den wir zugehen.
«Nein, es gibt keine Bank», sage ich, «aber wir können uns auf einen Baumstamm setzen.»
Sie zieht ihre Augenbrauen in die Höhe.
«Ist das nicht nass?»
«Doch.»
Sie blickt mich kurz an und denkt wohl, dass ich mich wieder einmal über die Städterin lustig mache.
«Dann setzen wir uns eben auf deinen Schal», meint sie kühl.
Janet ist eine egoistische kleine Person und geht liebenswürdig unverfroren damit um.
«Gut», gebe ich nach.
Bei den Baumstämmen angekommen, schiebe ich den Schnee zuerst mit dem Fuss weg und schlage dann den Rest mit dem Schal herunter. Ich falte den Schal zweimal, lege ihn der Länge nach über den Stamm, wir setzen uns und schauen über das schneebedeckte Feld auf die Farm zurück.
«Wir hätten uns etwas zum Essen mitnehmen sollen», findet Janet.
«Hmmm», meine ich nur und strecke mich in der Sonne: Heute koche ich nichts – ich habe genug mit Aufräumen zu tun.

Ich erwarte, dass Janet jetzt über den Zeitungsartikel sprechen oder ihn sogar hervorziehen wird, aber stattdessen fragt sie plötzlich:
«Ist Cyril tot?»
«Schreiben sie das in der Zeitung?», frage ich kühl, und Janet schüttelt den Kopf.
«Nein – in der Zeitung steht, dass er wieder aufgetaucht ist. Sie zeigen sogar ein Bild von ihm in Mexiko, zusammen mit seinem Vater.»
Statt auf ihre Frage zu antworten, sage ich nur, dass ich die Farm aufgeben und wegziehen werde. Erschrocken blickt mich Janet mit grossen Augen an. Ich blicke auf die Tierspuren, die aus dem Wald heraus führen und sich im Schnee verlaufen, bis sie verschwinden.
Cyril, Bartholomew, Mark und alles, was mit ihnen zusammenhängt ... ich will damit abschliessen, es hinter mir lassen.
«Cyril – ich will nicht mehr daran denken – verstehst du?»
«Ja – die Verzweiflung», sagt Janet leise.
Verzweiflung? War es eine Verzweiflungstat? Ich blicke auf das Land hinaus.
Ich kam mit Cyril nicht zurande. Meine Hilflosigkeit ... meine Ohnmacht ... wie Kälte, die in einem hochsteigt – Frankenstein, denke ich plötzlich, ich war Frankenstein, das Monster, das sich einsam und unverstanden in die Eiswüste zurückzieht, weil es sich nicht verständlich machen kann ... Ich schüttle den Kopf ob der Grässlichkeit dieser Karikatur, und Janet blickt mich verwundert an.
«Das Leben ist seltsam, Janet! Es ist alles so nah neben- und hinter- oder übereinander – und es verändert sich immer – mein Leben ist ein Stück Land», ich zeige auf den Acker vor uns, «mit Unkraut und Blumen, mit Verdorrtem und Ver-

faultem, mit zähen Wurzeln und schwachen Pflänzchen. Aber es ist das Einzige, was ich habe.»

Janet ist aufgestanden – wahrscheinlich spürt sie die Feuchtigkeit des Baumstammes durch ihre Kleider dringen. Ihre Hand fasst plötzlich nach mir. Eine feingliedrige Hand, die sich anschmiegsam einen Weg zu mir sucht und jetzt wie ein erregter Vogel in meiner Hand liegt, immer wieder neu nach meinen Fingern greifend. Aus ihrem Gesicht, lebendig und jung, blicken mich ihre dunklen Augen eindringlich an und ihr beweglicher Mund verzieht sich, wie wenn er etwas sagen möchte ... Langsam nimmt sie ihre Hand wieder aus meiner und wendet sich ab.

Ich blicke ihr nach, wie sie auf das Schneefeld hinausgeht, auf die drei Bäume zu, die mitten im Feld draussen stehen. Das sind die drei alten Birnbäume, die ich damals vom Poison Ivy befreite.

Wenn die Farm verkauft wird, wird man sie umschlagen, da es wertlose Bäume sind. Aber im Frühling sind sie die einzigen blühenden Bäume hier draussen, und sie tragen sogar wieder Früchte – kleine, harte Mostbirnen. Die Rehe treffen sich im Sommer in ihrem Schatten. Und die durchziehenden Wildgänse versammeln sich hier, um lange Palaver zu halten ...

Hinter mir der Wald, vor mir das Feld. Hier habe ich im Spätsommer Brombeeren gepflückt, und diesen Weg, der in den Wald hinunter führt, bin ich mit Cyril gegangen ...

Janet stapft immer weiter zwischen den drei Bäumen hindurch auf das Feld hinaus und hat sich so weit entfernt, dass sie ganz klein wirkt.

Heute ist kein strahlender Wintertag, obwohl die Sonne scheint. Der Himmel ist weisslich und das Licht wie durch

Milchglas gefiltert. Die weisse Helligkeit ist monoton, besonders, wenn man über das Schneefeld blickt und sich, geblendet, nirgendwo in etwas Dunklerem als Gegensatz ausruhen kann.

Ich denke an die Hunde – wie erholsam ihre dunklen Augen in dieser faden Bleichheit wären.

Und als ich mich umdrehe und in den Wald hinunter blicke und das Licht sehe, wie es durch die Bäume fällt, denke ich an Cyril, wie er sich über mich beugt und mir das Haar aus der Stirne streicht ...

Ich werde nach Trenton ziehen. Ich gebe das alles auf und ziehe nach Trenton. Ich lasse dieses Land und alles, was damit zusammen hängt, hinter mir. Ich lege es für immer beiseite. Noch heute werde ich nach Trenton fahren und eine Wohnung suchen.

Ich atme tief und drehe mich um, und als ich Janet im Feld draussen winken sehe, winke ich zurück und bedeute ihr, dass ich nachkommen werde. Durch die Helligkeit geblendet, sehe ich, wie sie sich umdreht und weiter in Richtung Farm stapft. Janet, denke ich und lächle, weil ich merke, wie es ihr Mühe macht, in den schweren Stiefeln zu gehen. Ich nehme mein Herz in beide Hände, um Abschied zu nehmen von allem, was hier um mich ist: die mir so vertraute und liebe Ausdehnung und Wölbung des Landes, das Land mit allen seinen Eigenheiten, mit seinen Bäumen und dem Wald und dem weiten Himmel darüber – ich atme tief die angenehm leichte Luft und gehe dann Janet nach über das Feld zum Haus zurück.

23

Am nächsten Morgen ruft Dan bei Maggy an.
«Hast du es gelesen?»
«Du meinst – Cora?»
«Das war kein Unfall!» Dan räuspert sich, vor Aufregung heiser.
Maggy blickt auf die Zeitung vor sich auf dem Tisch.
Ein knapper, sachlicher Bericht mit der Überschrift: «Autounfall auf Route 26.» Sie versteht und begreift es nicht.
«Ich muss dich sehen», sagt Dan.
Maggy nickt.

Alexandra Lavizzari

Ein Sommer

Novelle

Ein Mädchen, nicht mehr Kind, noch nicht richtig Frau, ersticht in einem Akt besinnungsloser, blindwütiger Verzweiflung die eigene Mutter. Wie konnte es zu der schaurigen Tat kommen? Diese Frage versucht Alexandra Lavizzari in ihrem erzählerischen Erstling zu beantworten. Ihr Werk wird als Novelle bezeichnet, und das mit Recht: Das «unerhörte Ereignis», das dem Wesen einer Novelle entspricht, entwickelt sich, steigert sich und explodiert innerhalb eines einzigen Sommers. Was zuvor geschah, geschehen sein muss, lässt sich ableiten aus der gewitterschwülen Stimmung und der Dramatik dieses einen Sommers; was folgen muss an Erschrecken, Trauer, Gewissensnot und Hoffnungslosigkeit, das können sich die Leser aufgrund der tödlichen Peripetie selber denken.

Die 12-jährige Sophie, Sof genannt, hat umgebracht, was sie selbst seelisch gepeinigt und getötet hat. Es ist die Stärke von Lavizzaris Erzählung, dass diese in konzentrierte und verdichtete Kapitel und mit sachlich-lapidarer Sprache heftige Entladungen, quälende Gemütslagen und gelegentliche kurze Erlösungen zu fassen vermag.

Die Mutter ist, nach einer Fehlgeburt und sonstigem ehelichem Elend, zur Alkoholikerin geworden; sie verbringt manche Nachmittage auswärts mit Liebhabern. Der Vater ist beruflich häufig auf Reisen, wenn er heimkommt, findet das «Familienleben» zumeist wortlos vor dem Fernseher statt. Sophie, in der labilen, zu Überschwang und Übertreibungen neigenden Phase der Pubertät, zieht sich mehr und mehr in sich selbst zurück und versucht in Gedichten ihrer Pein, ihren wenigen Freuden und ihren Hoffnungen Ausdruck zu geben.

Die sprachliche Ausdruckskraft und die erzählerische Dramaturgie imponieren. *Charles Cornu, Bund*

Ursula Meier-Nobs

Die Musche

Roman

Ursula Meier-Nobs legt einen erstaunlichen Erstlingsroman vor: Erzählt wird das wechselhafte Leben einer Scharfrichterstochter – im Volksmund «Musche» – an der Wende zum 18. Jahrhundert; historisch akkurat, detailprall, plastisch und spannend.

An die Aussenseitersituation und die harte Arbeit im «Familienbetrieb» ist Josiane gewohnt. Allein die Tatsache, dass sie nur innerhalb der verfemten Berufe wie Henker und Kloakenreiniger lieben darf, macht ihr Mühe. Die arrangierte Ehe mit einem verwandten «Tammer» (Junghenker) ist ein Desaster, aber ihre erste und einzige Liebe findet späte Erfüllung. Dies auch, weil die «Musche» mutig die Zugehörigkeit zu ihrem Stand abstreift. Denn Josianes Zeit ist eine Wendezeit, und in ihrer Biographie kündigt sich sachte die kommende Aufklärung an: Wie die ganze Familie ist die Musche in der Kräuterheilkunde bewandert, hat aber nichts von einer mittelalterlichen Hexe, um so mehr jedoch von einer modernen Medizinerin.

Das Scharfrichterwesen scheint im Niedergang begriffen, denn es wird immer schwieriger, den Nachwuchs für das brutale Amt zu motivieren. Und die Glaubensfreiheit ist im Kommen: Täufer in Josianes Umfeld etwa werden zunächst verbrannt, später zur Galeere verknurrt, dann phasenweise geduldet.

«Die Musche» rückt Ursula Meier-Nobs schlagartig in die erste Garde der Spezialisten für historische Romane. Sie webt eine Vielzahl von historischen Themen in ihren Roman. Selbst Nebensächliches ist detailgetreu geschildert, und jeder Weg, den jemand geht, geht der Leser gleichsam mit. Die Sprache – abwechslungsweise wird aus der Perspektive Josianes und anderen Personen erzählt – hat etwas Gemessenes und erfüllt die Bilder mit Atmosphäre. «Die Musche» wirkt wie aus einem Guss.

Irene Widmer, SFD

Linard Bardill

Fortunat Kauer

Roman

Der singende, aufmüpfige Theologe aus Scharans hat ein erstes Buch geschrieben. Eine gute Geschichte soll sie sein, jene des Fortunat Kauer, denn ein Mensch muss eine gute Geschichte erzählen können, wenn er die Welt verlässt. Ina bun'istorgia stoi esser.

Bardill schreibt sie gleich zweimal: auf der linken Buchseite auf Rumantsch Grischun, auf der rechten auf Deutsch. – Fortunat Kauer durchlebt im Beruf und im Privatleben eine Krise. Er hat das Glück, neue Freunde zu finden, die ihn herausfordern. Ein bosnischer Flüchtling erzählt ihm vom fürchterlichen Krieg in seiner Heimat, von seiner verschollenen Familie. Kauer reist nach Sarajewo und will Frau und Kinder aufspüren. Ist Kauer nun ein Held, der für einen Freund das Leben einsetzt?

Bardill lässt keine Sentimentalität aufkommen und zeigt realistisch, dass Kauer neu beginnen will und zwar spektakulär, damit er vor seinem angeschlagenen Ich besser bestehen kann. Dennoch zeichnet er Kauer als einen zarten Menschen, voller Widersprüche und Unsicherheiten. Eine hervorragende Männerfigur, in einer spannenden Geschichte, sprachlich fein gestaltet. Einem breiten Publikum empfohlen zur Entdeckung der vierten Landessprache oder zur Entdeckung neuer Empfindungen! *Heidi Bühler-Naef, SBD*

«Die Geschichte eines Mannes, der in den Spiegel schaute und aufbrach, der den Krieg suchte und ein Kind fand.» Kauer, ein identitätskrisengeschüttelter Schweizer Arzt, ein «Kotzbrocken», wie er sich selbst nennt, ein «Tip da merda» auf rätoromanisch, lebt so lange in dumpfer Unbewusstheit dahin, bis er eines Tages – von eigener Schuld geplagt – zu den Schauplätzen eines äusseren Krieges vorstösst, um seinen inneren zu beenden. Ein barocker Mitteilungsdrang durchpulst den Roman, der voller dramatischer Bilder und Intensität ist. *ni, LZ*